青年欲雨

张宇豪　著

九州出版社
JIUZHOUPRESS

序

麻姑自云：三次目睹沧海变桑田，桑田百转千回地萌发以沧海。

言时甚是雀跃，那蝼蚁般的听众一听（完成规定动作）懵了，我想，我就想，汗漫的时间是可观的、可接纳的、可推理而憬悉的，但可耻的“沧海桑田论”饱含毁灭的欲念：微笑着念出大物质的覆灭和重新来过，却又滑腻地转入了进一步蛰伏的状态。

（表达清楚上述的心理机制多么困难）

《商羊欲雨》是我的首部长篇小说，成于2012年冬，在这时，写了新小说《商羊欲雨》的人是名叫张宇豪的。方及明了起来，“历”“史”这东西，长长的一段看上去也很短，短短的一段看上去也很长，十几万字的稿子们如今装订成册，像栖息在铜柱子上的稀有鸟一样开始啼唱啼唱着那曩昔繁华梦呓，唯独保留所有的粗糙与真空。身为作者，嗯，蜿蜒的徜徉者，蛰伏者！——即我们时常在马格利特的画中窥见的打着雨伞的黑衣男子，——委实愿意坦承，写作并不快乐，哪里有那么多快乐的事呀，它近乎远古的巫者占卜，近乎造一面水晶镜，镜中之景纷纭复杂，交媾繁衍，镜子是顽固的，它不动。顽固于它的不动。

然而，我们总可能错（毫不掩饰），好坏，佳运实体。商羊欲雨？概率。

目录

在狩猎场

有些人是人，有些人只是别人的影子。至少盐碱地的村民呆望着河上雾气往北边飘走，往王城的方向飘走，他们就叹息，觉得自己实在不配，他们就想：只有王城中歌舞的艳妃、持笏遮嘴的臣子才配与景公生活在同一座城池之中。

齐国盐碱地的形状呈扇形，几百株桑树歪扭稀疏，叶小且主干细软，萎靡不振的样子。村庄里，瘦骨嶙峋的农夫和农妇时不时拽着牛，拖着青铜犁，这种犁像舌头，又像鼓起来的铁砧，生硬地耕耘过土壤。自古以来，淄水河就宽宽地流过整片沼泽，每遇河中巨石，河水如同一尾双头蛇，从当间撕裂开，朝两个直角方向迸溅而去。

其实，扇形的窄口耸出一座不高不低的悬崖，翻过与之相连的丘陵，就是王城了。那悬崖刻有瘦削的鼻子，上面两只丹凤眼，下面嘴唇无色且薄，嘴唇周围有着对称的褶皱，还吊着几抹鲶鱼胡。山体表面落满了桑叶，洞穴里忙碌地穿梭着动物。如果从悬崖向下俯视，迎面而来的是一张扁扁的脸，那就是盐碱地村庄，整条淄水不舍昼夜地划破这张脸的额头——编年史家披着一件百衲衣，周身颤栗，苍老的身体抖来抖去，这又脏又冷的地牢加重了他的风寒病，他剧烈地咳血，又继续写道——这是齐国的现实主义工匠们依据景公的指示建造的，沿山势、顺山面斧凿相交而成。形象当然取材于景公年轻时的相貌。推算起来，大概动工于景公元年至景公五年之间，因为当西域的鞑靼王进贡来一位美丽公主时，景公被白象背上驮着的少女迷得神魂颠倒，还不忘带领她参观了这座浮雕。

公主斜坐于白象的高背上，两条细长的腿叠拢在一起，就像悬浮在一丈左右的空中，像商羊一样，曾引来无数齐国人的旁观。她被景公收下，成了后来著名的、妖娆的纳查夫人，满头玫瑰色的头发、一双猫耳似的薄嫩小脚和一对猫脚似的柔软耳朵。她国色天香，小手、小脚乳白，经常像茑萝缠柏木般地搂抱景公。

“你是我的果仁，我是你的果壳。”

景公被龙涎香熏得失去了自制力，多用此类挑逗的语言与嫔妃们嬉闹，她们每个人都长着嫩芦笋一样的小巧鼻子，像许多茑萝、菟丝、薜荔、喇叭花般地搂抱他。

此刻，齐国宫殿主卧室的四面墙壁沉浸于夜色，围坐在一处窃窃私语，而景公还未曾意识到自己与国家的未来。他枕着覃枕，躺在凉爽的竹席上，身裹蚕丝单衣，露出多褶的脑袋和小脚趾，内里赤裸地呼呼酣眠。身边的一张小桌上隔着一个小银碗，里面装着润喉的枇杷糖球。他那顶镶嵌着宝石和琉璃的锦缎帽上，有一根翎羽被窗隙吹进的微风摇漾，但眼下世上无人敢把它扶正。王城四处都静谧，野猫也在睡眼惺忪地发嗲，城头处灯火哔剥，但天色确乎一点点微蓝起来了，唯独盐碱地村庄依然浓黑，真如废置已久的大坟场。

谁都没注意，大约是蒙蒙亮的早晨，伴随温煦的东风，冒着破碎树叶的碰撞，一只“残疾”的单脚鸟艰难地又满怀使命感地绕过许多灰色的石、棕色的木，扑棱一下子落到了全齐国最奢华的建筑群顶部。

不过，具体时间也可能是在昨晚宵禁之后，再无侍卫搜查之时。它圆睁一对缤纷的鸟目，一心朝着宫殿内色彩鲜红、褶皱极繁复的帷幔飞去，那旁边就是五排体积依次递减的夹砂红陶器，陶肚面插满了一朵朵四季盛开的鲜花，孔雀毛鹤立鸡群地支棱着，散发着人工的香水味。不料，它栽倒在了乌土土的瓦片上。

亦如《大水志》所载，商羊，孤零零地仅有一柄脚，曾出现在齐国宫殿的瓦片上，舒翅而跳。

景公一十五年，太阳终于升起的时候，犹如简笔胡乱涂抹的动画片，细胳膊细腿的齐国人拥塞向南方的大街，转着眼球，都用手指点这只奇怪的单脚鸟。他们蒙昧憔悴的脸庞，有一股亢奋劲似乎沿着鼻梁骨炸开了：左侧的眼睛随着商羊的舞蹈上下游移，右侧的眼睛则胆怯地提防着侍卫们的任何风吹草动。

编年史家继续一笔一划地书写着——景公住所的四周环布丘陵，搭配着阳光，每一层山岩的质感都不尽相同。丘陵里长满了蓊蓊郁郁的桑树林，不可能分辨一棵树哪里到头，另一棵树从何处开始。透过小窗户即可远观多灾多难的淄水河，氤氲着团团水汽，袅袅升腾，各式各样的云图像宫廷小丑衣袖里的卡片，目不暇接地展现给齐国人的眼眸。景公心情上佳时——这样的时机越来越少，最终不意真的完全消失了——宫殿被他命令印象主义工匠们涂成了苹果绿色。

宫殿前面则矗立着两尊青铜立柱，挂着两轮灯笼，不分白天黑夜地燃着两个香柏木脂凝成的蜡烛。那天，当一片边缘呈锯齿状的洪水漫延过来，灯笼是最后熄灭的。景公的一次梦境里，他看见数以千计的动物拼了命地狂奔，或以有形的、或以无形的身份经过这片空地。实体变得不重要了，墙与屋檐像漂浮在桑树林的反光里一样虚无。可以说，商羊所要传达的惊人的消息就遗失进了这片凸凸凹凹的虚无之中。

酷爱打击大型猎物的景公每日醒后都去狩猎场巡视一圈，今天也不例外。他慵懒地经过一道秘密的翡翠门，骑着骅骝，与随从的大臣和侍卫去了狩猎场。宠臣裔款也同时骑着另一匹红枣马，紧紧地追随在他的后面。

狩猎场本身即是用木桩和粗麻布框住的一百多亩田野，猎物则被囚禁在一座三层小屋，屋门非常狭窄，周围栽种有浑身长满毒刺的花卉。

尚在昏睡黎明，狩猎者佩戴好一切必要的防护装置，尊贵的铠甲乌黑健壮。景公大口喝下一杯健脾强肝的虎胆酒，濡湿了前襟，傲慢地掷下小黄圆旗，侍卫们就敲锣打鼓，弄出极恐怖的噪音。又掷下小黑三角旗，十几名猎场导引者鱼贯而入围栏，沿途抛洒着蚊蝇横飞的鲜肉，扬起阵阵尘土，狩猎者顿时挥舞砥砺的长矛、持起绑有漂亮翎羽的利箭。

狩猎即战争的预演，也就是要告诫一切捕猎者在狩猎时存在方位转换的危险，胜利者都能得到女人，这种从猎物那儿褫夺来的权利。所以在纳查夫人长了好多只眼睛的羽毛扇轻轻的招呼之下，景公迎面撞向了一头两米长的野猪，擎起长矛奋力击穿，甚至动用砍斧。他的身后追随着一队侍卫，簌簌而动，生怕如此率性而为的举动会伤害到景公的安危。重伤的猎物一路逃窜，景公紧追不舍。

当裔款拍马过来协助时，他愠笑着说：

“你来迟了。你总是来迟。”

他用两条大腿夹着骅骝的腹部，用力蹬踹脚蹬，追捕上了双角金黄的麋鹿。那只鹿受困于视阈界限，吓坏了，在奔跑的时间演算的进程中，身子如同一条煮熟的鹿排，滑来滑去，已失的前蹄互相羁绊，在身后留下土坑。

简单地讲吧，景公饶有兴致地为麋鹿构思死法，脸色就变暗了，但微笑亮了起来。他汗流浃背却精力充沛，那带着出其不意掷出的长矛不仅扎透了麋鹿的肚子（后者正小心翼翼地用一只眼睛窥伺着他），将它掀翻在地，而且在那艳丽的绒毛上划开了口子。景公又步出战术：绕行过麋鹿那不规则多边形的尸体，对死鹿虚情假意地安慰着，呢喃着，最终亲自锯下了那双珊瑚树一样枝繁叶茂的鹿角，装进了镶金的宝匣内。

就在恍惚间，侍卫们惊惧地看见了什么，他们对未来的想象到此戛然而止了。

“好大胆子啊，你们谁杀死了大王的爱犬？”裔款抱着匣子叫道，角像手一样突出半开的匣吻，好似长在了他的脑袋上。

沙尘散尽之后，景公这才睁开迷漫汗水的眼睛，目睹了一只长着人脸的梗犬被长矛钉在土里，嗷嗷哀鸣，尚未断气，冰冷的生物电流过了四肢的神经丛，它抽搐着掉进虚无的漩涡。不知是因为今天景公疲劳过度，还是另有心事，他并未发怒，纵马彳亍到爱犬的葬身处，充满爱怜地拔出随身的佩剑，给它做了了断，并下令厚葬爱犬，以紫檀木作棺、以白楂木作椁，按照适应大夫的礼仪入殓。

看日出的高度，已在上午九时许了。

几十个人体在翠绿的草坪上投下条形图似的阴影，桑树林里满是太阳投下的斑驳亮点，如果眯起眼睛细看，就会浮现出明暗相间的方块图。像是剪刀飞速剪出来的，一只青黑的燕子掠过刺着蓝空的树枝。景公计划停留在狩猎场的时间稍微长一些。他刚换下了尚武的戎装，身披豹皮纹的毡衣，高高的帽子以金线缚于头顶，与马的影子合为一体，正从右朝左飞驰过一颗露水的表面，犹如琥珀内的昆虫。一只手虽然戴着手套，仍不失灵活的能力，不停地拍打着马颈，另一只手则信马由缰。骅骝的速度就是景公的速度，晨光照耀着随风猎猎的马鬃，也照耀着旁边悬挂的那捆白晃晃的利箭。

“什么珍禽异兽都没有，这里其实是一座荒园。全是些狍子、野猪之类的寻常货，竟然连野兔这种小不丁点儿的东西都会出现在我的狩猎场。”他早就烦闷已久，不由分说地勒紧了马缰。

景公心里自有一份焦急，齐国的每一代国君，不论真假，在他们的统治期内都饲养过珍禽异兽。齐襄公在位虽然不长，却因捕到了虎纹鱼而名噪天下，这种鱼平日温和，饥饿时只吃些水草、小虾，但如果喂之以猛虎，则性情大变，两侧鱼鳍颜色由淡黄转为深紫，尾鳍剧烈摇摆，顷刻即可饕餮尽猛虎，剩下一堆白骨。虎纹鱼的皮肤被涨得透明，露出了肚皮里半死不活的老虎，就像换了一层新皮。

齐昭公三年，那年代的盐碱地还是欣欣向荣的，村民们在清澈的池塘旁目击到一条蝾螈，黑底白斑，尾巴带钩，正与一只丑陋的蟾蜍交配，排出大量的卵子。如此明显的堕落之兆，昭公却不以为然地将蝾螈供奉于寝宫，从此，盐碱地就逐日下陷，在血水包围下冒出汩汩的气泡。

无论如何，景公抚今追昔，又动起了心思：植物猴，这种古灵精怪的东西，我一定要弄到手。

裔款原为中山国的国民，刚到齐国时穿着不及膝盖的小白短裤，和齐国人给猴子穿的小褂。虽然算是老邻居了，无奈中山国面积方圆不到五百里，没人相信蕞尔小国的人能混上高位，但裔款很能耍嘴皮子，还脱下短裤、小褂，换上了大齐的深衣、长袍，跃然变成了齐国人。直到他动了念头，要把老祖宗们的牌位也迁至齐国，掌管祭祀典仪的大臣才私下劝阻了他。这时，他的半个身子歪坐在马背上，衣服也撕破了，下马跪在狩猎场的空地上，目视泥土，似乎看见了更深一层的含义，散发着悲哀的气息，就像猎物一样。

“一无所有，到一座荒园里来狩猎吗？”景公逡巡着桑树林，换了问句。

“您想要猎些什么？”裔款问。

他不无卖弄地回答：

“东方的大泽里有一只母麒麟，被野老渔夫不慎扎伤了后腿，如今只能叼着小麒麟脖子的皮一瘸一拐地四处奔逃。或许就逃到这菜园子里了？我七岁开始狩猎，与各种毒物猛兽搏斗，曾杀死过五十只熊罴，八十匹尖嘴鹰隼，三百三十只麋鹿和不计其数的朱鹮、黑鹳、灰鹤……还有，我生擒了三只稀世罕有的玄豹。”

裔款沉默了片刻，搭腔说：

“野兽可以隐藏在树木与树木之间，一旦捕捉尽净，即使有再多的树木也不会生出野兽。这本不足为虑，因为在您的狩猎场之外还存在着另一个狩猎场。”

他伸出一只手，摘取了一片三叶草的叶子，附着一只矫健的蚂蚁。显然雨季刚结束，一切都充满新生的活力，绿或绿、黑或黑，通体澄碧得属于自己的颜色。蚂蚁环绕着叶片爬行，两块尖利的下颚正啃咬着叶肉。

“这是什么？”景公很好奇地俯看。

“您未曾发现的狩猎场。”裔款回答。

景公翻身下马，将马鞭甩给跪伏的裔款，自己慢慢地向齐膝深的草丛里蹚去。叶片的样式与纹路变得非常复杂，根系虬结宛如参天的古木，长长的草茎互相搭在一起，有的像小亭子，有的像小桥。那些蚂蚁是一匹匹壮大的野兽，龇着獠牙，四处行凶。景公还目击了八脚蜘蛛像八根撑起灯笼的竹骨，弹跳上了远方的树洞。然后，长筒军车一样地驶过来几条蜈蚣，轮流抬起车轱辘似的腿。他还看见树荫下，大片红彤彤的牛肝菌蘑菇，绿色的针叶扎着砖红色的蘑菇帽，上面还有另外一道被什么东西的大颚咬出的浅浅细痕。一只七星瓢虫抱着蘑菇梗。

他仅认识这几种昆虫。那时，裔款对他说：“您仔细狩猎。下一秒它们就消失了。”

景公颇有恼怒情绪。他盯着一只沙地上的蚂蚁，以前所未有的思维缜密观察它的一举一动，但蚂蚁转了几个弯就钻进沙子里不见了。

他想要掩饰惶惑，问道：“是不是因为狩猎场太大，而猎物太小的缘故？”

“不是的，”裔款跪奏。

然后，他像是向景公透露一个秘密似的压低声音说：

“当您面对一个猎物时，您就与它处于相同的世界里，归于同一种大小，连心情也彼此交换。您盯着蚂蚁越久，就越有可能与它一起钻进沙子里。因为当您自己的身形变小时，狩猎场仅仅是无关紧要的地点而已。”他还说，旧的蚂蚁消失后，在某个新的地方又会钻出新的蚂蚁，不过或许根本上是同一只。

景公听不懂这是鹦鹉的语言——咕咕唧唧，自成体系，像不断吞噬人的注意力的话语浮丘，永远有其内部逻辑，迫使听者不断地思索，却永远得不出什么结论，而且由于思索本身的长度，思索者还十分容易忘掉自己的初衷。裔款让景公试着寻找钻出的第一只蚂蚁。后者勾勾小手指，从他手中接过马鞭，左右开弓地抽打着杂草。毫无所获：杂草与沙地之间总有无数的颗粒，蚂蚁仿佛能随时从颗粒里钻出来。

“现在再试着寻找最后一只。”

景公照样失败。

“你的意思是说由于我的怯懦和无能，自囿于这个菜园子？”景公详怒。

“事实上，恰恰相反。我之所以讲这些是为了提醒您：您真的没有必要以齐国自囿。

齐国之于您，就是一个菜园子而已。齐国以外的奇珍异兽无不令人欷歔，或羽毛丰满绚丽，细细的长腿弯曲得恰到好处、或叫声婉转，犹如西域的乐器。它们多得数不胜数，像蚂蚁一样永远没有穷尽。但这每一种动物既是其所在国家的特色，又是负担。您想想，当那些国家逐渐走向灭亡的时候，美丽、奇特的动物恰恰构成了绝对的反讽，而没有一位敏感的亡国之君竟能容忍如此的大不敬。——”

裔款停顿了很长一段时间，思量着今天的言论是不是说得太多了，他小声嘟囔：

“——我们之所以发动战争，其实是为了解救它们。单以植物猴为例吧，这种介乎动植物之间的东西，不仅数量稀少，而且行踪奇诡，它们仅仅往来于自己喜欢的环境，谁又能目击到它呢？

《巫爻》上描述：植物猴的周身布满叶毛，边缘略向外翻、顶端带有芒刺但却并不进行光合作用；尾巴和四肢由僵硬的虬枝匝成，从容地拖过粗糙的地面。可终究从未有一个齐国人活捉住一只植物猴献给您……”

他不敢再多讲下去，轻微地抬头，盯着草丛中一块闪闪发光的赭色石头。

景公感到好奇，也踅身去注视那块石头。在无人割刈而兀自疯长的荒草之间，赭色石头就像一块古战场遗落的头盖骨，正随着太阳的高度而持续升温——无论你如何惊恐都不为过，编年史家写到，它流露出杀伐之气，值得我们为此多多地举行禳灾仪式。

一个年轻的侍卫，戴着红缨帽，裹着由荷叶的纤维缀连的披风，几次被无形的力量绊倒，一心推迟着与景公的面对面谈话，他异常惊慌地奔跑到景公面前，说边界有兵士报信：从遥远的楚国坐着四个畸人抬的木头车，来了一位巫者，头发散乱，扎着百鸟的翎羽，上身五颜六色，下身却只穿了一件兽皮，自称此行特意为景公向五帝山神祈福。

然后，侍卫捎带脚地提了一句还有一只奇怪的什么“单脚鸟”（景公摁住他的肩膀，让他慢点儿说！）大清早就飞到宫殿的瓦片上，又蹦又跳，鸟目湿润，似乎是要哭泣的样子。

王城

过去虽然不会漫延到现实里，但当它前进时，自身也在膨胀。过去被其自身自动保存下来，在每一个瞬间都跟随着我们，一刻不停地侵蚀着现实和未来。而过去是可以推理而略知的，现实是可以触摸的，至于未来呢？未来不过是一种可好可坏的比喻。

苹果绿色的城墙和正中央的宫殿线条锋芒毕露，两侧的碉楼不停地传来神秘的打铁声。一杆虎头虎脑的旗子像一条弯曲的蛇吐着信子，人们有时看见它立在正门旁，有时看见它立在大道转角的地方，今天，它被大风刮断、吹跑，躺倒进了荒野旁的一口枯井里，等待着被人遗忘的命运。

面对奇迹与例外，齐国人向来胆小怕事，但只要周围人数一多，不论问题的原委有没有看清，他们即刻就变成了幸灾乐祸的表情。很不幸，今晨的人数实在已经太多了，而且推推搡搡地，许多脑袋们都像被嵌入了细密的方格里，哆嗦的一只胳膊或一条腿时不时地伸出来，像这整块方格上秃噜了的糙边。大片人群还像陀螺一样勿停地旋转，不过，更像是即将倒掉的陀螺，外围的人明显动作缓慢，被前后左右的其他人甩向圈外，内里的人则遭反复挤压，以至那些闻讯来晚的小摊贩们根本看不见体型小巧的商羊。

它精力充沛，羽毛乱蓬蓬的，啄食着瓦片缝隙里的草籽。从这角度观察，商羊有点类似麻雀，更像是用丝线把两只脚系作了一只脚，走路时必须一蹦一跳，但它的翅膀更圆，像两片赤红色的深秋枫叶，边缘留有很多擦伤。因为寓意着一种严重的不平衡感，商羊的身子往往摇摇摆摆，让人误以为是在跳舞。任何东西，胖乎乎的就显得很可爱，更别提它如小孩子一般围着固定的地方玩耍，四周的瓦片哗啦哗啦地跌落在地，统统摔作了齑粉。

我们可以试着追踪这些齑粉的未来去向，目击可怜的小颗粒们消失在了怎样潮湿的淤泥中——编年史家写到此处，半似随口谈起又半似诅咒地开起了玩笑——十九天或者二十天之后，齑粉或许飘落进了孔先生的麻布口袋里，苟延残喘在自顾不暇的夹缝世界：孔先生个头矮小，常常挪着小莲步往返于家宅和学校之间。他的家窗明几净，桌子就在桌子该站的地方，椅子就在椅子该站的地方。这都是因为他知书达礼，曾在鲁国掌管祭祀大权的部门任管理员，因此屡受小人谗言，被算计得面容枯槁，精神状态疯疯癫癫，独坐在曲阜一株古老的银杏树下，徒劳地为死去的凤凰梳理着滴血的红爪。可很多年以后，他讲过的每一句话都成了至理名言，日复一日，庭训、传抄、印刷、背诵，他还被人雕刻为要多高有多高的金塑像、银塑像，只要有广场就一定会立起他的塑像。孔先生活着的时候，直言他自己不明白庄稼汉和女人的思维方式，他死了没多久，人们就把他塑造得比庄稼汉还通俗，比体格健壮如猪的农妇还小肚鸡肠。

另外，在战争打响之初，小颗粒们也可能粘在了纳查夫人肉感的嘴唇附近，像一点诱惑的美人痣，迷惑了丧心病狂的景公——玩笑开到了尽头，也有穷尽的可能。

来瞻仰单脚鸟的人不仅仅有前文提及的平头百姓，王公贵胄们也悉数登场。他们从不惧怕民意，唯独惧怕天象，一盏小小彗星的自焚就足以引发一场旷日持久的内讧，不为了别的，为了安全感。

将近九点钟时，铜壶滴漏器那鹤喙状的壶嘴轻轻地渗下了一滴水珠，嗒，波纹一圈一圈延宕开去，撞上器皿的内壁，波纹回游了不久就奄奄一息了。突然，神鬼莫测的侍卫们从九个侧门列队蹿出，有的骑马、有的持矛步行、有的持鞭。人群就被鞭子抽打得分散了。从高空俯瞰，这整个图案是有喻意的，很像一张巨型的人脸在铳水中溶解时的表情。

忧心忡忡的晏婴大夫带领着一群衣衫不整的朝臣，一步一步踱至大殿门前。他们仰首注视着那只骤得大名的单脚鸟。看着它自娱自乐的样子，晏大夫下意识地搓着汗湿的双手，艰难地登上一处斜坡，以足够的高度弥补了自己身高的不足后，他颁布命令，驱散了混乱的人群。

据《晏子春秋》记载，他当时似乎对前排的几个人讲了一句不该讲的话，他说，一次征兆完全可以吓倒一个人，但绝对吓不倒一群人，甚至反而会成为人们互相攻讦的借口。年事已高的晏大夫真实身份是个愣头青分子，但他一直小心翼翼地采取微言大义的策略来实现自己的政治主张，部分原因是因为他患有严重的关节炎。所以当景公的私欲逐日膨胀，愣头青在朝廷中逐渐失势，起先，晏大夫不得不用一层又一层的比喻，像包烤鱼一样包住逆耳的谏言；最后，他坐着木制的轮椅，回到了荒废半个世纪的海滨小菜园，躬耕陇亩，聊度残生。

其余大大小小的官吏，甚至被派往全国各地的巡查官、税吏，也都在出现异兆的今天陆续地回到了王城，准备好到大殿觐见景公，听取他杀气腾腾的责备和谩骂。

来自富庶地区的司徒、司马们统统将四轮马车停泊在了城门的周边，车顶上四角的木雕马头眼神茫然地对视着宫殿四角的嘲风。他们换乘人力木车驰进了外城，从南门而入，互相寒暄着走向了翡翠内门，静静等候召唤。来自小户地区的官吏则人人骑了匹老瘦马，穿过高山和大河之间的泥泞，远远望见了一排排小旗，就感到一阵荣幸而浑身发热起来，他们从北门而入，一路来把汇报内容细致地背诵了又背诵，像一只命中注定在蜂巢边缘劳苦的小土蜂。

被派去寻找景公的侍卫回来禀告说，从严密的宫殿大门内传出隐隐约约的乐曲，这一现象足以表明：景公刚从狩猎场回来，穿过专为他修筑的秘密通道回到了内殿。

似乎深受某种神秘激情的感召，全齐国的百姓和官吏一听闻这一消息，或者自以为自己听闻了这一消息，全体不由自主地张开圆圆的大嘴齐声唱起了国歌。虽然齐国人豆芽菜般地歪着脑袋，无不面露惊恐之色，一个个用鸟爪般的手捂住嘴，但美妙庄严的歌词依然喷涌而出，配合着洪钟大吕，震介屋檐：

高山深豁
白垩黑漆
……

许多匹优雅的鸟雀正在殿内纷纷翻飞，裔款依旧小心翼翼地跪在石砖地面上。

众鸟雀之间那位阴云密布的中年男子就是景公。

王宫的三十名乐师一听见殿外滔滔的歌声就立刻在每一个角落鼓瑟击筑，他们不知道天已经昏、地已经暗，因为他们全都是瞽者。有一些间歇，盲乐师们深感疲惫，恍兮惚兮地思考着哲学问题，大殿里的鸟鸣声就会压过奏乐声，从训鸟之乐里猛然醒转的景公微露愠色，像一匹雄孔雀傲慢地走向殿旁的厢房，一路大声呵斥。他的丝衣绸领上爬满了一种名叫“细鸟”的西域鸟雀，此鸟据《禽引》记载“大如黍粒，状如鹦鹉，闻声数里，如黄鹄之音”。推开殿门的一瞬，这些小细鸟像一阵小沙暴，抹出一群黑点，躲藏进了他的衣袖里。

盲乐师们像非洲裸鼹鼠一般作群居状，用手颤颤地调试琴弦、握紧竹尺，其时，上一秒的余音还未飘散，新弹出的曲子却貌合神离。景公擎起侍卫呈递的皮鞭抽打了前排的几名乐师，就转身踅回。被打的乐师们大多已近暮年，皮肤粉白却毫无血色，就像他们被刺瞎的眼睛一样，对外界施与的疼痛几乎毫无感觉。当然，还存在另一类解释，因为音乐是一种最接近死亡状态的艺术，它凭借自己的消失来换取听者的印象（对印象的印象）。盲乐师们显然明白这一点，因此装作死亡的样子，企图蒙混过关。

将近一个时辰了，从齐国最东方的海涯上的一座凋敝木屋，到最穷奢极欲的王城，人群继续心潮澎湃，一波波地从各处街口涌来。他们像癔症病人穿戴着奇特的短腿裤与紧紧的小背心，罩着一件麻布斗篷，右手统统抓着一面小彩旗，如螳螂般将小臂一伸一缩，高唱着：

崩山溃敌

别辨霣坠

商 羊 欲 雨

若鹫鸟之击也

中木则碎

……

景公天性喜欢珍禽异兽，据说与鸟兽一起办公使他充满快感。他即位当天就开始在大殿的外侧包厢修建鸟园和兽林。全部就绪之后，一只雌鸾却由于不适利器而当场死在了重兵把守的鸟园里，他随后特意授命匠人在鸾的倒毙之处为它竖了一尊铜像。现在，景公转身踅回时，突然萌生了想法，想去看看这尊铜像。

他轻轻整了整袖子，细鸟四下飞散进了白玉笼子，变成了一滴滴忧郁的黑点。待殿门重新关好，景公希图将场面表演得哀婉动人一些，他颔首低头，左手绞右手，注视着自己钉有银钉的鞋面，两只脚斜斜地互相交错着姗姗前行，还不时发出话语之前的悲鸣声。但是，等到最终他应该抬头脉脉凝望铜像时，却恢复了王公的冷峻威仪，重新板起了脸。因为时至此刻景公才注意到，有一个乡下人正瑟瑟发抖地趴在自己的地砖上，也是在这个瞬间，景公才突然听见了外面的国歌声，示意侍卫将殿门关得再严密一些。

裔款指着瘦筋巴骨的乡下人，高声地说：

“就是他，昨晚斫掉了一匹野鸡的腿，把它抛到了宫殿上！”

侍卫们也迎来，用棍棒将乡下人伺候了一顿，而且可见之前就已经打过一顿了——他的嘴角已经裂开，血流尽后显得灰白，铁青的半边脸紫色血管清晰可辨，估计是静脉血回流造成的。他摆出扭曲的、不堪入目的姿势，就像一个被捉奸在床的同性恋者，连声音也变得更加悦耳了，如鸽子般发出短促的咕咕叫。

“是不是你？快招，招了从轻发落！”

乡下人似乎亟需给当下悲惨的命运一个合理的解释，前提条件是不能因此得罪了比自己尊贵的人，所以他倾向于认为自己的确犯了严重得该死的罪。他伸出一只血手，在地砖上写些什么字，还气喘吁吁地说：是我，是我。不过斫的不是野鸡，是自家养的肉鸡……

他又喃喃自语：……山里早就秃了，多少年前就没有野鸡了……

“别瞎嚷嚷了！这就足够治你死罪了！”裔款迅速打断了乡下人的回话，怒气冲冲地瞪着他。

景公弯了弯鲶鱼胡，对着裔款勾了勾小手指，讲了一句：

“把他推到城楼，砍了。当一种傻乎乎的征兆降临时，如果是聪明人，我们就必须快点儿给它一个貌似聪明的解释。”

两个戴着红缨帽的侍卫搀扶着景公。裔款心中窃喜，紧紧追随在景公的右后方，经过一片长长的、青砖铺就的王道，他平时绝没想过自己能被允许走这条道。如今暗淡的阳光污浊地洒在路面上，似乎被空气中漂浮的某种怪物吞吃了，他却觉得精神抖擞，回想着当初在中山国当侍臣的前半生，沾沾自喜地抚弄右手的戒指，像抚弄一个女人的乳头。他不易察觉地笑了笑，重重地迈下台阶，踱出殿门。

“在狩猎场里，你的意思是说：去齐国以外的地方狩猎？”景公漫不经心地问。

“是的，您说得对。攥着我们日夜打造的弓箭和投石器，对齐国以外的地方狩猎。”裔款尽量压低身子，谦虚地补充。

从内殿出去，要经过一扇设有六个拱顶的翡翠门。门的上方毫无装饰，唯有檐溜架出的十二根竹管子雕镂得高贵非凡，半月型的香檀木制的门楣也很复杂。殿门打开的那一刻，被驱散的人群掀着说灰不灰、说褐不褐的麻布衣袖，像呜嚷呜嚷的一大群工蜂，随时改变自己的位置与未来的位置，重新聚拢来瞻仰蜂王。不知从宫殿的何处跑出两行肃穆的仪仗队，每人手里握有一支矛，顶端罩着漂亮的牛头，由两个交戟卫士展开了由新鲜桑叶编成的地毯。

国歌声中，一个胆子很猛的老女人，衣着朴素、仰面朝天，正大踏步地逆风而行。她挥舞彩旗的瘦弱胳膊血脉贲张，许多条或横或竖的皱纹开始浮现，密布着她的脸与手臂，像干枯后的夏枯草。老女人的身旁，无数紧握拳头的孩童、小店员与小手工业者全都兴奋地簇拥着她，声音更嘹亮地唱起来：

惑惑有晓

冥冥有昭

虚实盛衰之变

远近纵舍之数

……

城楼上，一颗脑袋被押着，刽子手宣读了乡下人的罪状，说他因为家庭不和，私自报复了一只野鸡，非但未曾想到应该把它献给盐碱地的里胥[1]，却斫了野鸡腿，趁着月黑风高扔上了宫殿。乡下人似乎迫不及待地承认了。刀起刀落之时，他的头颅像个急速坠落的哨子，又发出了悦耳的咕咕声，或许是因为周围空气的上下温度有差，导致气压起伏，脑袋以阿基米德螺旋线的图式绕着圈地往地上落。齐国人一拥而上，把脑袋捡起来，像玩弄秋天的绣球花一样，互相投掷。死刑执行完毕后，人群获得了满意的解释，各回各家了，只剩下那颗血淋淋的头颅，孤零零地沾满灰尘，还圆睁着双目，保存着刚才事件的完整印象。

“快护驾，快护驾！”虽然身份是文臣，大夫晏婴面对凶兆丝毫没有惧色。他顺着斜坡，提起朝服的下摆，一溜小跑地到了殿门前，小声对景公说：

“姜夫人死了。我有事情想要跟您谈谈。”并作势想往台阶上走。

裔款出人意料地侧出一只胳膊，满脸含笑地搭在晏婴的右肩膀，连推带拽，把他自景公身旁领进了宫殿包厢里，一路寒暄问暖。

地毯上的景公像立在一块嫩绿的长舌头上，很想挥手，以示安静，但突如其来的混合着悲恸与嫌恶的心情让他往前多走了几步，歪过头，朝隐蔽的宫殿院墙内望去。三三两两的宫女表情麻木地抬着一具棺材，没有哀乐之声，零落的白纸花刚飘到地面就被风吹跑。姜夫人死的时候，或者不如说在她死之前很长一段时间，她的身体就支离破碎了。今天早晨，侍卫强忍着恶心来到囚禁她十多年的笼子边，确信这个受尽凌辱的女人已经死了。景公收回目光，视线掠过宫殿，不知是由于天空出现了暴风雨之前常有的白光，还是由于商羊，这只他从未谋面的单脚鸟传达的消息过于恐怖了，他的体内咯噔一下，像瞬间就中了歹毒的埋伏，感到一阵眩晕，两只手凭空想抓住什么地扭绞。

——景公昏倒了。

景公昏倒时，幸亏被一个动作敏捷的侍卫扶稳了。

晏婴

晏婴大夫是三朝元老，严重的关节炎在齐灵公当政时就已经埋下了祸根。

他年轻的时候，身材很矮，模样却不失英俊，而且辩才极佳，在全周室分封下的土地上，只有一个名叫邓析，擅长颠倒黑白的讼师能与他相提并论。据说此人颧骨很高、面目清瘦，两只眼皮耷拉着，除了钱之外，对一切都无动于衷，有时唱唱红脸，有时唱唱黑脸，更时不时地唱唱花脸。

运用这种语言上的逻各斯中心主义，当有一个打捞者来找邓讼师时，他满嘴儿化音地回答说：

“别着急，沉住气。他不往你这来买尸体，还往哪去买？”

当悲悲戚戚的死者家属来找邓讼师时，他又说：

“别着急，沉住气。他不把尸体卖给你，还能卖给谁？”

就这样，尸体在铺满红色水藻的河岸上足足搁置了半个月，买卖双方都牢记邓讼师讲过的博弈论，互相均打满了小算盘，力图将好运气绷到最后时刻，绝不肯退让半步。激烈的争吵声、嘲讽声像玩一种抛球游戏，从尸体头的一侧抛到尸体脚的一侧，然后又抛了回来，周而复始，直至尸体本身被繁琐的微生物慢慢消解进了淡黄色的沙石里，双方才自认倒霉地各自走散了。

邓析的跨国讼师行业如火如荼地开展，他的头顶围着黑色三角巾，像烟囱，就要在身体的用铅笔可勾勒的线条中脱颖而出，每当他发言，又一次旗开得胜，经过他的乌鸦嘴一念叨，富可敌国的朝臣沦为了阶下囚；经过他的喜鹊嘴一点拨，明媒正娶的正房和嫡长子身无分文，某膝下无子的小妾却赢得了所有的遗产。当他思图将商业版图扩展向与郑国相隔千里的齐国时，句子就从烟囱口里冒出来，盲鳗是怎样地把钳子似的嘴钻入大鱼的嫩腮帮，继而登堂入室，吞食肠子的，这些句子就是怎么缠着被告，直到句子多得都可以将被告拖起来，离地三尺。讼案结束时，官老爷会令当差的用浇了醋的海绵举到半空，把句子们擦掉，但也有一两次，句鳗瞅准方向，蛇吞象般地啃去了当差的膀子，把案牍也咬烂了，桌子没了，最后，半壁审讯室塌了，邓析纠集人民群众直往广场奔赴。

很明显地，邓讼师也是愣头青阵营的人，但树大招风又每时每刻都发表刺耳的言论，这就预示了他命中注定活不长。在公元前 501 年，被政敌宰相子产下了毒手，把他从自家谷物富庶、鲜果遍地的仓库拖到衙门立即处斩时，晏婴对此一无所知，那时，他还仅仅是管理一个小封邑的地方芝麻官。

他所在的小县城是“阿邑”。齐灵公执政的中期，曾经连续一个季度全国滴雨全无，齐国人主动砍伐了很大一片桑树林，用来制作遮阳帐篷、大伞和简易别墅，再集体被王宫买走。一夜之间，被砍伐殆尽的土地上冒出了一层白花花的盐碱，越积攒越厚，如果用尖利的椎体刻下一片，就能看见美丽的石笋般生长着的盐结晶……与周围形成差异的不仅是它的形态，更是光线穿透它，在结晶体中的反复折射。盐碱地不但开始持续下陷，而且变得蒺藜丛生、坑坑洼洼。

各住户前的木门牌挂在一根断了一头的绳子上，或者直接湮没进了淤泥里，风一吹，就拍击在门板上哐当哐当响，搅拌着地下土质咯吱咯吱响，一耳听去宛如送葬的鼓乐声。人们纷纷传言，说这一切都是因为齐昭公饲养了那只黑底白斑的蝾螈，这一灾祸分明属于天神安排好的惩罚。

阿邑坐落于盐碱地的中心地带，几个月前还富足而安康，如今却成了远近闻名的首批贫困地区之一。二十多岁的晏婴乘着一辆用烂葛藟绳勉强维系的老牛车抵达，他举目四望，一望无垠的碎石块处处滋生出鲜红色的、叶片布满针刺的荆棘，它们像色彩繁复的河鳝，又像某种擅于纠缠对手的海洋动物，一动不动地窥视着。良田早已荡然无存了，仅有的几株矮树将死未死，正沿着一条人和牲口胡乱踩出的仄径缓慢倒下。他没走几步，就前仰后合在滚动着许多小盐粒的地面上。盐碱地的房屋只剩断壁残垣，所有的一切好东西全被几日以来黄沙弥漫的飓风给刮跑了，留下的垃圾遍地，肮脏的鸡笼像南美洲荒原的卷柏一样，游荡在没刷白灰的院落里。阿邑的百姓仍然无法容忍穷苦的生活，他们不约而同地在墙体上挖洞，把穷得响叮当的钱囊和装有薄薄几张白条的箱箧藏进去。

这一切只属于白昼的齐国，到了夜晚可就大不相同了。到了夜晚，盐碱地的齐国人从来不敢向天空眺望。斗大的星星比篝火还要灼亮，把淄水照得见底，河道转弯处就像一团磷火冒着森森的白光。阿邑的百姓总觉得其中暗藏着什么歹毒的阴谋，他们为了免去遭人暗算的恐惧，就裹上黑驴皮草草缝制的披风，戴上蜘蛛似的黑手套，蹬上以灰煤渣子擦黑了高筒皮靴，深夜翻过别人家的颓圮院墙去偷窃。既然每家每户都如此行事，人人都知道对方愚蠢地把值钱的首饰藏在了哪里。

这种错误的行为，甚至连齐国人自己都深感愧疚，物质财富一分钱没有增加，但他们的确获得了心理上的满足感。不过，更夸张的事情还有不少：由狡猾的心态驱使，也为了逃避无所不在的债主，居民们练就了连夜拆掉房子，踮起尖尖的脚趾头，把木板子夹在腋下走路的能耐，在黎明时分，找一处干净的河岸再旁若无人地搭建起来。这样的经历过惯了，他们就连路都不认识了，变成了无根的浮萍、无法传播种子的风，就这样，仅有的满足感也一点点地丧失。

不久之后，村民们大规模地生了一次怪病：不论男女老少，肚子全都凸出来了，接近半透明，里面的五脏六腑与盘绕着的肠子清晰可见。

村庄的神婆伸直最长的一根手指头，晃动着，半睁一对三角眼怒视施法台下诚惶诚恐的信众。。

“你呀，外乡人！”

晏婴刚从淄水河与村里的几口井水那里回来，手里捏着盛满食用水的粗壮的芦苇杆，人们的目光正尾随着他。他一连十五天待在死鱼死虾不断涌上来的盐沼畔，驾着小木筏，折断了湖中心直径最长的芦苇，采集完三条支流水源就回到茅草屋里的小作坊，蒸馏、萃取、提纯，直到晨光熹微，给北方的云彩涂上一层橘黄、绯红之色，他才肯小睡一会儿。

晏婴似乎没注意到神婆和越来越难以行动的双腿，他教每一个病人使用两块中间鼓起的云母片，一大一小，叠加在一起，再调整到适应自己眼睛的角度，对着芦苇杆里的水仔细观察。

他问："看见什么了吗？"

那些老姑娘满脸麻瘢，左顾右看。有人一无所见，有个小男孩就说："看见了，粉红色的虫子。"

但等到那小男孩迫不及待地把云母片挪开，他就又什么都看不见了。"刚才还有虫子，粉红的，像蚯蚓一样一伸一屈，怎么现在消失了呢？"

"我昨晚在齐国北方的分野上目睹了一颗炽红的灾星！停留在虚宿的位子上，不走了！人民！"

施法大会顿时鸦雀无声，神婆半面漏风的牙床上下咬合不紧，吃吃地说着当地的土语。全场越发沉寂。等到晏婴旁若无人地拔下一根狗尾巴草，含在嘴里，吮吸清凉的植物汁液，拿着芦苇杆走了的时候，村民们丢下神婆，用褐衣的宽袖紧裹着格格打颤的几颗牙齿，腆着越来越嚣张跋扈的肚子，争先恐后地跟着这个年轻的矮个男子离开了。

处理盐碱地任务，晏婴据此发明了一组庞大的灌溉机械，试验成功之后，这架机器有数计百计的触角和密匝匝的网状物，虽然不久即被统领一方的季氏老爵爷派兵拆除了，但直至景公十五年的大洪水，这一宏伟的遗迹依然残存些许木桩、烂网而可见一斑。

灌溉机械的外表像一尊木骨骼的苍龙：

龙首对于龙身而言是个不成比例的大脑壳，它被搁在了淄水河流入盐碱地的多条支流的滥觞处。那里的主水道弯弯曲曲的，干岸边呆立着几株枯瘦的蒹葭，时不时飞过点点寒鸦将影子溺死进水里，还有人自称看见过已死去的士兵的苍白脸颊，他们在往昔不胜枚举的战争期间曾趟过这条河，慷慨赴死了。

大脑壳网眼之细密，只有纯粹的水分子能够通过，淄水河的水质在此一分为二。龙口的外侧堆积出了一座陈年旧物的垃圾山，许多破碎的瓶瓶罐罐、死兽的骨头和用轻薄透气的鱼鳔制作的安全套……都倾倒于岸边。人们还翻找出了一颗深蓝色的眼睛化石，充满悲凉的目光，有点羌族人的风采，在流浪与定居之间苦苦挣扎，就有年纪高的老者端详着它，说这是禹王的父亲鲧的眼睛。

龙的身躯横跨整片阿邑，请一名流亡在野外的画师亲手绘制、粘贴和焊接了金色的龙鳞，为此他操劳得断掉了三根手指，但他认为这是值得一做的艺术品。龙的全身安装着几十架水轮，日日夜夜由经久不息的风沙推动旋转，既可以去除掉腐烂的长绿水草，又可以引导河水扑入交错的沟渠，对导管稀疏、缺矿物质的水稻进行灌溉。另外，在龙体连绵瓜瓞的背鳍处牢牢地固定着起探测针作用的一串笼子，被捕捉来的树蜥动作迟缓地爬剔在草窝里，这些冷血动物色彩鲜艳，高兴时会张开豪华领结一样的颈皮，充血而腥红，但只要盐碱地的气候变得恶劣，风中飘着死亡的气味，它们就立刻皮肤干燥，显出一副未老先衰的模样。

龙片状的、槌形的尾部被设计得形似传说里的海怪，掀动着经过了过滤的河水，让它保持一种健康的循环状态。作为附加的小附属结构，每一只龙爪都悬吊着几十条鱼钩，俟到夏季，身形滚圆的成年鲶鱼一般过不了这一关。

与此同步，满头银丝的季氏老爵爷正张罗起临近的乡绅们聚会，洋蓟的根须扎出烤熟的蜗牛肉，抹上芥末籽。小狍子皮靴——集几百只狍子日晒后的腋下皮，缝缀而成；上衣属于标准的蚕丝夹袄，看对襟的纽扣位置，应该是由郑国的王夫人（这是个著名的男裁缝，除了名叫“夫人”之外，到了蛮狄部落的酋长来请求他缝制兽皮衣时，他又被称为克里斯汀·王）亲自打理的。他安享晚年，周身也散发着郑国薰衣草的香味，他说话时，手肘朝上举以疏通血脉，抽着心爱的汉白玉烟斗，独倚在别墅的雕梁画栋旁，高踞在半山腰上俯瞰着蚂蚁般大小的盐碱地村民围着一架机器抛网捕鱼。他一开始觉得莫名其妙，后来深刻地感受到了来自远方的、尚不成势力的某种威胁。聚会时，每位乡绅都完全赞同如果让穷困潦倒的盐碱地变回从前的富足，甚至比从前还富足，那无论如何是对齐国公室的不敬，因此直接构成了对周天子的大不敬。况且，什么木头龙的怪东西，三皇五帝以来闻所未闻，可见不是什么社稷良材，倒是亡国之器。

晏婴站在木头龙的犄角上，远望刚长出几寸长度的水稻苗和稍显嫩绿的青菜，盐碱地的土洼里也有幼小的桑树正破土而出。这几天，他与村民们忙于开渠引水、修缮鸡舍马棚，打新的水井，搬运走被盐碱腐蚀尽了的下马石，累得浑身散了架，只好一个猛子扎进河水，任由黑圆点似的蝌蚪成群结队地亲吻他。他还研磨出一种石英砂般的紫色药粉粒，兑好温水，给一只肚子肿大的野狗服用后，野狗又变得活蹦乱跳、四处咬人了。渐渐地，村民们的瘟疫也全部治愈。

厄运就这样如约降临了。

老爵爷与乡绅们开第一次会议时出动士兵，把死蟑螂馅饼，从死人躯体上扒下来的衣服，赠送给小孩和孕妇。第二次就拟定了对付晏婴的方案，分为栽赃陷害的方案 A 与杀人灭口的方案 B。他沙哑的嗓音很不屑地说：

“真不知道灵公他老人家是不是老糊涂了，还是让女扮男装的歌妓迷了心窍，竟委任了这么个动乱分子！他不过是个填补空缺的小官，在大字不识一个的愚民之间兜售他邪恶的机械！”

商 羊 欲 雨

在这里，机械的善意被误解了。

当天夜里，三名红派的蒙面刺客骑着三匹公牛，伴随着一阵来自桑树林的南风，从爵爷的马厩破墙而出，并驾齐驱，沿山势而下。他们沉默寡言，或许入行之前就被割去了舌头。

刺客大致分作两类：红派刺客杀人不眨眼，给足够的钱，事就可以办得干净利索，给的钱如果再多，他们连自己都愿意杀，但这样的话，工作经验就会不足，雇佣他们的老板就会减薪；蓝派则与此迥异，他们披着湛蓝的斗篷，只在夜晚出发，缺点是工作不细致，经常有白捡条命的受死者举报说他们入室杀人却先夺门而逃。

十二只牛蹄叩击沉重的大地，踩碎了好几片淡紫色的木犀花，将花骨朵分作六瓣的老槭树拦腰踏碎。

遇到河水或残缺腐烂的木桥，刺客们就将手与手连结，从容老练地骑牛一跃而过，激起的灰尘像珍珠粉一样，洒满了爬着畸形鳗鱼的烂泥塘。他们思维清醒、行动果断，在扁担似的牛角上挂有一件包裹，内装有一枚晋国的圆榆钱币，这种钱币形似椭圆形的榆叶，如果将其横在口前吹奏能发出清越雅音。他们此行的任务就是按照计划 A 神不知、鬼不觉地将此钱币塞入晏婴的布鞋之中，次日，封邑主人会派遣士兵来捉拿叛国者，这时，就安排好了会蜂拥而出一群村民，面目狰狞地指证说：“晏婴有外币，晏婴有外币！”

不过，如果中途出现任何意外，将直接执行 B 计划，杀人灭口，封邑主人当然提前准备了一只很温驯的替罪羔羊。

刺客的后面还尾随着一队爵爷的私家士兵，他们迈着哆哆的骑兵步，滑入蛇蝎泛滥的泥淖，沾着一身的污泥，从淄水河三条支流的汇聚处分散挺进。到了卧有木骨骼苍龙的所在，就高举起砍刀，噼噼啪啪地把它砍烂了，登时木屑横飞，龙身流出了几公升深蓝色、冒着荧光的血液。村民们事后回忆，都说亲耳听见了愤怒的龙吟。

临近阿邑时，刺客们牵牛步行。其中一名刺客见不远处闪现着游走的提灯，仅仅一挥手，巡夜老翁的脑袋就被齐刷刷地削去了，而且像投标一样飞起来，划过一次抛物线，在快抵达最高点时，突然丧失了勇气，懦弱地忽扇着双耳，跌了下来。晏婴的茅草屋距此不过五十多米远，近一个月的劳累以来，他在罕有的安稳睡眠中，没有听见沙沙的、带来死亡的脚步声，和一阵轻捷的、野貂一样诡秘的声响，那是有人正在屋顶上摸黑走动，搬起一摞又一摞茅草。

编年史家写至此段犹豫不决——他似乎看见了冷漠的星光与暗淡的火光中，三个黑衣人从茅草屋的屋顶连缒而下，晏婴猛然醒来，转身与他们进行注定惨败的殊死搏斗……不，不行。他的小刻刀决定了无数人物的命运，但至少那些尚能够自圆其说，倘若他一门心思想干件惊世骇俗的事，写一本云山雾罩、前言不搭后语的小说就够了。他搁笔了，在老鼠沿墙根吱吱跑走的地牢里，他搁笔了，嗓音沧桑、咳嗽不止地口述道：应该还有第二个版本。

晏婴整夜不眠思忖地当下与前途，想出门到麦田里逛逛。他起床披衣，穿好布鞋，打开了木板拼凑成的房门，发现在对面那黑黢黢的田埂上，站立着一个肩膀很宽的陌生人。他就是爵爷派来的蓝派刺客，身材高大，套着紫玉鼻环，与众不同之处是：他顶着两颗同样型号的脑袋，脸庞的形状犹如泥塑的圆盘，正踌躇着应该往什么方向走。

他罩着一件超大号的灰白锁子甲，系着土黄色的大翻领，很紧地卡在脖子上，可见锁子甲之下穿着另一层很厚的衣服。剑身晃荡在宽阔的剑鞘里露出了肃杀之音。陌生人的矛盾性格体现在那两颗脑袋上，当第一个脑袋说“是”，第二个脑袋就针锋相对地说“不”，笑嘻嘻的脸部皱纹加上鼻子上的圆环，很像两座系在一条绳子上的大铃铛。

他进了屋，坐在简陋的茶几旁，第一个脑袋愤恨至极，不依不饶地说：

“A计划明摆着失败了，按照B计划，我很乐意杀了你。你真应该反省反省，如果全齐国都充斥着你这样无理取闹的人，制作些什么稀奇古怪的机械，还成天嚷嚷着减轻徭役，那么唯恐天下不乱的事情就会比比皆是，爵爷和灵公就会被你这一只嗡嗡叫的小苍蝇限制住，到哪里去扩展齐国的版图呢？鬼方国和戎狄地区吗？可笑。幼稚！全周朝有二十多位诸侯，哪个国家有像你这样不听话的人呢？因为你，我们会被全天下的人挂在嘴边、天天耻笑。”

他的右脸却变得红润，咧开了大嘴亲切地一笑。

第二个脑袋偏向左边，连忙颟顸地道歉：

“但我可不想杀你，我们都知道你是一个有勇有谋的好人，倒是那些想杀你的人活该被杀。那些官老爷无时无刻不作威作福，牛马在棚圈里衰老，车子在大门里生了蛀虫，衣裘袄裤在储藏室里破败腐朽，腊与肉酱变质了，美酒变酸了，财物丢失了，下级的报告就频繁地打上来，可百姓筋疲力尽都摆脱不掉接踵而来的罪名，长此以往，非逼迫得老百姓去仓库里亲手抢财产不可，这些爵爷呀，王公呀，甚至烹死自己儿子的御厨，比夏、商的君王桀、纣还暴虐。”

大块头刺客的整个身子完全僵住了，转了转，什么肢体动作都没有。

晏婴老了之后，他管理自己的封邑，当上了大夫，性格也老成持重了不少。在盐碱地患上的关节炎像病魔的长手臂一样拖累他，上台阶、上斜坡时，腿骨软绵绵，内部似乎崩裂成了肉色的粉末，但他的头脑依然敏捷，依然是个喜欢捣鼓世界万物的人。甚至当景公一十五年，他被贬官为民，抠抠搜搜地回到了老家的滨海菜园子，面对着一个长相丑陋的老妻，有一天，他看见淄水河冲刷下一头死去的白象，内脏腐烂而皮肤却很完好，酝酿了多年的点子水到渠成了。在最后时刻，用这张巨大的白象皮，他建成了一座热气球去营救垂死挣扎的景公。不幸失败了。

商羊飞来的第一个早晨，他安插在季氏老爵爷府邸的密探连夜潜回王城，向他报告说，九十多岁的爵爷一反常态地大宴宾客，甚至连半个齐国之外的庆氏、田氏也坐着一长列马车，翻过几座大轮草肆虐的荒山土丘，准时赴宴。晏大夫倒抽了一口凉气，他一直误以为过去了这么多年，老爵爷早已被埋进了十尺深的黑土，身旁搁着冰冷的汉玉烟斗。密探大口喝下清澈的凉水，接着说，爵爷在招兵买马，重金聘请力能扛鼎的军事教头。

他刚抓住时机，想把这个消息告诉景公却被裔款拽走了，当他走出了空荡荡的宫殿长廊，踅身再追回去时，惊讶地看到景公昏倒了。

卫国马戏团

从远方进入齐国的唯一一条大道两旁正盛开着罂粟花，根系虬结地捆匝住齐国的全部土壤。硕白的月亮就坠在这火红世界的一端，许多透明的露珠在幽光照射下，像许多透明的昆虫爬剔在花茎、花瓣与花蕊上。这是一片空旷的平原，罂粟花的缝隙间隐隐生长的车轱辘菜正因为平原的微风而簌簌抖动。自子夜持续到现在，气氛都非常地静谧，直到大道两侧的碎石子开始轻微地跳跃，一颗接着一颗滚落到附近的沟壑里。

就如同从地平线上抻扯出了一辆轻便马车。那两匹马的头由远及近，朝着齐国王城的方向有节奏地起起伏伏。它们的后面是一节厚重的雕花木车。四幅轮子前小后大，表面贴有金箔；四根立柱矗立在木车的四个顶点，共同撑起了贝壳造型的顶篷。只一盏油灯悬挂在左边的一根立柱上，光线温柔、甜腻。

车篷合拢得太严密，只能听见毫无规律的嗡嗡声从车厢内传出，恰恰因为它毫无意义而不知止息，就越发显得恐怖。唯独一只手浓妆艳抹裸露在了外面，如果凑近观察，会在厚厚的胭脂和各色涂料的覆盖下发现，手的背面布满了老年斑，像一片烧糊的燕麦馒头。一路上，随着车篷逐渐打开，车厢内三个苍老的嗓音尖利地吟唱起歌谣，这只手就神经质地敲打着车身：

“秋天，死于水的人
寻找飘浮的嘴
如蝴蝶之喙
啜饮着杯子花盏
如今，玩具狼眨眼睛的街区
掩饰在木材后，
许多人，一往前看就变成盐柱。
黑呢罩衣，猩猩毛外套

坐着蛇形马车
（蛇形马车！）
风帽像炸弹一样爆开
豪夫童话里端满银盘子的晚会
没有了，没有了
（请来赴宴，我要指给你
“有”与“没有”的差别
那不是一只蟋蟀：请承认繁殖的限度。）
四月庭院；
……”

如此反复，歌谣又被吟唱了几遍后，取而代之的是哗然的笑声。那只浓妆艳抹的手四处摸索着抓住了一根纤细的丝线，轻轻一拽，马车顶棚就舒缓有致地卷了上来。三个黑衣袭身的老太太端坐在软榻上，宛如三粒黑珍珠。

两匹马的速度明显变得缓慢了，像是过于疲惫，要立刻栽倒进罂粟花丛里一样。三个老太太两两地握着旁边人的手，目光空洞地扫视着周围的一切，干瘪的嘴唇一翕一合，仍旧时而吟唱时而发出笑声。油灯映照出她们的脸和手，同样的浓妆艳抹，五颜六色的项链和手镯萦绕过身子直接垂向了地面。

“一切东西都是可以加以利用的，”中间的老太太微微地闭上眼睛，欠身对着月亮唠叨：“尤其是已经死了的东西。”她有一处凸出的驼背，用手敲击会发出木鱼的清脆响声，因而也是她们这个马戏团的表演工具之一。至于马戏团的其余成员在哪里，可以说只有她们三个老太太，其余的都是随用随弃的；或者说，偌大的世界都是她们长期招募成员的所在。

驼背的压迫下，她说话就显得瓮声瓮气，过了一段时间才传到另外两个老太太的耳朵里，她们心照不宣地点点头，马车也恰在此时完全停止了运动。那只浓妆艳抹的手负责推开车门，她们全部手牵着手起立，互相搀扶着走下马车。她们的身型比一株蒹葭还要又瘦又高，而且容貌也很相似。

为首的老太太安装了一个纯金的假手，五片手指肚的指纹雕刻得异常精致，这只手的抚摸，比柔软的天鹅绒还要令人肢体瘫软、酥痒难耐。她最先踅到马车的末端，在黑暗和潮湿的空间里用金手不停地翻找着什么。她大汗淋漓地终于抓住了网状物的一头，在另两个的帮助下，把它连同内里裹着的木箱一起拽了出来。木箱的构造非常奇特。——初看上去，它的四面八方均布满了大小不一的圆形孔洞，且呈螺旋状向内旋入，犹如海螺的旋纹，寓意着一种原地打转的下沉感和绝对的迷失；它真正的内部则漆黑一片，类似灰尘排空、不见一颗星星的夜晚，就像是某种装死人的器具。

“装死人的东西，”第二个老太太用鼻子嗅了嗅空气，哆嗦着嘴唇说：“搁在哪里都可以，因为人可以死在任何地方。”

“不对。对世事耿耿于怀，甚至希图改变的人死了化为孤魂野鬼，我们也照样不稀罕。我们要的是那些驯服的灵魂，他们心甘情愿地贡献自己的皮，任由我们绷成鼓面，在国王们喜上眉梢时洒下的白花花的银子中捶击、演奏。”第一个老太太用金指尖剔着牙缝，继续拽出了第二架木箱。

“有时候，连死人也嘴硬，我想是不是因为如今孤魂野鬼越来越多了的缘故。还好，死人也怀有欲望，咱们木箱里的药剂足够迷惑他们的了。”

“你们知道什么？”第三个老太太现在才开口，她喜欢沉默寡言：“啊，你们知道什么？死人同样需要被教育。如果死亡是最大的威胁，那人就倾向生；如果人意识到生活更加危险，那他们就会希望死；如果危险大的不得了，以至于死亡都成了奢望，他们就陷入了死也死不了的无望，这时，他们就会千恩万谢那些乐意杀死他们的人。”

“教育他们去感谢杀死他们的人？”两个老太太问，声音严重不重合。

总共拽出了九架木箱，老太太们每人负责将其中的三架抛向不同的方向。她们似乎都很兴奋地完成了这件轻松的任务。当她们手紧挽着手、腿紧挨着腿，像连体婴儿一样朝着罂粟花丛中走去时，第三个老太太调皮地从黑衣服的口袋里掏出一件亮闪闪的东西，很小、很精致，大约只有两寸长，几乎呈一个球体。

“一头小铁猪？”刚才的那两个老太太又一惊一乍地说：“我还以为我们上次把这乖宠物给弄丢了呢。”

她们伸出双手，东摸摸、西摸摸，还用手指关节轻轻地敲击，显出无限爱怜的神情。猪肚子显然空空如也。空洞物体在外力作用下会发出一种剧烈的罗音，果不其然，这时候，小铁猪因为饥饿开始嗯嗯唧唧地用猪鼻子喊叫，声音在空旷、岑寂的罂粟原野里越来越响亮。不知道是不耐烦了，还是把好话留到最后，第三个老太太再次什么话都不讲，从浓密的发髻里拔出一根金钗，由食指与中指优雅地夹着，与细长的手指保持着平行，递到了小宠物的猪嘴边，后者在清新的空气中已经恢复了食欲，像一头活猪一样，撇着臭气熏天的猪牙，一截一截地将金钗吃下了肚。满足了食欲之后，小铁猪非常有孝心，像叩头虫一样曲起两条后腿，前腿则握在一起，乒乒乓乓地磕起头来。

老太太们都伸手抚摸着小铁猪金属质的背脊，委以重任似地掂了掂它，然后就把它放进罂粟花丛中，任由它自己随意地嬉戏。她们则走向罂粟花更茂盛葱茏之处，一边伪装成少女对着月亮作最妩媚的倾诉，一边延续方才没完成的话题，侃侃而谈。

“你们看楚王宫里的那个小丫鬟，当初被咱们从卫国拐骗过去时，又踢又踹，还哭哭啼啼，现在恨不得在楚王的怀里扭出九十道弯。人，都是很愚蠢的，毫不悔改自己的堕落，而且沉溺于堕落之中。他们既然不想学好，咱们就索性以恶制恶，而最大的、最没有痛苦的恶正是教育他们去感谢杀死他们的人。”第三个老太太眨了眨锐利的眼睛，长长的睫毛像岸边的垂柳，拂过眼睑。任何看过这双眼睛的男人都难以相信在黑色衣服的掩饰下，一副老朽的身躯皮肤皱缩，像被剥了皮的乌桕木，丑陋至极。

“那是因为楚王给了她杨木刨制的床铺、采大莲箍成的华盖，还带着她游玩，整片南国地区无不为之歌舞升腾。金盘子、银盘子环绕着车队，载满了榴莲、香蕉、橙子和串串紫葡萄。更有打赤膊、光脚掌的男奴隶抬着车辇，凡是得到她一瞥的过路人都被楚王下令杀死了，他不能容忍别人保留对美人的印象，他认为普天下的美人最好只能归他一人所有。”这是第二个老太太的声音。

“她现在获得了快乐，天天纵欲，还不到十六岁就学会了老女人的各种花招诡计，对楚王那个蛮子屡试不爽。听说最近她迷恋上了烹煮迷迭香，四处让侍卫搜查琪花瑶草和药石，内服外敷，我等着看那小蹄子将来活脱脱把自己弄死。”

三个老太太越说越勾连起许多往事，充满了老人们回首人生时规模宏大的评论欲望，而且越说越不堪入耳。不过，这正是她们安身立命的拿手活计之一，用神秘的器具囚禁死者的灵魂，或者直接抓个活人，把他做成热气蒸蒸的骨偶——反正也没有什么旁人在乎——编排进马戏团里没日没夜地表演，对着观众摇尾乞怜，而这些观众，说不准某一天也会被拖进小巷，趁着阒寂被宰，然后做成骨偶，竖在帐篷口以广招徕。

把活人变成永不安宁的鬼魂的念头令她们兴奋。

瓮声瓮气的老太太补充：“在齐国的这次大买卖，我觉得盛况一定会超过上个月的燕国之行，那个小破国家乏山乏水，人民连帽子都买不起。像咱们现在这样，在平原上仅仅收集气若游丝的鬼魂恐怕到时候人手不够用。”

罂粟花每隔两年成熟一次，全株粉绿色，叶长呈椭圆形，抱茎而生；夏季开花，罂粟开的花朵大型而艳丽，有红色、紫色、白色，向上开放。花早落，结球形蒴果实，内有细小而众多种子，当然也有不同的看法：如果除去果壳，品尝内部的种子，棕色的可卡因汁液伴随着绿绿的植物体液流入喉咙，人就能感到五脏俱焚般的快乐。

今夜的月亮又红又圆，但质感浮肿而扁胀，就像吞吃了不少罂粟花的乞丐，皮肤渗出丘疹，又像被打断了腿的马，只挺着圆滚滚的脏肚子。夜晚将尽时，贝壳马车在罂粟叶片上被扭曲的阴影像一角鸟喙，做出捕食的姿态，延伸到一棵老树的脚下。

临行之前，三个老太太手挽着手围绕着这棵老树，像春天的母豹一样，两腿站立，膝关节老迈地弯曲着，异常兴奋地再次吟唱起歌谣：

“……

而萧瑟的餐桌

野烧葡萄藤的酸涩划破鲸鱼鼻骨

一滩萤、海星，

刁钻地在岩石间闪光

（想想吧，联想到什么？）

须臾中耸立起的大城市，脊椎疲惫地

拖动着世界绞索……

但还望千万宽恕，宽恕，仅仅是（无非是）

被污染了的夜莺的啼鸣

最奇怪记忆

蹩脚国王，哑巴女皇

擅于谄媚的白老鼠侍臣

这年月，人可得活得下去啊

我曾经胡髭拉碴，沉思

越过巴比伦塞满贝壳骰子的河

蜚短流长

“五十四发条鸟，拧紧时，天色已晚。”你说。

你的头发全湿了，我喊，

人子啊，谁能替你担保？

（手掌，向灾难敞开

像地球，嗫嚅出罗音）

“放飞，放飞。”

反正，如果下雨就靠着墙

多少电车横穿了蒙着尘土的森林。树

——燃尽的烟蒂。

我们靠着墙”

如此反复，歌谣又被吟唱了几遍后，取而代之的是哗然的笑声。此刻的月亮正被乌云巧妙地遮挡住了，三个老太太从野地里走出来时，裙摆都沾染了大片的水迹，紧紧贴在身体表面。等到月亮再次出现时，她们看到了对方那好似又回到了少女时代的身材，就互相推搡着调侃起来，打着猥亵的唿哨。三个老太太两两地握着旁边人的手，目光空洞地扫视着周围的一切，干瘪的嘴唇一翕一合，肘关节发出咔嚓咔嚓的声响，像三张邪恶的剪影缓慢地步上了马车台阶，缓慢地稳坐在了软榻上。

突然，从老太太们来的同一个方向闪着点点灯火，四双面积极大的脚掌一起一落，令地面轻轻颤抖，大道两侧的碎石子又开始轻微地跳跃，一颗接着一颗滚落到附近的沟壑里。灯火由远及近，是与贝壳马车旁同样款式的一盏油灯，只不过被浓烟熏得黝黑，被搁在一辆木头车的扶手上，里面塞着几株用来占卜和驱蚊的艾草，发出阵阵呛人的气味。

木头车由四个畸人费力地抬着，他们的脚掌又扁又宽，腿骨像爬行动物一样僵硬地弯曲着，但都穿着华美笔挺的制服和套装，拖着长长的后摆。反倒是车上盘腿而坐的那位看不清是男是女的人浑身赤裸，只遮盖了一件兽皮，头顶毛发肮脏，插满了高挺的鹰羽。这四个奴仆加一位主人面无表情地从贝壳马车的右边走过。

不知道是哪一个老太太嘟囔了一句："真是秃鹫围着腐肉转啊，我还以为这吃里扒外的家伙被楚王驱赶到东海滨了呢，或者处死了呢，没想到来得真准时。"

第三个老太太以信心满满的气势将手按住灯笼的支架，轻轻唤了一嗓，那头小铁猪就披荆斩棘，浑身上下沾满了草籽和花蕊，迅速地从罂粟花丛中蹿了出来，打了一个筋斗，跳回了她的黑口袋里。她志在必得地说：

"他那一套巫术早就没人相信了，现在人们孜孜以求的是尽情的娱乐和尽情的放纵。只要我们控制了人的欲望，我们就控制了人本身。"

那只浓妆艳抹的手四处摸索着抓住了一根纤细的丝线，轻轻一拽，马车顶棚就舒缓有致地卷了下来。被夜幕掩盖的两匹马神奇地出现了。

它们刚才在寒风中似乎熟睡了一阵，此刻不约而同地醒来，低着浑浊的眼睛注视自己的蹄子。

它们甩甩尾巴，把凸出的脊椎骨平行地朝向大道的另一边，总想远远地避开那些木箱。

废太子

子时的月亮像个病患，身躯伛偻着蹒跚过东侧的天空。溶溶的光线越是靠近窗扉就越显得明亮，雨点似的打在黑瓦白墙上，却悄无声息。窗框和一小块地面犹如镀满了蜗牛的银液，亮度上升，这一切景象将完全持续到月亮沉入大海的那一刻。

病中的景公裹着温暖的雪白狐衣，脖子上围着扎染过的狐狸尾巴，躺在睡榻中间舒舒服服凹下去的地方，背后靠着康乃馨色的鸭绒枕，面容憔悴，像专供王室享用的发面枣糕。卧室里一切物品，包括墙壁和他自己都是白色的，即使不能刷成白色的窗框和窗外的树枝，不是被他下令除掉，就是精心地用茯苓窗帘遮挡住了。

身体有恙的情况下，他异常清醒地意识到自己已经老了，竟老到瞥视一只残疾的鸟会昏死过去的程度。景公躺了一个白天，身体丝毫不见好转，眼球慢半拍地追随思绪四处游移，他拾起自己的手搁在肚子上，端详着它们，手就如同两只长角的动物，有自由的思想似的。

“我过去可不是这副德性的。”

他阴险地摇晃着墙面上的影子，反复掂量着一个沉重的念头：姜夫人既然在被折磨了这么多年之后，悄无声息地死去，与她有关的一切遭遇也应永远抹掉，再无后顾之忧，但就像野火焚毁的草原中星星的种子一样，姜夫人生下的那个男孩至今没有寻获，而他很有可能在接下来的某一天，怀揣匕首刺景公一刀。景公为自己的所作所为羞愧难当，为紧握手中的大权而心狠手辣，他想到了一种绝妙的修辞来安慰正受着煎熬的心灵：记忆像灰烬，或许会因为一时一物的骤然显现而尘土飞扬，你就像气喘吁吁的老熊，凭借一段幽暗光线的指引，跨过往昔的残山剩水，一头扎进圆滚滚的山洞口，那里面堆有很多你之前强迫自己遗忘的骨骸。

“谁让我的小纳查长得如此美丽动人呢。”

景公在一片白亮的氛围里喃喃自语，刺目地回想着并不久远的过去。连盲乐师们弹奏的《苏合香》《黄帝盐》在他听来也成了一种凄厉的音乐，余音叠加着更短促的余音。他停止阅读侍卫呈交上来的各地区大小官吏们的报告，这些报告密密麻麻地，以至字迹重合地刻写于白粉竹片。

纳查夫人是景公的第二个妻子，但当后者把脸埋进她的香颈里，宛如一张色迷迷的三角形砍在温柔的圆柱体上时，他就完全忘记了第一个妻子。鼠丝国的鞑靼王在景公三年，在五十名西域大胡子弓弩手的保护下，朝圣一般地牵来一头红牙齿的白象，献上了倾国倾城的女儿。那天，天色晴晓，气候既不溽热，也不干燥。公主斜坐于白象的高背上，两条细长的腿叠拢在一起，她穿着一身缟黑而顺滑的缎子衣服，几乎包不住他那女性的丰满肉体，最抚媚之处在于她歪戴着一顶金丝鼠皮做的帽子，这种老鼠是鼠丝国的特产，毛皮的抗火烧能力极强，一只金丝鼠拖着刺猬般威风凛凛的长毛，可以毫发无损地走过焦味阵阵的火场。公主当时不过十二岁，头发瀑布一样地从帽子下歪在一侧，牵动嘴角微微动了动耳朵，全王城的齐国人都闻到了一股轻荡荡的麝香味。这种曼妙的身材和体香在她成为两位公子的母亲之后，依然如初。

纳查夫人刚嫁到齐国，就给每一个寝宫的侍卫和侍女罩上了灰鼠皮帽子，有别于金丝鼠皮，这种帽子只对身份低贱的人奏效，如果也给椅子、灯柱、长柜子罩上，它们就会听话地统统自行搬进里屋，轻一点的羽绒毯子飘起来，叠成“之”字形，弹跳着挂上百叶窗前的一根砍倒的刺槐代替的晾衣架。

一个深秋的雨夜，姜夫人哎呦呦地直叫唤：她的颈椎病牵连着半截身体，活动不得，戴着沉重发髻（小船一样两边尖，中间宽）的脑袋像破混凝土块，吊在锁骨底下。纳查夫人说她有办法，从羚羊皮的妆奁里拿出几枚扎针灸的针，让姜夫人盘起一条腿坐下，一手伸出去老远。

“首先我要说，我的朋友，你是个生着病的女人，到现在好几年了，你的生活就是不停地治病。”

纳查夫人唤来几十名宫女，轮流往姜夫人脆弱的骨节缝里扎针，这些西域的针管像大黄蜂，集中在紧张的神经丛上，麻酥酥的，姜夫人笑眯眯地接收着奇特的疗法。她又絮叨：“我四月二十五号给你动的手术很可能是倒数第三次手术——换言之，到了下一次的下一次，说不准，你就被送到火葬场去了。别，别，别拽我袖子。咱们假定你还能再活几年——会怎么样？你连抱小婴孩的力气都丧失了，还注定要饱受饮食习惯的折磨，你的身体已经绝望地腐朽了。”

姜夫人抖着两条骨瘦如柴的腿，这吵吵闹闹的小女孩会加速我的死亡，她想，同时，她又嫉妒着小纳查那两条强壮的腿，嫉妒小纳查红润的面容，嫉妒小纳查毫不嫉妒她的殊为傲慢的气质。

“我……”姜夫人插嘴。

“别言语。”纳查夫人当即打断了她：“你别言语，也别看任何东西，闭上眼睛。你说的话比你更先抵达死亡，就像你伸出去的这只胳膊，它已经浸在了死之中，正要把你也拖进去。”

就这样，经过了金鼠丝的纳查夫人与许多灰鼠皮的侍女屡次手术之后，姜夫人无限膨胀，走在拱廊时，感觉身体就分化瓦解了，处于精神分裂状态下的肉体分裂，她原来的位置任意被新娘的外表特征占据（这些特征太熟悉了，以至于都失去了差别）。

景公从小银碗里拿糖果，搪进嘴里含混起来，然后又含混第二枚、第三枚，直到舌苔发酸，他终于不得不承认自己掉进了回忆的陷阱。那时候，他还很年轻，而今他即将年满四十岁了。人到了这个年龄，如果没有意愿去寻觅长生不老的方术，应该放弃青年时代的骄奢淫逸，故意做一些能被后人记住的善举，否则就白白死去了。他唯一的选择就是任凭一个句子在脑海中萦绕不去，从东边荡到西边，又从西边荡到东边。他憔悴地低声絮叨着：我的确很对不起她。起身之后，又感到有虚脱的症状，他劝服自己，执意要到外面的夜色中散散步，很自然地，披着雪白的狐皮大衣，径自走向了十几年来一直囚禁着姜夫人的牢笼。

夏天的细蠛蠓环绕着他，翠绿的翅膀不断地瞎撞着他的脸。景公有所不知，沿着同一条路，从与他正对的方向，有一个年轻的侍卫睁着稚嫩但孤独的眼睛，怀揣匕首而来。

畿，他的枕骨抵在淄水河即将开化的冰面上，大半个身子漂浮在河水里。斑驳的锁字甲明显带有创伤，内衣正湿冷地贴附在苍白的皮肤上。畿，那张圆圆的小脸除凝固的血痕外，已经毫无血色，因为他已经死了很长时间。只有手还像握着戟柄一样微微蜷缩。军帽掉落在了不远处，从帽子的残存饰样判断，他应该是个齐国少年。——编年史家从地牢的砖缝里拖拽出半卷《齐书》，蛀满了虫洞，这本是一部可以无限编纂下去的书，但它只记载了几十年的历史，就被水老虎撕烂了，当时恰好是景公一十五年。

畿的确是个年轻的齐国侍卫，但他此刻还没有死，正手拿红缨帽，裹着由荷叶的纤维缀连的披风。早已过了深夜十一点，齐国宫殿两侧的碉楼里仍然响着神秘的打铁声。侍卫们之间传说，没有窗户的碉楼里只有红色与黑色，八百多个从各地逮捕的壮丁昼夜不休地围拢在火堆旁，分作两百多架小作坊，每架四人。肤色黧黑的壮丁们靠近火红的木炭，眯着眼睛。一片蒸汽的云山云海里，他们活像八百多只黑兔子穿梭在景公像波浪一样漫卷下来的华服上，不，是像波浪一样漫卷下来的华服的一枚小纽扣里。这些壮丁们被长期锁在碉楼的砖墙上，只能在直径三米的圆圈里承接或递送炙热的铁器，他们的手掌变得坚硬无比，往往在铁器表面印下深刻的指纹。

其余的侍卫都在昏睡，汗湿的胳膊耷拉到潮湿的屋角，二十具身体东倒西歪，像一队吸食了致幻剂的败军。空气中充斥着淡紫色的光线，照亮了他苍白的脸。他在想，自己与那些被抓的壮丁没有什么区别。虽然只有十五岁，畿却终年伴随着持续噩梦的威胁，说来可笑，这一点与目前的景公多么可悲地相似。

他小心翼翼地打开了小木匣的木栓，这是他唯一的家当。自从他少不更事时，在一个肥胖厨娘的掩护下被送出宫殿以后，他就对夜晚充满恐惧。

长大后，他潜回宫殿，当起了贴身侍卫，但只要有一丝老鼠或蟋蟀的尖叫声，他就无法忍受。畿又想起了他时刻不离身边的小木匣，打开底层抽屉，拿出了一把通体发亮的匕首，中间鼓出，具有陶俑似的圆滑感，独缺手柄，掂在手心里，匕首的每一面均可伤人。所以，它更像一个投掷器，比如，用来刺杀一个昏君或与昏君为伴的大臣。他低声咒骂着小木匣发出的悲惨的嘎吱声，不敢再把匕首搁进去。当他踮起脚尖，右手攥着匕首朝门口走去时，几只三条腿的青蛙又趴在池塘边的淤泥中不停地聒噪。青蛙是一种源自泥土的动物，背负着独特的卦象。往往在倾盆大雨之后，它们从最大最深的气泡里蹿出来，神秘地低语。齐国三条腿的青蛙居多，像黏糊糊的香炉，爪蹼踩到哪里，哪里就污浊不堪还冒出滋滋的瘴气。

他裹好了洗刷一新的红披风，轻轻地关好门，月光下的一切都将显露出自己原初的灵魂。匕首一下子变得剔透了，因为那根本不是街市上可买到的普通货，而是一颗水老虎的剑牙。畿将双腿别扭地搁在下一层台阶上，坐了下来，像极了摔倒时的姿势。

盐碱地的齐国人大多见识浅陋，人人都相信水老虎的存在。这些形似老虎的水下生物毛皮光滑、毛管中空，呈一种令人作呕的混浊的透明色，且每根毛发之间都油乎乎的，脏得互相缠结成一绺一绺的。它们目光凝滞，几乎没有体温，靠吞食自上游冲刷而下的半腐尸体为生，也因而吸收了死者的智慧。据传说，它们上一次大规模掠食还是上古时代的事情了，不过被现世捉弄够了的人们宁肯相信，通过某种神秘联系，它们保持着对现世奖惩。

年轻的侍卫从口袋中掏出一只削了一半的木头人，像一小节藕，有鼻子有眼睛，但躯体依然被困于木块中。他一刀一刀削着，努力地回忆自己的母亲，犹如坐在一把旋转的椅子上，越转越快，头脑嗡嗡作响，无论如何也想不起一鳞半爪的事实。

他七岁时，唯一疼爱他的厨娘急速沿着走廊朝他的寝宫走来，似乎在咧嘴大笑，镶满珍珠贝的竹帘一下子被掀起，厨娘让他钻进一辆灰尘滚滚的运沙车。她不停地往下、往低了压他的脑袋，帮他把肥大的衣袖掖好。她肥胖的指关节摩擦着畿的小脸，在因心悸而颤抖的睫毛尖上，闪烁着勇毅的泪水。

“太子，你记得你第一次看见那个男人是在什么时候吗？”厨娘匆忙地问。

他回答，不，不记得了。你知道，我喜欢摸他嘴唇周围对称的褶皱，但他推开我，从不让我靠近。

“你还记得他身上的气味吗？一股动物味？”她动作焦急，显示出必须即刻返回宫殿与安顿好被遗弃的太子畿之间的矛盾。

他说，是的，我还在他的衣服上发现过好多好多的漂亮羽毛，兽类脚印的污迹。

“时间紧迫，你可得听清楚了，以后再也不会有人对你说同样的话了，”胖厨娘将他楼抱在怀里，像抱着一只小羊羔，苦苦哀求神灵不要去宰杀它。她连夜遛回齐国的盐碱地，她现在怀中的小男孩，按照约定俗成的说法，是景公一朝的三位享有继承权的公子之一，她接着说：“千万别与任何人说你去过宫殿，根本什么都别提。”

他点点头，嘴里说着他知道了，记住了，一副安于现状的样子。

厨娘将他拦腰举起，怀疑又恼怒地仰视他胆怯的眼睛，似乎很郑重地表示：“隐姓埋名不是为了在盐碱地老死一生，你是齐国的公子，以后要复仇。”她哭了，仔细斟酌之后，断断续续地重复着一句谎言：“他杀了你的母亲……你知道吗？！”

他说他知道了。

厨娘的嘴也越咧越大，这个看上去病怏怏的女人实际上是个臀部宽大、双肩高耸的女人，球鼻子，一个鼻孔的旁边长上了一个没有毛的疣。

那时候，景公征发徭役修筑三百米高的路寝台，饿得心发慌的农民们每晚把残剩的木屑一运沙车、一运沙车地运出王宫，私下啃食以谋生，厨娘让畿躲进车中，一个人带着他回到了盐碱地的家里。波诡云谲的是：他十二岁时突发奇想之所以潜回宫殿是为了替母亲复仇，可他根本没有见过自己的母亲；他报仇的对象就是景公，可他天天都不离开景公左右。

几条棱道与几顶尖角骤然显现了，他一刀一刀削着，削平一道棱意味着出现两道平行的棱，一顶角没了，换回了四顶塔楼般更驽钝的角。棱、角与他的灵魂在一刻不停的分散中施施然筛落一地。但迅速出现了胳膊，两条逼真的木头腿也跟着伸了伸。突然，这只刚诞生的木头人挣脱了废太子的手，跑下几级台阶，经过一块月光，一道萦绕着牵牛花的篱笆，一扇小木门，钻进了灌木丛，身子刷过索索作响的羊齿草，墨绿色的车轱辘菜在脚底打滑。

畿也看见了那黑暗中的亮光，不一定是宫灯，或许是一块石头吸收了太多的阳光和热量，在夜晚，表面的磷灰挥发了。他又久久盯视着它，却发现光亮在移动，似乎有一只被夜晚的夏风吹得苦涩的手正提着它。由于距离太远，而且并非直接朝他的位置走过来，他暂时识别不清那人究竟是来者，还是过客。他向光亮伸出手指，又缩了回来，像被烫了一下。

草木葱茏处就易产生风，很冷的风，一阵很冷的风打着旋从内院里吹出来，就像看得见似的，那风直顺着大路奔赴，把提灯越推越近。雕刻了几百只木头人，从没发生今晚的情况，畿想着，调动起少量的童趣，用一只手支撑起身体，再竖起脚尖，把全身的重量压在右脚的脚跟上，牵引着全身站了起来。他刚想迈开腿向着黑暗的母腹走去，还没走几步路就倒回在了一处石堆上。他把胳膊肘架在膝盖上，作了个无可奈何的手势，戴上红缨帽，低下头，给人以一种不健康的沉重感，这对于他而言已经很自然。

他的性格主要是沉默，深深执著于华而不实的世界上那一座座尖刻的立足点，挤出阴影，包裹其间。尤其是当他看清楚了来者是谁时，心里只剩下杂乱无章的喧哗，高叫着自己的不幸，退回内在的岩洞包扎自己。

骨偶

穿过大片难看的模糊地带，她们像车盘水母一样，努力地将自己的影响扩展到途径的每一寸土地。翌日早晨，也就是单脚鸟出现的第二天，贝壳马车平安驶入城门时，已有很多齐国人像雷雨前的蚂蚁，不分红蚂蚁抑或黑蚂蚁，总之，渺小又处处持有自己的小聪明。他们排成几圈黑压压的同心圆，心脏一样的时而收缩、时而扩张，投之以好奇的观望。

三个黑衣老太太有些疲倦了，互相搭着手，三颗搽满胭脂的头颅朝同一个方向瞌睡着。城门约有五十米宽、三十米深，在乌云滚滚的天空映照下，愈发显得黑暗，没有尽头也不知通向何方的那种黑暗。守门人坐在粘土和乱石垒砌的小警亭里，地基开裂的缝隙中已然杂草丛生，事实上，守门人是一个臃肿的瘫子，显然毫无闲情逸致把自己从城门顶缒下来去除草，所以他饱食终日无所用心，喝光了坛坛甘蔗酒就倒头昏睡。至于为什么选择一个瘫子守城门，这是自商朝的贤臣伊尹遗留下来的传统。

进了城门，走上碎石子路面，马车就开始左右乱摆，不知道是因为潜意识里的警惕，还是四海为家养成的敏感，她们同时苏醒了，三张脸上立刻浮现出生意人惯有的丰富笑容。齐国跟她们十五年前那次到访时大不一样了，除了天空阴沉，像要下雨之外，一切物品都闪闪发射着物质的光芒。城门直通一条长街，两侧店铺鳞次栉比，蘑菇般的你挤我、我挤你，周围的烧烤店、杂食铺更其烟雾缭绕，小摊贩叫卖货物的嗓音也正逐渐增多。

老太太们漫无目的地任凭两匹马自由漫步，对各种建筑物的突出尖角感到好奇。她们指指点点着许多鸽子和麻雀，发出介乎嘲笑与厌恶之间的噜苏声，这些贪得无厌的小型鸟类排着令人压抑的长队伍，貌似痴呆，立在兜满烂菜梗、烂菜叶的拱廊之上，遇见陌生人也不知羞耻，就像老鼠一样地沿地而跑，翅膀俨然成了生存的累赘。路过大街的中段时，由于光线太暗，老太太们极力把脸贴着经过的小礼品店橱窗，里面有一些一碰即碎的小玩意儿，隔着栅栏无法辨认材质。路边间或冒出一个小摊位，真皮妆奁摆满了梳子，梳齿之间嵌着污垢，要用袖珍小刀方能全部除尽。还有一面精巧的日晷，表面上裱有奇怪动物的装饰图案，售价仅十一枚布币。

齐国的买卖部分还存在着“以货易货”的方式，所以可以抱布贸丝，提着些谷粟出去问卜，这就是所谓“以其所有，易其所无”。铃铛声此起彼伏，道口有一扇五彩蜡烛闪烁的大转盘，转着转着好像有某件事情即将发生，齐国人总是为各种巧合的假象而烦恼。

处理商品降价，热销中。一个老太太被一家衣帽店外的大朵牌匾吸引，窗外的铁三脚架上多年来备受雨水的侵蚀和阳光的曝晒，浮现出许多类似雪花的辐射状的白斑。三脚架上搁着一叠洗刷干净的蓑衣。她缓慢地走下马车，拎着一个轻捷的小布口袋，手臂极快地甩来甩去，招呼着同伴。

小人物的未来是最短暂的未来，换言之，那对世界充满恐惧的期待甫一开始就结束了。那天上午，看管这家破旧衣帽店的恰好只有一位男店员，他刚给一个去北方的庄稼汉装了一口袋棉布手套，十根手指脏兮兮的，可笑地想梳拢汗渍的头发也无可奈何。他皱缩着眉头，郁郁寡欢的模样。

三个老太太拖着老迈的腰身，旁若无人地肩并肩走进了商店，依次拿来同种纹路、图案的大衣，摊开在自己胸前查看效果。第一个老太太先看正面，再背对着铜镜子看反面的驼背，还忝皮赖脸地问男店员自己这样穿好不好看。男店员勉为其难地试着理解她们打嘟噜说出的卫国话，第二个老太太拿起另一件新式的宽松长裤，用金手指不停地抚摸，面对铁丝网纵横的衣架，眯缝着眼睛，辨认重重叠叠的标签。

将近半小时之后，男店员终于鼓足勇气，问她们究竟想买点什么。

“你们这里有没有给死人穿的好衣服？”第三个老太太眨着眼睛问。

男店员生怕丢了生意，连忙怪罪自己没听清楚，问能不能再说一次。

“如果有的话，价钱多少我们可不在乎。就是采用上等的蚕丝，从鼠艾草的纤维中拔成连缀用的丝线，一圈一圈匝成的斗篷，每匝十针出现一次回纹，斗篷略大，能将尸体包裹进去——真是个力气活，”老太太们无礼地嗤嗤对笑，胭脂和铅粉就从脸面上簌簌地抖落，说：“如此一来，尸体的残余能量可以被最大限度地利用了。”

男店员把手里的灰色软尺重新收好，径自朝仓库走去。三个老太太张着半瘪的嘴依依呀呀了半天，他连一字都未听清，只剩下“斗篷”“包裹”这样的靠手势模糊理解的概念。说来也奇怪，她们穿金戴银地就这么在大街上招摇过市，竟不怕被人抢劫，他用竹竿挑下一件普通的斗篷时，心里不住地寻思。

“看看这件斗篷是不是您想要的？”那是一件花花绿绿、五彩斑斓的童装，半透明的材质上绣有很多幼稚的、甚至连不成句子的短语，袖口宽大，一条长长的裂缝一直延伸到胳肢窝，斗篷的下摆像钟罩，但明显不结实，一条长长的裂缝一直延伸到椎骨尾，他说：“您仔细摸摸，绝对是最近最流行的了，郑国夏姬娘娘的款式！”他竭力陪着笑脸，企图蒙混过关，但灾难随即就接踵而至。

“没有回纹，不是蚕丝，太小了，”她们说：“不，这不是我们要的斗篷。”

“您别那么说呀，其实有没有、是不是都是一样的。您看，这图案，王城中最著名的铁匠先在龟甲上雕刻出花纹，通红的烙铁小心翼翼地熨烫，才会呈现这样繁复的色彩，比什么回纹可漂亮多了，”男店员边说，边拿着衣服让每一个老太太过目：“实话跟您说了吧，传闻不多久齐国与鲁国之间就要开战了，为了争夺一只猴子。有好东西您趁现在快买吧，到最后，铁匠、裁缝们全都跑了，什么衣服也买不到了。您说是不是？”小人物往往知道一些事情的风吹草动，以信息的多寡来判断所处环境的安全感，认为有了信息，安全感也会随之而来，实际上，真相对他们起不到什么好的作用。

老太太们面面相觑，似乎听见这个消息感到惊讶，又挂着一种幸灾乐祸的表情。

“好，就这样的衣服，我们要自己挑三件。”

“那可太谢谢您了。”男店员伸手胆怯地指了指店外的三脚架，衣帽店的主人平日是不允许他如此招待顾客的：“那上面的您任意挑吧。”

“不，我们要你仓库里面的，我们要去仓库里面挑。”老太太们渐渐不耐烦了，声调也提高了，变得尖利刺耳。

“里面、外面都一样，那些也是今早您来之前我刚挂出去的。”

“我们要你仓库里面的，我们要去仓库里面挑。”老太太们不想在此耽搁过长的时间，自从听说齐鲁之间将大战一场，她们就不再满足于在齐国的王城支起帐篷，逗逗一身臭汗的群氓，赚几个小钱了。她们既然已经打定主意，自然越来越咄咄逼人。

驼背的老太太牵着男店员别在腰上当腰带的麻绳，愣逼着他进了仓库。里面虽然一团漆黑，但尚能看清一些破旧的衣服、帽子，甚至靴子就堆积在角落里，像死人一样四仰八叉地歪坐着。男店员走向布满灰尘的三脚架，拿起旁边的竹竿钩蓑衣，此刻，一个老太太手疾眼快地从小布口袋里掏出一件怪异的衣服，它采用上等的蚕丝，一圈一圈匝成，每匝十针出现一次回纹，猛地扑向男店员，高举双手，让衣服的圆周撑到最大，从背后将他牢牢罩住，一直按着他的脖子反反复复撞向三脚架，扑腾出大量的灰尘。另外两个老太太，一个负责站在店门口装作购物的样子，时刻谛听外界的动静；另一个负责往这具新鲜骨偶的身上遍洒许多呛人的吸水药粉。在红彤彤的浓郁蒸汽里——不，不是蒸汽，是神秘夹杂着不可言喻的恐惧，是块块血腥的癞蛤蟆——像一只快被闷死的臭鼬獾，男店员在斗篷里龇牙嚎叫，随着肌肉组织和连带的肌腱被消解，四肢渐渐丧失了力气。

新鲜骨偶的躯体显示出异常健美的身材，重量则缩减为了原先的三分之一，全身滴淌着大片大片的滚烫汗珠，腋丝虬结、干燥得像棕榈树的棕红色树鬃，胸膛到腰腹一带更遒劲弹动了，臀部的肌肉简直绷得紧紧的，双腿豁显出两根惨白的胫骨，双脚小而脚弓内陷。老太太们忙不迭地往它身上洒一些晶莹的颗粒，又形成缕缕红色的雾。

竹竿俯卧在地上，做着一段凝滞的抽搐。

空间的紊乱和一塌糊涂总带有混沌哲学的必然性，仓库周围的衣服脏乱不堪，她们拖着化妆伊始的骨偶冷静地踏过古战场一样满是人形的地面。骨偶还很不听使唤，硕大的眼球尤其偏爱无意识地乱动。她们用几十根丝线在空中费劲地操控着，发出小女孩般的嬉笑，和骨偶一起悠闲地走出了店门口。

齐国人为两件事情激动不已，一件是概括的，一件是具体的。首先，他们发现有三个卫国老太太在街边搭起了游乐场的帐篷，遮阳大伞绿白相间、红白相间，垂边太窄，单薄之中透露着生意人的精明算计。

“卫国式独特的狂欢斗篷，价格优惠，介乎金星与水星之间的灵魂尖叫！”通过她们的操控，骨偶被割裂的嘴一上一下，依依呀呀地念着广告词。

“您仔细摸摸，绝对是最近最流行的了，郑国夏姬娘娘的款式！”

“请各位到游乐帐篷中试穿，让您瞬间远离尘嚣，从此不思烦恼！”

彩色构成的一片繁华里，齐国人又觉得摆在幕布正中的那具一人高的骨偶很像衣帽店的男店员，尽管骨偶穿着小裤兜，还是可以看见它曾经是肌肉的部位如今变得鲜红，曾经是脂肪的部位如今也条条乳白，身上所有的线条都是直上直下的，很像做物理实验时，红光经过单孔条纹干涉后的景象。齐国人心想：一会儿与那小子喝酒聊天时，一定要拿他取笑一番，借机找点乐子。

老太太们从游乐帐篷的临时更衣室踩着高跷款款而出，脸上抖落簌簌的铅粉，俯瞰着兴奋的人群。宫殿附近还想再参观单脚鸟的男男女女也汇合进来，像水流一样挤占住每一处角落。更多的人心潮澎湃，唤东呼西地叫嚷着看到我们的男店员全身被涂抹得一道绿、一道红，头发分作了许多麦穗状的小辫子，汗淋淋地沾在耳廓附近，厚肿的嘴唇在下巴上裂开，随着一根丝线的节奏净讲些滑稽的话。

突然，正当人们鼓掌起哄时，骨偶扭动了一次身子，似乎想表达出残存的意志，作最后的无谓挣扎。那个有纯金手指的老太太仅仅单手一拨弄，男店员的两只脚尚未够着地面，他就从很高的地方摔了下来，仰倒在游乐场附近的水洼里，水里钻出一只三条腿的青蛙，蹦跳着用沾满烂水草的大丑嘴咬它的手，骨偶的整段手臂保持着张开的姿势，愚不可及。

还有什么细节没表达清楚吗?

——编年史家意犹未尽地添了一笔。

楚巫来朝

楚国的大巫单字为微，可能是刚出道之后，自己给自己取的诨名。因此他现在就四仰八叉地坐在一具简易的悬椅子上，也不跪也不拜，只是目光炯炯地直视睡眼惺忪的景公，面朝东方的牛山，——他们即将攀登这座十里之外的小矮山，——他转而面朝景公，中间隔着五块大地砖的距离，干巴巴地念叨：

“我从楚国来，单字为微。”

这个男人有据可查的年龄及外貌特征分别记载于《导见》《叶固》和《世尸语》这三部古老典籍，所论内容之掣肘体现在楚巫于景公十五年七月十七日那天是否戴了高帽子，戴了怎么式样的帽子：高帽子顶薄薄的绒毛被梳向哪一侧？还是杂乱的像自行生长的霜的结晶？是否是漆红的、茁壮的鹿角冠？无名氏所著的《导见》明显肯定此一说辞，而且给出描述，摘引翻译如下：

的确，风往东边吹来时愈刮愈烈，瘦弱得像根拐杖披着破布的楚巫就莅临了。与他同至的另有八个畸人，轿子里饲养着一只说鼠比鼠大、说狐狸又偏驽钝的动物，扒开它的左眼皮——有好事者就曾如此行事——发现的却是一片混沌的夏夜，右眼皮则长闭不张，所以没有可能印证后果是什么，想要探知究竟的人必须将种种可能性加以分门别类，从记忆里排除，或以绝望的姿势穿过一切，走进死亡。巫的冠冕雕塑得如龙王，吊着三颗巨型的绒线球，其色红，简直像煮得很熟的虾皮、虾须子，高高地挑起。

但倘若你又翻阅批拣了向来以运笔晦涩、下笔辛辣著称的《叶固》外篇第八章，就又会得出楚巫其丑无比的结论。他在肿胀的鼻头上长出牙齿，两柄耳朵如左右括号一般括住了整张面孔，而内里最重要的算式却杂乱不堪，嘴的等号呆在紧底下，时不时地说些空泛无聊的奉承话。《世尸语》是对普天之下的巫者故事、奇迹和语录的汇编，书中有“尸腿歧，长趋”的字样，“尸”即“巫”之意嘛。原文就是说他既不胖也不瘦，唯一显著特点是两腿高低不同，以至于走着走着常常偏往一侧，最终趟出一条大弧线。

“景公您，您呀，是明白神圣的君主、成就帝业的国君。就在前不久，神派出了一只单脚的鸟，人人都道是什么灾祸，其实是神看在您即位十多年，事业还没有明显的成就，最近又多病多灾，昏倒在了宫殿的风口上的份上，特意善加提醒。我请求遵照三天前您书面的首肯，明天一早就登上牛山，致意五帝神明，以昭明君主的美德，祈求福禄安康……”楚巫这种兴高采烈的模样大概持续了很长一段时间，也有东西已事先悄无声息地掺杂进去，作为事后的记录者——第二重的旁观者——我们可以清晰看见他的眼皮轻微跳跃，后来慌乱得成了主宰。

温馨、亲切的殷勤之言犹如一大群蚂蚁坚持不懈地爬满了景公内心的庄园。

“好呀，好呀。”国君两次拜谢稽首。

翌日，祭礼正式开始。启明星尚未落下，正与漂浮在淄水河圆亮水面上的一只长脚蜘蛛，用各自滚胖的身体，在河底投下或明或暗的影子。这一天，走在悬崖和坑坑洼洼的大地紧绷着的褶皱之间，是楚巫、景公，浩荡的随从队伍，甚至还有许多被绳索牵引而行的盲乐师，吹奏着弯曲脖子的喇叭、唢呐，四周当然徐徐围拢了岑寂的、令人恐惧的时间。

作为贪婪的水果消费者，景公最重要的安排是犀牛盆骨状的盘子里要严阵以待地盛满花卉果蔬，红的、绿的、蓝的，琉璃石般的……总之，在叮叮当当、敲敲打打的进行曲之中，形成了清新的原始绿洲。

如两条多足的蜈蚣，楚巫仍坐着自己的人力轿子，拖鞋似的下巴颠簸得直打哆嗦。但倘若依据神秘主义的基本原则，他此刻其实并没有盘腿定在车上的蒲团里，或者说，此刻坐在车上蒲团里的盘腿男人只剩下了腐殖的肉体，他那水晶似的灵魂正腾腾高升，越抻越长，越变越透明，不，不止，掺入了灼热的砂砾那样的半透明，模糊，朦胧，亦未可知。

因为楚巫半闭眼睑，耷拉着沉重渔网般的眼袋，你可以看见几尾小鱼就在浅沟里拼命地活蹦乱跳。法力十足的架势着实镇住了景公，他老人家在偷偷摸摸想伸手摘一颗用以祭祀的鲜荔枝时，极度歪扭身体，人背陷进了椅背，胳膊也七拐八拐，生怕被巫者超自然的视力瞥到。后者却挽起袖子，皮肤银白出奇，动脉、静脉全像小功率的水泵，突突跳个不停，过了一会儿，他搭起左右三根手指，指尖抵在一处，活像小金子塔，快速地转呀转，还用楚域的俚语迷离惝恍地惊叫。倏忽而全身倒立起来了，一个长满雀斑的红鼻头成了漏斗，——任何人做这姿势全这副德行——弄得景公感动非常，尤其当他吐出荔枝核，目睹不远万里而来的巫者为了齐国的利益，竟将四排可爱的小牙咬住轿子的厢板，活活倒立，交替着双脚。

他伸展四肢，软骨与脊椎噼里啪啦地响。他从宽松的衣袖中掏出一张火红的羊皮纸，卷成喇叭状，四个伴舞的畸人伸过来镰刀一样的侧脸，举起鸟爪般的手，抡着四把扫帚，像弹奏什么一样撩起那些稻草杆，不断摇脑袋：

长矛投中靓艳色的夜，很多百十年前，夜晚尽头接近一条滴满了露水的小路，猪我献上夜晚的，献上小猪我们得到了所有的，浩泽大露在祭坛上，是莱耀小牛小羊几条鲤鱼。

美好宏伟的未来场景顺次展开在景公面前：脚蹬长靴，手执皮鞭，金色的汗毛闪烁不定。他，齐景公，齐国开国以降的第二十六代国君，振兴了霸业，在懦弱的周天子巍峨的殿堂下接受胙肉与“东方之伯”的尊称。而他的仆役们则像四散的飞鸟在柱子之间轻飘飘地飞来飞去，为他斟美酒、夹珍馐，从天下各地运来珍奇玩物。

刹那间，由诡谲的篆体文书团团绕飞的立体幻影仍悬在空中，灰尘扰攘，它们发着微光，悬浮着、抖擞着，渐渐散开去。景公猛然环顾才发现楚巫已消失得无影无踪，就像根本不存在过，而他只不过是在自欺欺人地梦游。有一刻，景公念及楚巫很可能骗够了钱财就自行开溜了，这老掉牙的欺诈招术，下流而古老，如女娲般古而又老。当念及最可能的情况是境外势力暗地捣鬼（这些蛮夷总是希望对大齐国釜底抽薪），他的手簌簌颤抖起来，连红嘴唇的侍女呈递的碧绿葡萄都不屑一瞟。

激动人心的敲打声突然隐约传来，牛山低矮的最高峰上，被不知什么火光照亮了的小人影从黑暗中显现。丛集的树梢之上，剪影们手牵手围拢，头轻微摆向一边，左右摇晃，走动缓慢，开始绕起圈子来了，起初磕磕绊绊，生硬拖沓，但后来逐渐变得均匀、自在、快速，此刻，他们很认真地旋转着，甩出无数颗脑袋和无数扇宽阔的肩膀，巨大阴影闪过石头拱顶，还把腿踢得很高。

犬吠声，伴随巨大的、黑色的狗头压过整片背景。楚巫躲在树桩的后面做起各式各样的手影游戏，宛如日蚀式的重要节目。景公快活得直打哆嗦，用冰凉的手指和温暖的肘部摩擦，露出牙齿，上面沾着嫩绿的桑葚碎叶子。

约摸半晌，巫者满头大汗地走下山坡，淡淡地说：

“今天不行。”

“怎么？”景公愣住了，重新体会被暗算的感觉，说：“你的仪式不是已经完成了吗？”

“不行。五帝之位在于国南，与我们的方位存在差距，必须先斋戒才能更好地与之感应。”这是解释。

混杂着失望的色块和洋洋得意的条纹的队伍开始蠕动下山，就沿着同一条可以重复使用的土路。最高的高度，遮阳伞像大鹧鸪一样滑翔，密密麻麻的脚却都想在攀爬。景公一只手抛玩金灿灿的橘子，两颗，五颗，全命中注定地跌落在地面，被随后赶到的马匹叼起，呆傻地嚼进厚厚的嘴里，淅沥的瓤沫子随时随地淋漓着。他陡然间发现只有这华而不实的楚巫，旁边却没有一个自己的亲信，他想念但凡遇到此类情况一定会有人侃侃而来的甜言蜜语，宠臣裔款、梁丘据……直到晏婴大夫的敦敦教诲。

作为惯用伎俩的大前提，楚巫当然也利用了这一点，抽起了南海岸盛产的淡蓝色烟草，烟雾辛辣地从鼻孔和耳廓冒出来，字斟句酌地启口谈起他的一件勇毅之举。

“周昭王的那次狩猎啊，”不男不女的畸人之王说：“您还记得吗，竟攻占了楚国的一半。我刚给晋厉公（一个身材佝偻、目光呆滞的武夫，这恰恰就是他的矛盾之处）的四十大寿贺喜完毕，就驾着一匹獾猪颠簸在草原和荒野上，一心想着回归祖国、保卫家乡。起初，一切顺利，猪背也不是很硌人。将近三天，日夜兼程，只看见那些星辰从我身边一闪而过，但当我就快赶到城门时，猪獾却疲劳毙命，倒地而亡。就这样，倒霉的我晚了一炷香的功夫，没能趁着黑夜爬进城里，就被眼尖耳利的周王的士兵逮个正着。

“但不要紧，因为神庇护着我。

我被愣是塞进了一长串的俘虏队列，全穿着统一的、灰蒙蒙的号服，破布烂衫，木头的夹板锁住双手，中间一根麻绳套着铁环，由四匹马无情地拖拽而行。其实，谁都不知道，我早已经挣脱开了镣铐——用的什么方法，此刻没必要细说——缓步拖延到了队列的最后，说时迟那时快，我一个筋斗踢翻了两个押守士兵；一抡拳头，最后的四个士兵全部倒下。由于四周处境不明，我快速换好了那些的士兵的衣服，镇定自若地偏向小巷子的深处走去。否则逃去哪儿呢？

“楚国的饥民到了夏天竟还穿着兽皮，挥汗如雨地给胜利的周朝军队赶制回国驾驶的小帆船。敌人们要求三天之内必须完成。我教给乡亲们用树胶把一块块木板稍微粘合，根本就没铁钉加固。如此一来，我们胡乱应付造了三十只船，还在木板粘合的缝隙外画上一些花花绿绿的植物、动物图案加以掩盖。第三天中午，村民果然送了三十条新船去到河边。”

“我又运用了苦肉计，让楚地的乡亲把我扭送给了楚军的战俘营，在昭王撤兵、交换俘虏时，我又鬼使神差地回到了周朝的队伍里。只不过，这一次，完全没有人防备我了！

您看，命运正是如此诡谲，我在神鬼不知之中如此成功地当上了能接近周昭王的间谍。随后，他命令军队向楚都丹阳发动进攻。我们楚军早知必有一战，预先做好了准备，打了几仗，昭王没有占到什么便宜，丹阳始终攻不下来，他的军队只好抢劫了老百姓的大批财物，班师回朝。看呀，此刻，他的枣红色的马踏过多水和杂乱的青草，如梦如幻，简直接近了一场梦境，虽然实质上失败了，但年轻的昭王依旧昂首挺胸地注视着一路的山谷美景。在倒八字形陡坡上，他振了振牡丹色的蚕丝小褂披风，猩猩红大毡帽好似旋转起来的秋天，就在那儿，现在又到了那儿，飞掠而过一潭谭浅流，把一柄缠绕着绿树枝的手杖夹在腋下，间或用它搔一搔裹得很紧、微弱酸痒的小脚丫。可有的时刻，他又显得是位粗壮的、马一样的登山客。

我低着头，气不打一处来，这个侵略我可爱祖国的狂人必须死！

一滴珍珠般的汗水滴下了我的鼻尖。快到长江时，远远地就望见了那座著名的却也是坍圮的老悬索桥，他们开始把绿色小帆船从运货的大架子车中个个取出。我灵机一动闪入周遭的丛林，从一座了无遮拦的悬崖边打一个折角插进前方的队列，假装气喘吁吁地被周围的雾气保护性地围拢。

事物从内部迸溅出的斑点将越来越愤怒的我弄得像吃了毒蘑菇，

自以为力大无穷了，这时，我碰巧目击周昭王作了副示意部下过桥的手势，以继续他沉闷的撤退之旅。一根小手指尖的作用有多大？大量的突出物、零星分布的踏脚处，在我选准了着力点轻轻按在前方士兵后背上时，都纷纷增加了横向的长度。宛如过分抻长的折叠纸板，那弹力在松手之后朝两个相反的方向突击而去。昭王变成了特别笨拙的类人猿，尽管上肢坚强有力，但他的下肢任凭怎样摇曳，也不得不带着他整体的生命淹没进了水柱交叉的扬子江里[2]。”

楚巫延续平平静静、就事论事的声调，过于平缓地叙述着往事。他接着讲船经水浸泡，树胶慢慢溶化，自然就散架了。从桥往下观望，那些圆木一样湿漉漉的，仅将小丑般的鼻孔探出河面的鳄鱼们是如何一拥而起，绞动、撕咬……血污顺水纹漫延开来。杀人机器们却包着爬虫般温暖的绿色，像是用纤维铸就的。周昭王这位真龙天子几乎没能抗衡什么，就变得如孔雀石大石块一样沉重，而且其形状趋于怪异，例如，好端端的胳膊离开身子多达一尺的距离，而那少了脑袋的身子近似煮熟了的白斩鸡，溜光溜光，色可鉴人。

牛山小道旁的灰色圆石，在蜘蛛网下割裂成碎片，它们的名字叫做受惊石，龇牙咧嘴的。听故事时的景公也是如此动物式狡诈的白痴表情，而且黑色的眼珠凸出来，充满肃然起敬的困惑，接近他在深度睡眠状态下，常常令纳查夫人失声尖叫的那种“快速的眼球转动”，伴随着强劲的、无知觉的勃起。

“景公，”楚巫的命运滑向深渊，他却在这短短的一秒钟之内对此全然不知（前置的厄运！）：“别说这些拉拉杂杂的陈芝麻烂谷子了，您看我呀，”他边说边眨巴着迷雾般的眼睛：“您父亲——老国王——的死，我也知道得很清楚。”

根据大齐官方的布告，灵公在公元前552年罹患了罕见的肺气肿，具体病症是：每当他剧烈咳嗽，伸出两只瘦削的手聚成钳子形，探入喉咙，不一会儿，突然揪出一只翠绿的小青蛙。一只、两只，……前后一个星期左右，十一只小青蛙呱呱地满草地乱爬，甚至把柱子啃食掉了一大半。可悲的灵公束手无策，徒呼奈何，似乎是一个预见，似乎是一次惩罚，第十二只小青蛙呼之欲出时，人们仔细观察才发现扭动着身子骨的小东西少了一条腿。灵公犹如中了魔障，像发声练习般地想起来就要主动咳嗽一阵，非要把两条腿之外的那原来就不属于自己的腿吐出来不可。

“我父王是吐血而死的。没商量。”

或许仅是因为重提了昔日耳熟能详的名字？看到记忆中的脸？亲眼目睹一度被降服的无脸幽灵重新张牙舞爪的怪异景象？景公强忍着体内的躁动不安，紧绷着全身不高兴的肌肉，他感觉到事情的性质到了转折点就拐入了另一范畴，同样，对父亲所有报复的欲念在漫长岁月的尽头也丧失了诱惑力（对这一心理潜意识，我们会有更震惊的发现）。他拒绝回声，无论叫喊者来自何方，出于何种目的。

“我的意思是大角星在老国王驾崩那年……”楚巫打定主意要力挽狂澜：“大角星，您听说过吗，总代表了混合的隐喻……”

“或者是直白的隐喻。”及时赶到的晏婴大夫在山脚下，躲雨一样地四处挑剔地面，蹦越着走，扬起红扑扑的面孔说：“真可惜。周昭王四百年前就死了。”

一辈子玩鸟，被鹰啄了眼睛。翩翩起舞在环形栏杆上的演员，红色戏服的薄片叮当作响，那么卖力气地把胳膊扭在一起，头钻到胯底下。要知道在这活该灭亡的世界上之所以有许多事情做不好，归根结底是因为根本就没有人真的想把它们做好，而我们的楚巫却是全力以赴的，虽然是在撒谎这一卑劣的事业上，他被一枚谁也未曾关注过的历史年代问题的小楔子当场勒令跌倒、匍匐。

“楚国是西周侯卫统治下的‘南国’之一。商末周初，由于鬻熊举族投周之后，楚与周王室的关系一般是良好的，”晏大夫老年人的面容已很难出现表情：“《墙盘》铭文记载‘弘鲁召（昭）王，广笞荆楚，唯狩南行。’昭王亲领军队南征三番，声势浩大，最终命丧扬子江，那应该是昭王二十四年的事。您是哪来的？”

还有空间进行弥补，倘若是一个掌握了谈话技巧的人，他必定会瞬间哈哈大笑，像齿轮带动着一样把手并脚快速（最重要的是保持节奏）抽动，前仰后合，或前合后仰地挤出一句表白“上当了吧，我可在开玩笑啊。咱们还是转回单脚鸟的老话题吧”。再不济，立刻拍脑袋，旋即皱紧眉头，勇于承认这小小记忆的疏漏，“在所难免，有时候人们连自己的生日都未必记得准，需要仔细地清点生日蛋糕上的蜡烛才能慢慢回想”。最好，他再为景公与晏大夫一同点燃两根淡蓝色的楚国烟草，互拍肩膀，嘲笑了事。

楚巫扑通一下，像愤怒的刷子把前胸狠狠地贴在泥土上，勿停地扣头，喷喷喷气地哭闹：“大王饶命啊，大王饶命。”八个畸人各奔东西，从颓圮的人力轿子里蹿出一只说鼠比鼠大、说狐狸又偏驽钝的动物，闭着两只眼睛，瞎子般地直接撞到一株桑树下，死了。

情况百分之百不可逆转了。

我并不是嗔怪谁，但堂堂楚国的大巫师，只见他被一队侍卫毒打着，蜷起胳膊和腿，呈波浪状起起伏伏。晏婴大夫一边跟景公解释为什么来晚了，请求后者的宽恕，一边端详着楚巫最后留在他脑海中的印象。

他们真正快乐地走向了平地。成功解围的景公以另一种小心翼翼侧身摘过晏大夫视线之外的小樱桃，揣进嘴里时，晏婴在那扭绞着的身躯、瞪大的心肺部突突直跳的重锤声响里，回忆起早晨有奇特人影的窗扉，他明白了，那不是什么梦魇，也不是鬼怪，而是又一位老爵爷派来谋杀他却未遂的刺客。

露寝台

夕阳鲜艳，像景公手中端着的橙子汁，挤破了最后一粒橙瓤。

在本编年史的叙事里，景公一般不是躺着，就是坐着，但商羊飞到齐国宫殿的第五天，他基本恢复了体力，再加上，楚巫的一番夸夸其谈的无心之言着实让他惊出一身的冷汗，让他回忆了自己黑暗的童年，涉及到齐灵公之死、齐庄公被杀的一段家族秘史，勾引出了死灰复燃的“战争疾病”。还好不明真相的晏大夫又一次碰巧为他解了围，这包含一种惬意的舒心，和他煞费心思地猜测一个西域文字的含义，多年后无意间获知自己恰好猜对了的感觉如出一辙。

随着饮料表面一圈圈涟漪荡漾，他上下抬动着眉毛，就这样迈开腿缓缓地上了路寝台。晏婴因为关节炎哼哧哼哧的，几乎落在四五步以外。路寝之台，高而陡，台阶之广大犹如整块铺开的地面，条缕清晰的图纹供养九重天上的神明以定位。古书《玉藻》提及了每日的操作：君王要把眼睛时刻抬高，不离路寝，要在商议政务之时，处于高台中央。

“大夫，你说齐国会不会灭亡？”

他把胳膊挎在不高不矮的石墙上，夕阳照在他全身，或者说他站在了夕阳的投影仪的焦点上。等晏婴捡起旧的硬草帽，一小步、一小步往前挪，他清了清嗓子，带着令人猜不透的顽皮神情悲凉地问。

在现实生活中，老晏婴从不知道这个十几岁就当上国君的人究竟是器重他，还是捉弄他。他对景公擅于提问感到欣慰，但他也同样生活在无穷无尽的焦虑之中，能想象出在山脚下的盐碱地有个皮包骨头的小男孩正在忍饥挨饿。他对一切不幸都抱有恻隐之心。而谈及齐国的大权就像经历一场日食，在日渐昏暗的朝廷腐败里即将旁落于外姓者的奸佞之手，虽说这已经不是第一次出现，但这次最可能成真。另外，他也亟待新的惊喜或袖手旁观的权利。

“您想问的是：您会不会灭亡？”他终于喘平了气息，重新变回一个思维敏捷、沉默寡言的大臣。

景公两侧的肩胛骨一抖，脸上顿时出现三层褶，顺次叠加下来。这一表情往往预示着转机的到来，晏大夫不知遇见过多少次了。他开玩笑地说：

“我有一个能书写的老妻，她有妇人的仁慈之心，就足以把狱讼治理好了。您想让我整顿民心吗？人民没有谁想弄得自己家破人亡，以供奉贪暴君主享乐的，您让狱吏挨门挨户把债券烧掉就可以了。”

景公要的可不是这样拖泥带水的回答，在他的概念里，国家的兴亡一直是与克服外部的敌人、控制内部的叛乱紧紧联系在一起的，与别人的妻子，什么债券之类的琐碎小事毫无干系。他微闭上眼睛，就觉得有黑白相间的光线在眼皮内跳动，突然，好似他又回到了年幼时进入过的大殿，看着一个漆黑的人影不断扩大着边界。

“我问的是国家兴亡的大事，就算说到狱讼，却说让一个老妪去做；说到整顿民心，就说挨家挨户把债券烧掉。如此说来，国运兴亡背后的神秘因素就是几管笔、几个账本和一缕青烟？”景公此刻想起了一个人，此人在时间轴上距离他越来越远，奇怪的是，这个人越来越远却越来越真实，他迫切地，因此也必定不择手段地，与此人的形象尽量重叠在一起。但他要先听听晏婴这个老糊涂如何回答他。

“您有没有见过社庙中的硕鼠？”

“你什么意思？”

“社庙那地方，丰衣足食，周围再种上一环枝叶舒展、芳香溢溢的柏木，垒上松软的土坯墙，老鼠就举家搬往那里繁衍，”晏大夫开始言归正传，唯一破坏场景感的就是他头上松松垮垮的草帽，麦秆黄，漏进来的阳光不均匀地照亮了他灰白的头发。他正在挥胳膊、晃脑袋，努力度过上气不接下气的阶段。还有视线所及的一段陡坡就登上台面了：“用烟去薰它，担心疏忽大意烧死了树苗，用盐水来淹没它，担心侵蚀了沾湿即塌的土墙。这些脑满肠肥的老鼠在地下深处打洞，而我们却天天对之三跪九叩。我们之所以不能消灭他们，是因为社庙的缘故。”

尽管景公感到空气变得燠热，眼眶似乎深陷下去了，与脑后某处掌管痛苦烦闷的部位眉来眼去，一阵阵发胀，可他还是动辄加快步伐，步子迈得惊人。他知道晏婴总打一些生动的比喻，说出正确无误的结论。

这时，他就听低头抬腿的晏婴正说着从前有个卖酒的，准备的酒器都一尘不染，设置的标志都很醒目，大字写在一片淡白的树叶上，树叶挂在酒罐口，但酒放酸了却卖不出去，就问同乡人是怎么回事，乡人说：“您的狗太凶猛了，人们拿着酒器去购酒，狗扑上来咬他们。”他听任晏婴把讲了很多次的故事讲完，穷尽一切比喻的精巧含义。

台阶升至此处，暂时进入平缓的小碉楼，他一门心思地翻腾绸衣的袖子，撕了一条又一条，又对准了其中的一条，照样撕下去，心想：这老糊涂八成是把我当成幼稚懵懂的小孩子了。

路寝台之顶，深褐色的抛光瓷砖码得严丝合缝，四面几乎与天同高的墙撑起两片房板，顶部开有天窗。景公用牙抵着下嘴唇，给自己留下了稳重又多愁虑的印象，就开始寻找那个人。经过了五六个前后相距的碉楼，晏婴的人影变得小小，却依然可以听到随着呼吸而起伏的劝谏，他继续说着：

“比如说吧，胡、貂、戎、狄等部落的人养狗，如果捆好了母鸡和小猪随意扔给它们，那就立刻见到咬断骨骼、撕裂皮肤的情景。再说了,居上位者处事公正,居下位者自然按伦理行事。现在,您拿着……”

巍峨的泰山三分之一罩在阴影里，其余三分之二也相约暗下去，碰到千百种树木的树梢就化作几片单元色，相交处形成光晕。景公俯瞰泰山，再转过头浏览起一排四四方方的人物肖像，齐国的历代君主，可追溯至核桃壳似满脸皱纹、拿根钓竿的姜太公吕尚，全都在画像里复活了：三百年前的齐厉公满脸火红的络腮胡，坐着那年代已经堪称奢华的大车，沿街肆意抓捕人民，那车轮碾过路面和人体的咯咯声，至今震在画轴里；右边第十三张画内容太繁杂了，有飞驰过野草莓地的脚骨、几支断了杆的戟被抛向空中，枯树枝穿透了白熊皮……而齐僖公跨着矮种马背，目视三千米之外。

“那是什么？”景公的声调急转直上，他双肘按在潮湿的女墙上，背阴处竟有一种翠绿的蔬菜长势喜人。但景公指的明显不是这个，他俯瞰着齐鲁边界大爿大爿从森林中裁剪出的褐色的图案。森林在近几年被严重砍伐，树干的年轮为了虚无的生命而旋转，举着一张张焦黄的脸怒视着天空。

“是死树。”晏婴大夫背部沾染了白垩，草帽捏在手里，编织时的横条与竖条正扭打在一起。

“树？”，话题的发起者笑了：“树，不是有根须、有叶片，阳光照耀，水露滋润的吗？怎么会如此灰头土脸，还矮了半截？”

“您说的是御花园专人栽培的活树，您此刻看见的是为造这个观景台而绞杀的死树。它们活了成百上千年而毁灭于几秒钟。”晏大夫唉声叹气。路过的墙面出现几片极相似的斑驳，像野牛，互相顶着犄角，很可怕的样子。

景公不再言语。房顶上数十盏昼夜不熄的长明灯环飞着几只残翅膀的蚊孑，给人以被阻断了光线的不悦。供他端坐的高榻与大殿里的那一把无异，都是齐桓公时代独创的款式，四只木头腿深深地站进一个黄雅虎玉大圆片组成的地板，好像在庄重的远古气氛中逆风而驰。高榻的正背后，也就是朝臣们参加典礼时目光仰视的正前方，悬挂着一幅最为气派的肖像，画框是四根整段的珊瑚，在铃兰草的染料中浸泡出一种淡雅的幽蓝。景公忙不迭地乱走乱撞，这种缓解尴尬的方式让他终于找到了他要找的人。——画中的齐桓公三十岁左右，倚在周王室山水纵横的全景图上，眼睛下面鼓起通天的鼻子，半边头发梳于耳廓。他的右肩比左肩靠近画面，一处肩钩拴着一匹狩猎的老雕，映在旌旗上的影子正肩负着一匹更大的老雕。

据《齐语广录》记载，齐桓公是春秋历史上的一位霸主，他经常在浓郁的芦荟汁水里沐浴，皮肤非常白皙粉嫩，颈项颀长，平日爱好一天换三次衣服，都是质料轻薄、式样各异的紫衣，像传说中大名鼎鼎的海蛇的肖像。因为同样的原因，当失败了的桓公由于饥饿而骨瘦如柴，四肢并用地爬出寝宫，最终腐烂时，很多龌龊的小昆虫喜欢上了他，场景就尤其不堪入目。

他的霸业是从当初的桑树林开始的。

公元前686年，刚刚平定了一场叛乱的齐襄公兴高采烈地到淄水河畔观赏圈养的虎纹鱼，当一个大臣打开饲养猛虎的笼子时，虎啸声让河水中的大小鱼类都沉了底，只有体型中等的虎纹鱼颜色由淡黄转为深紫，尾鳍剧烈摇摆。

日光透过山腰弥漫的水汽，散射成一片乳黄色，襄公清楚地听见水滴轻涌的清脆声响，也唯有在这时方能深切地感受到水与空气的不同属性。虎纹鱼正在水面上肆无忌惮地打着漩涡并加之以粗重的呼吸，可怜的猛虎就位于那三角形的鱼头所极力瞄准的方向。虎纹鱼等了约摸半柱香的工夫，扭转身沿着一条斜斜的直线朝幽暗的水草游去。鱼身疯狂地搅动着还未完全苏醒的淄水，两支侧鳍也逆着水流瞬间充血，像鹰爪一样鼓了起来。

虎纹鱼又扭转身沿着同一条斜斜的直线朝幽暗的水面追去，左右逡巡着急于看清猛虎此刻的去向，龇出尖短而严整的牙齿，毫不犹豫地一口吞掉了虎头，二口就皮肉都不剩下，两洞鼻孔“咻咻”地呼－吸－呼－吸。

它和扭曲的影子一同消失，进了深水里。

襄公以为自己养的宠物当然听自己使唤，而自己的宠物吞吃了猛虎，那当然就等同于他自己志能扛鼎、力能擒虎了，这样想着，他不由得拍起两只胖胖的小手，鼓起眼睛，大声叫好，围绕着他的将近四五十位臣子也连连称赞。但虎纹鱼欢快的斑纹把他弄得白天也头昏脑胀，以至于他完全没有考虑到有关角色转换的预兆。

那时候的桑树林仍然茂密，还没有恶化成后来寸草难生的盐碱地，襄公起驾返回王城时还需要经过一条崎岖的羊肠小路。他对广袤的桑树林一无所知，他仅仅记得林子的右侧是一道悬崖，翻过连绵的丘陵就是金碧辉煌的王城，长久以来，人们在厚厚的大气层的反射下，可以看见夕阳似的那种金光。襄公就处于一片金色的光彩里，当胸中了一只毒箭，迎面倒在了夯实的泥土上，因而毒箭刺得更深，当场戳烂了他左边的三片肺叶。他的侍从和大臣全都只顾自己逃命，流窜到了桑树林的各处，被各种凶狠的植物捕杀尽净。

“真该死，”他拼劲气力地嚷道：“小老虎反过来暗杀了虎纹鱼！”

躲在一株老桑树后射出这一暗箭的公孙无知自立为君，次年，雍林人杀死了无知，把他的尸体分拆为八块，抛弃于整个齐国的八个不同区域。一时间齐国无君，陷入了混乱。通过自己布置的眼线得知此情况的公子纠和公子小白，都星夜兼程地往回赶。鲁国发兵送小白的哥哥公子纠回国，派管仲带兵堵截住从莒国去齐国的大道，管仲（这绝对是一个很有才华的人，连往后喋喋不休说他坏话的人也如此认为）躲在一株老桑树后，又鬼斧神差地射出一支带钩的箭，鬼斧神差地击中了后来的齐桓公，公子小白很配合地假装倒地而死。这个后来成为春秋时代第一位霸主的老小伙子，在手撑石块、全身燥热难耐之际，恳切地回顾了自己流亡国外多年的辛酸和一种前途未卜的恐惧，他想，事情难道就会以如此的结局告终吗？管仲也完全没有预料到：他那戏剧性的一箭射中的其实就是他自己。

人们考证说，管仲很有可能聪明绝顶，或者脑容量像远古的狒狒。一个人既要保全性命于乱世，又要在一个邪恶的厨子与一个残忍的太监之间为齐桓公指出一条尊王攘夷之路，智慧一定非凡。管仲出身尊贵，本是齐国大夫管庄仲的儿子，但后来家境微贱而经商，慢慢地就养成了贪图小恩小惠、气量狭窄的性格瑕疵。他拜相之后凭借主观臆断画了一张地图，在这张不含标尺、漏洞百出的地图上，黄河上游的秦、晋，南方的楚，北方的狄都标错了位置，齐国也被画在了世界的最东方，偏安一隅。

“您看，不励精图治地往左边走，倘若强敌来犯——这以后是一定会发生的——”他煞有介事地对桓公夸大自己的前瞻性：“我们撤退到这儿，还有这儿，再往右就掉进茫茫大海了。您还到哪去抢飞廉蛇呢？”

一连几个星期，管仲都眨巴着一双的杏仁眼观察天象，他驱使自己数清夜空究竟有多少颗星星，以此推断齐国的寿数。他还一次又一次地从睡梦中惊醒，生怕桓公一不留神竟回忆起当初那险些致命的一箭，所以他更加拼命地工作，强迫症般地工作，用自己层出不穷的思想填充甚至抹杀了桓公的思想。这一点，孔先生清醒时讲得很公允：“管仲辅佐桓公，成了诸侯们的霸主，一匡天下，要是没有管仲，我们都要披散头发，衣襟开向左边，变成野蛮民族统治下的人民了。”

当桓公与群臣质问他为什么决计首先攻打郑国时，他采取了一个形象的说明方法：将几千种毒虫各取一只装进了密封的瓦罐里。第一天瓦罐的内外安静无事，第二天就开始剧烈地摇晃，罐口冒出黑色的血沫子，到了第四天瓦罐再次恢复了平静，他们惊恐地看到只剩下了一只毒虫正用虫头撕咬着虫尾。

“如果放弃攻打别的国家，它们就会派出刺客来谋杀我们的君王，派出侦探四处搜寻飞廉蛇。谁知道那天地唯一的鬼物会讲出什么惊天动地的秘密。这些国家一得到秘密就会来攻打齐国。为什么平白无故地丧失机会？我们应效法最毒的毒虫咬掉别的毒虫。”

“国家与国家之间竟是虫子与虫子的关系？”有个大臣跳起来大叫。

“一个国家对内可以装作不是虫子，但对外它就必须是虫子；一个国家在历史上也可以装作不是虫子，但它在现实利益面前就必须是虫子。”

说完了“两个必须”之后，管仲似乎操劳过度，连忙用一边的肩膀倚住了殿内高大的立柱。桓公纹丝不动地注视着他，仍旧不知道这个身材高大、挂着一张狒狒脸、点亮着一对杏仁眼的中年男人究竟想将齐国带向何方，这或许是个阴谋，或许是又一种暗算之计，但值得一试。所以桓公俯下了身子，伸长了粉嫩的脖子，将紫衣的下摆收敛到膝盖上，像观摩一场盛大表演一样——在表演中，无边的军队整整齐齐地向后闪过去，突然向前围住一只价值连城的、堡垒般巨大的鼋龙壳——他趴在错误百出却幅员辽阔的地图上指挥若定。

时断时止的声音在延续——“您再听着呀……拿着千钟的俸禄，随意地扔向您身边的人，这些人，这些人呀，争抢俸禄比胡人的狗还厉害，可您却不了解这些。一寸长的竹竿……如果没有底，竹竿，普天下的人也不能用粮食把它装满。现在的齐国男子耕田、女子织帛……日以继夜地工作，也不够支付上面无边的赋税，而您身边到处都是雕刻着花纹供观赏的物件……这些就是无底的竹竿啊，可您始终不了解。”

这些劝谏把景公分割成长长的线条，堵塞住各处要害部位。他的脑袋一低一高地动着，开始坚信，晏婴已经老朽了，不过，不是一年一年地老朽，而是一秒钟一秒钟地老朽。他同时也预见到，在接下来的谈话中，他与晏婴就像在爬等边三角形的两个边，无法沟通的缝隙将弥合，势必抵达一个中心议题。

“晏大夫，你来瞻仰瞻仰桓公的画像。”他指着通天鼻的男人说：“从前我们先君桓公为了争夺一条飞廉蛇，率领兵车三百，多次会盟诸侯，使天下奇珍异宝尽归齐国。如今我率领兵车一千辆，可以跟随在桓公之后抢得植物猴吗？”

飞廉蛇这种滑溜溜、长须须的东西，第一次出现是在黄帝与蚩尤的史前战争中。据《箕伯书》记载，公元前745年，人们最后一次找到它是在秦国的三河口，一个红衣小儿在被绿蚜虫啃食殆尽的空树洞里发现一颗水牛的头骨，白森森的脊椎连着一条蛇的身子。

“是的，我知道，在您的内心深处有一个聚光点。”晏大夫狡黠地摘下了草帽，拍了拍快散架的腿，双手扣在胸前。落日只剩下了上面的一点金边，一直通达到泰山的整片土地就像一件灰大衣，在黑暗里分不出高低与凸凹。一只毛茸茸的胖飞蛾失魂落魄地撞上了长明灯，每次掉到半空又奇迹般地折回去，晏婴边嗔怪怎么如此高的地方还会有飞虫，边讲了一句最深奥的比喻：“就如同两面铜镜子之间的一枚蜡烛，桓公居于决策的中央，接着又来了一位桓公，只是稍微小了一些，其后又来一位，更小一些，就如此鳞次栉比，无穷小地反射下去。”

“反射的结果呢？”

“反射的结果带来了自负的模仿。”

这句断语着实厉害。景公为了缓和尴尬想伸手去拿枇杷糖，手掌腾空抡了几次，墙面敲疼了手指，才恍然大悟自己身在路寝台。晏婴又照着老谱念下去：“桓公之所以率兵车三百，就抢夺了飞廉蛇，使天下得以匡正，是因为左有鲍叔牙，右有管仲。如今您身前身后都是谗佞阿谀之人，恐怕植物猴到不了手了。再说了，您不是已经有奇怪的宠物了吗，正在宫殿上跳的那个？！”

“那你说，我应该怎么办？”景公问。

“废除裔款、柏常骞等大臣的职务。”

景公含糊地认可了。地面上正在起一种轻微的变化，一种可恶的阴影，只有他一个人看得出来。美梦的拱顶正哗啦啦地崩溃，烟消云散，立马破灭，他意识到自己以前被一群衣着时髦、口若悬河、自以为是的骗子蒙蔽了。而以前的愚蠢行为像阴影，慢慢弄花了桓公的英勇无畏的画像，宛如长出了一个疖子。

“对季氏严加防范，最好押一个公子作人质。”

景公说当然了，但人质的事情暂时不成。

当晏大夫说出最后一句建议时，他想起了年轻时听说过的那个疯疯癫癫的老头，觉得很有趣味，值得一试。第二天，他传下命令，挑选了一名侍卫徒步跋涉去临近的鲁国找孔先生——据说是全周室最有学问的人——询问有关单脚鸟的典故与细节。

励精图治

事情是这样的。

在露寝台上，他凑到珊瑚画框装裱的桓公肖像前，谛听里面传来狂笑声，他也跟着假想地笑起来，弄得身前横着的那道深色缎带不断绞紧，似乎想勒死他。——在写了三个“他”字之后，编年史家念及这一代词指示不明，但若就此涂划，添上“景公”这两个字，竹简的表面已无处容纳，所以编年史家略带调侃地延后补充：“他”还能指谁，当然指的是景公喽。

那天夜里，宫殿的四面八方响起“好啊”“好啊”的喝彩声，尽情欢乐的大臣和舞蹈的歌姬把嘴唇塑成各种形状，以哑剧的形式眉目传情。撞不破的铜杯与锡杯互相攻击着对方，一架编织精巧的草篮子里载满了玛瑙珠子般的葡萄，还有一类西域水果，像香蕉但表皮是厚硬的木纤维板，个个都直挺挺的，无形中扩展了餐桌的疆界。灯火斜睨，在过于宽阔的空间航行显得失魂落魄，滴落烛泪，只得向堆满了的苹果岸边泊下船锚。

商 羊 欲 雨

还是大街两边的商铺紧闭门窗的凌晨，沿路阒无人影。

打更的男人戴着尖帽子，身披薄铠甲，即将懒散地敲响四更天。突然，剧烈的马蹄声压倒车轮滚动声破墙而出，脑袋后的长发箍着，而碎发飘逸的景公右手挽着布娃娃般窈窕可爱的纳查夫人，驾着两匹骐骥（这一现象也足以佐证国君的醉驾，否则碍于颜面，喜欢动辄摆阔的景公是绝不会仅仅驾着两匹马出游的），敏捷地穿过了黑暗的缝隙，势不可挡地直朝城门撞去。可怕的是，国君的脚卡在车板前的凹槽里，车速倘有明显降低，他就必然被斜抛出去。

城门旁——那三个卫国老太太在昨天清晨已经过城门，虽然她们装作昏睡，微闭眼睑；再过几天，十万名齐国的士兵也将走过这红色的凯旋门，经历一场三角战争——而眼下，没有脚的守门人胳膊夹着酒罐子，缒了下来，咔啦咔啦，迎着黎明逐渐开启的铁杉木的坚固城门却戛然而止，又像卷帘门似的落幕了。那两匹比这两个大男人都清醒的马收蹄喷鼻，圆肚子累得如气囊，鼓动不已。

“把门打开，该死的，谁呀？”景公口齿不清，饶舌地问。

城门经常覆盖鲜花，当不久之后，齐军挥师北上，用出种种奇技、毒巧、暗谋公然抢夺鲁定公的植物猴时，每一个士兵都采摘了一朵鲜花，或是辛夷、铃兰，或者干脆就选了最粗俗的白牡丹，插在头盔上。此刻，这未来的伤心之地竟蹦出了个胆大包天的守门人，他的脸又长又苍白，一圈太阳火焰一样放射状的头发围着个秃顶，因为受过刖刑，穿淡绿毛衣的上半身显得很长，短腿穿剪短的裤子，整个人如同被压扁了一截。

“你的行为缺乏教养，不是我们的国君。”他周身飞舞着蜜蜂，也含混地回答，简直目中无人。

高耸的城墙除了污渍脏斑和不断向高处舔去的裂缝以外，唯一的固体就是赭石，像修房子的油漆匠所做的，人们拿它们乱涂一气，最终汇聚出出乎意料的奇怪涂鸦。纳差夫人满含轻蔑地观摩着，连内衣的领口敞开了也不掩饰，由于前些日子去胶州湾又是划船又是捕鱼（银尾小鱼、太阳鱼、蝶鱼和三只背壳疙里疙瘩的鳄龟），露出来的那块皮肤就显现了罕见的雀斑。她纤细洁白的小手在黑棉布手套里试着攥拳，当灰色的曙光最终在大地的蒸馏瓶中浮起来时，这些小拳头都柔里带刚地击打在景公的肋下。

“哎呦呦，一个看大门的就能拦住您哪。”她伏在自己威严的丈夫的身侧，束着腰带的紧身风衣闪烁着海獭皮毛的光泽。

不知怎地，景公颇感乏味，把车版踏得咣当响。是呀，例如，当一个总是有机会和福分缠绵于接吻的快乐的人，接吻对他而言就失去了神秘性，时过境迁，慢慢地变成了食人生番似的嘴机械地啃桃子，汁液黏黏糊糊地随着游离的目光而滴满颤抖的下颌。没意思，裸露的酥胸退化为扁平的岩石；没意思啊，这仍旧残存着星辰的早晨就衰朽得直逼半个晌午。

“咱们回去吧。”景公羞赧地下了命令。

美丽的西域公主涨红了脸，却不吱声。

“快回去吧。来点儿创造性，在身边布满镜子，仔细看好你们自己的无礼举止。”

守门人宿醉未醒，正狠劲地将吱呀作响的城门紧锁上，但偏偏在侧门上开了个仅容单人通过的小门。和每一个早晨一样，他拄着拐棍，笨拙地拖拉着大木头鞋，条纹状的制服裹着冻猪肉般的肉体滚动。与此类似，很长时间之后，他双手捧着老式的象棋棋盘，一杯温热的五石散软饮……以及大摞的记事簿，表明了他硬要把此次交通事故有理有据地记载下来。

“我就是希望看到你们被自己卑鄙的勾当吓得恶心。实在糟透了，齐国沦落成了今天的样子，”他跺着拐杖，而且赌咒发誓，刚才未被观察到的两撇白胡须，似乎抵达白昼，进入了某类新的深度：

“任何还具有骑士精神的人处于此种困境，都会想方设法地从悲惨境遇中跳出去。可你们倒好，躲得远远地，万不得已靠的是临危掷骰子，三七二十一，爬下桌子手里捡着骰子，爬出桌面就随口编造数目字。二十，十九……二十一，不对，从二十四，上次，你直接蹦到了五十六。接受‘嘲弄’这锋利的词，抛弃所谓的‘权威’。无奈吗，是无奈吗，要说是，大旱、洪涝，土匪横行，滥施苛政，你们根本不在乎……”

景公大口大口地呼吸，快喘不上来气了。

转过头，乜斜着，即可远望宫殿之巅的单脚鸟了。由于饱餐了那湿冷长风中逐渐胀裂的果种和蔬菜籽，商羊这小家伙迅速地生长发育，很快变作一个灯笼般八个瓣的肉球，支棱一只细细的小腿，整副模样令人忍俊不禁：小圆翅具有初生鸡仔的气度，心惊胆战地翕动着的鸟喙却越伸越长，加之它的单腿持续蹦跳，给人以弹簧的错觉，就愈像胡萝卜鼻尖的小丑玩偶了。

最近几日，景公的内心其实一直淤塞。他没跟任何旁的人说，私底下，他感到宫殿都在上下浮动，似乎地底下另有一只石脚。带着酒醒之后男人常有的惭愧（其中深刻地包含了对自己的智商、控制力和随波逐流三者角力的思考）和对未知事物的恐惧，上早朝的时候，两片高贵的嘴唇提出了如许的问题：

“为什么桓公当初每次出游，无不百姓群起而欢送；他每次回都城，无不百姓夹道而欢迎？”

“微臣认为，”瘦高个的梁丘据站了出来，用牙齿抵着牙齿，所以讲述的语音语调斯文至极。但他的妻子（幸运的家庭主妇，唯一的奢侈爱好是集邮，作为朝廷大员，他们家所居住地区的邮箱全部被私自打开，街坊邻里的信件全部被告之“中途遗失”）此刻正与二十多岁的儿子在王城最西边的客栈里与一位神秘的探子打交道，此人的青蛙脸非常标致，辩论起来滔滔不绝，总是重复着“如果，弃暗投明，你们，老爵爷……他答应了……事成之后”。我们可以查证，该资深探员一生最大的功勋在于为盟宋之后，中原各国尽属晋国、楚国，招聘往来的局面起到牵线搭桥的作用。可三天之后，他死在了微末的莒国那炎热驿站里，他的马被偷了。

“微臣认为，”梁丘据说：“事实上，微臣总是梦见桓公”——喉咙开始发痒——“很多很多年以前，许多魅力十足的早晨，桓公他老人家穿着紫色睡衣、宽外袍，巨大的蛋糕架在旋转木桌上，他擎起锃亮的铁叉子、铁刀子就甜美地大快朵颐。不一会儿，吃尽了鲁国，又不一会儿，楚国的特使戴着哭腔来求和，他微黑的皮肤刺满地图，咱们齐国想割下哪一块就径自割下。

‘我是来埋葬敌人的，不是来奉承他们的。’桓公极喜欢引用这句古老戏剧的台词。

是呀，他一个人就可以骑八匹马，迅雷不及掩耳地改造那些腐朽僵化的事物。不过，每当签订什么胜利条约时，他又罩上人人皆知的著名面具——周天子的面具，花纹斑驳，说是在替王室消灾。那么……”

时间变得越来越缓慢，日晷似乎缺乏动力，指针变得绵而又软。

在场的很多人试图堵住从话语结构的裂缝里滴滢出来的涓涓细流，或者干脆结束这漫无边际的虚构，改变其方向，阻碍它分化作细丝、裂片的各种成分。

中间阶段，一场大脑雪崩式的新解释降临了。裔款已被开除回原籍了，宫内就剩下梁丘据了，他虽蒙受宠幸，不过职位稍差，长期位列臣属们的后排，此刻，他又拿起早已有备无患的笏，挡住印堂，哇哩哇啦说下去了。

“微臣以为，”咽喉部分几近肿痛的程度，他说：“桓公每次出游，无不车水马龙，晶亮的翡翠窗扉里，亲切地向着四周的蚁民挥手致意。

更广为传播的是，他竟然发明了一种新的蹴鞠方法，把打大白球缩小成了鸟卵般的体积，人在地上走，挥杆，直接把球击入悬于深土的洞中。这新玩法需要刚硬的手肘，把强有力的侧击和黏着的切削作出结合。球必须先紧贴地面而行，半途改道，倏忽高挑，再飞速下落，自有风韵。可那些外国的君主礼节性地互相挥杆时，全部大败，只有齐桓公逢战必胜，逢胜必拓展领土。”

这一幕的确是假的，不过是逢场作戏的蜡像而已。

“味道简直糟糕透了，”景公自顾自地啜饮着一杯槐树蜜蜂酿的蜜，用温开水冲淡了，作琥珀色，更辅之以云层般飘浮的蛋清：“根本不及前几个月当早餐饮料喝的树脂水。”他阖闭了流线型的唇廓，回忆着树脂中涵盖的画面，一排排的黑色茅屋，迎风而抖的稻草人呀，牛和马都像形状怪异的座椅，立定于田畎，不是夜晚，但它们也都睡熟了。

但背景音依然存在。

“桓公有战车三百乘，九合诸侯，统一匡正天下的原因，是他左有鲍叔，右有管仲。如今君主左边是倡伎，右边是俳优，谗人在前，谀人在后，又怎么能赶得上先君桓公呢？”晏婴大夫直言。景公的胳膊露出长袍，犹如苍白的雪花石膏，一种叫不出名字来的、实在无足轻重的飞虫坠毁在了上面。他突生的、非同寻常的恻隐之心使他克服了一时冲动，没有轻率地击掌相拍。

不谋而合的视察工作进入了筹备期。

吃过午膳，游了御花园，捉过几只银胡须的蟋蟀，很快地，从马车夫到马厩的长官，从宫殿耳房里的侍卫到城南菜市口消息最灵通的菜农老妪，纷纷盛传景公要视察都城临淄了。马队灿然一新，披着豹子皮，正反复练习抬腿和踏步；马牙被削尖了，马脖子上挂着装猴子的小笼，五彩缤纷的诏告文书就写在布绸子上，届时，这些标语套于猴身，将随着机灵的哺乳类动物而四散天下，横亘历史。

据《齐书》记载，景公着玄衣、取站姿，十二只大雁的翅膀被卸下，贴在加长型木车的两侧，车沿部位，植物的藤蔓从石柱围砌的无釉赤色陶罐里蔓延开来，淹没了铺满街巷的大扁石。男女老幼不无兴奋之极，个个用手托作鲜花盛开的造型，摆在下巴底下。堆着微笑，不停地抛洒真的鲜花。

不过，既然《齐书》很可能是一部伪书，所以人们更愿意尊崇自己的亲眼所见，或者看上去像是亲眼所见的肤浅印象——木车行至一处街口，景公径自走到那老者身边，四周的窃窃私语声顿时消失了。

身材如棕熊的老者，戴着圆帽子，正在操作复杂的光学机械——几块破绒布、一头粗，另一头是缓缓变细的影像导管——总之，他是以讲故事作为谋生手段的人。他的四周围坐着一群奇形怪状的小孩子，他们像极了拥有四肢的鸽子，每听及精彩的或莫名其妙的情节，就发出一阵低沉的嘟囔。

商 羊 欲 雨

啪，大手一拍，故事的蛇头连接着薄翼的带鳞躯干和小小的虎尾巴，冒出头来。

按北方戎狄部落特有的语音，小说名为《库尔雅哈》，堪称人间史诗，主题融合了一个自私自利的逃脱肉体的小商人和肉体的噩梦，以及趋于表演型的社会百态中，廉价的肉体对灵魂的漠视和相反的作用力。

大概讲到了第一千二百页，小牧民才刚刚呱呱坠地。可他迅速地在第一千三百页时长出了连鬓胡子，生儿育女，不幸遇上了洪涝，皮囊子船划不过黄河，经济告急（对稻谷的种类，作者做出了细致入微的描绘）。出于扩大主题的考虑，并未透露给听众故事发生的具体地点和朝代，当后文以巧妙的方法补充嵌入这细节时，就给人以匠心独运的快感。

家眷死了一多半，小商人的心态脱壳而出了，他携着妻子和三个傻姑娘，犹如躲避噩耗，他们周游列国，见到什么就推销什么。一千四百页到一千六百页，用了野兽语式，不带标点地展现了他生之多艰的哀乐中年：狼在睡梦中咬去了他的半个臀部，小脚趾烂在悬崖下面，鱼群搏斗，披挂着盔甲，鳍执着长矛……真真假假。顺便说一句，前文所说的三个女儿，作者再未曾提及（“暗示”），不知是被卖掉了，还是离家出走，反正总有一些人在世界上凭空消失。然而，貌似田园诗般的美好生活却处处疙瘩（这时，作者告诉我们，小商人和他的妻子因为房屋门前是否更换篱笆，发生了争吵），一枚针顺此扎入了平坦的土壤：那瘦削苍白的女人——他的妻子——也失踪了。

剩下的十多年，通过两页的微缩篇幅一笔带过。

西周灭亡之初，幽王的宠妃褒姒只要稍有积郁，就经常把好几丈之长的、纯粹乌黑的头发垂下塔楼，弄得暗无天日。周幽王还是个年轻人，好奇心极盛，干脆趁着替褒姒小姐解闷的理由，号召在全周范围内爬剔搜罗奇人异物，举办“大型怪物展览会”。小商人碰巧流徙到天都镐京，混入会场，那里金碧辉煌，群群点着蜡烛的鲤鱼就在通衢大路上游动。故事至此发生了正常的断裂，褒姒小姐的婀娜多姿为文章加添了绮美。

正当听众们在歌舞升平的气氛里走进光亮中时，我们这庞大故事的主人公也迈入了大厅，他悠然又无所事事地绕场一周，观摩那些长着珊瑚状犄角的兔子、三条腿的羊，和顶着鸡冠子的长虫……等等等等，不一而足地反锁在琉璃的笼子里。作者似乎马上就要用陈旧的噱头来刺激听众，说这一切都是性压抑作用下的心理幻觉。小商人突然俯下身子，对一只被剥了皮的母猿猴感到兴趣，他果断地凑了过去，像模子对准模子一样，把脸扣在猿猴的脸上。就在这时，猿猴缓缓地说：

“你还认识我吗？”它准确地念诵出了小商人的姓氏。

刹那间，天旋地转、悬念顿生。他翻了疯病似的四下冲撞，两耳之间的那块思维的乐土里充斥着外人根本听不见的巨大噪音，他东摇西晃，想着寻找一处避难之所，却处处碰壁，磕得头破血流。先前颇具轻喜剧色彩的故事转入阴森恐怖的布局，情况在接近尾声时才渐渐复杂起来，主人公发现这个“怪物博览会”的每一位游客竟然都是他曾经相识的人！有剃头匠、卖花姑娘、挖井人、汲井人、填埋枯井的人、卖豆浆的、他昔日小生意的每一个尖酸吝啬的顾客，他的父亲、母亲和黄河岸边的老纤夫一齐走来，朝他微笑……终于，警笛作响，周王朝的警察们从隐蔽处显身，将这个潜逃多年的杀人犯团团围拢，持刀对峙。

“你被逮捕了。”警察总监念诵出了小商人的姓氏（这个姓氏直到文末的句号，我们也并不知晓）：“你被控杀死了七个儿女，以及贩卖自己的妻子。”

随行的晏大夫就要垂泪涕泣，他为人过于自尊，不喜欢暴露自己的情感，只是略带害羞地将两根手指头伸进上衣袍子的口袋里。

“你今年多大岁数了？”景公却意犹未尽，被故事中死亡的吸引力拉扯着：人的生命就像倒挂的石笋，琐碎的、堆积的灰色晶体缓慢地与地下的另一种势力联结，就此丧失了原初的模样。他侧过身去，刚想做做样子去视察一下湿软的绿草场上，那独门独户的小亭子里闲聊的人们，不料，成筐成筐的假胳膊假腿挡住了他，景公转而问那个引诱小孩子的说书老者：“这些假胳膊是干什么的？”

“我的小本生意，”他脱下圆顶礼帽，露出了插在头发里的三枝白玫瑰，嘿嘿笑着回答：“从先王开始，我们齐国受黥刑、劓刑、刖刑、椓刑、大辟刑和贯耳之刑、馘刑的人，不分男女，日渐增多。比如，您看这高仿真的假鼻子。”他说着就盖在了脸上，简直严丝合缝，远距离的情况下是无从分辨的：“这买卖之所以兴隆，都要感谢您呀……”

梁丘据厉声地喝止住这老头：“听好了，景公是问你多大岁数了？”

“鄙人八十六了。”礼帽像飞碟，焦急地旋转。

景公闻声大喜，故意很大声地提议道：“八十六了，高寿高寿，来来来，你快祝福祝福我吧。”

老者扭动着肥硕的身体说：“我祝您比您的先君胡公静还要长寿，更有益于国家。”

景公愈加神旺，连连回嘴，握着老者的手不停地摇晃：

“很好，您再给我一些祝福吧。”

“我祝您的后裔国君也都如我这般长寿。”

啊呀，景公往四周看了看，又用心灵尽情感受了围得水泄不通的齐国顺民们的极其谦恭的态度，那些长街两侧的窗帘，半敞开，如今变成了紫色，照亮了夏风中发荣滋长的飞翔的欲念。人人都在屋里朝外眺望，眼神混合着敬畏、敬爱和敬佩，好似他统治了十五年的国家不是由一群早晚会腐坏的臭肉构成的人，而是一群只愿意听他调遣的活机器。

“很好，您再给我一些祝福吧。”他即将张开宽阔的臂展，最后一次，作为对于数字三的迷恋，他问了第三遍。

“我，我，我祝您，满怀崇拜地祝您，”多么精彩的坠落，什么样古怪的运气呀！话语触地时的巨大冲击波比老者预料的要小，他短路的头脑里完全反射了不远处一张横幅标语上的红字“一切为了人民”，他随口一说：“希望君王您不要得罪人民。”

尤其是因为那老头把话讲得越来越大声，半透明化——一般处理此类突发事故的规则——也被压制到了最低，他接着解释道，如果一位真正的国君选择治理一座活人的城池，那么任何意在掩盖人民真情实感的努力就等于毁灭了国家的根基，你知道，这就像强迫一个修建露寝台的奴工笑呵呵地承认其实自己并非奴工，而是最小政府里的好公民。如果国家的价值观是向上的，是无限接近于最可能的纯洁的；如果不仅仅全是骡子，还有少许的马和驴……

他还得寸进尺，说能不能把全国粮仓的真实存储量公告一下。

“混账！废话！愚蠢至极！”景公大叫。

梁丘据着急忙慌地踢倒了过路人肩膀上扛着的瓷器，提醒他的主人不能激动。叮当声伴随街角那棵令人感概的老树招来的山风，以及嗡嗡的议论声，一起涌入景公的耳朵，逼得他摇动着金色绒毛的长腿。

景公第二次在众目睽睽之下昏倒了。

铁猪

“不管怎么说——您最近的身体状况如何？”

废官多日的裔款一直在都城附近蛰居，今晨他装出一副焦急的样子，厚着脸皮混过了多个关卡的侍卫，左手提着一架镶金边的鸟笼，笼中关着一只宽翅膀的金色蝴蝶，来觐见国君。蝴蝶的双翅展开时可见一张天宇图。裔款近来可没少忙乎，忙着刺探情报、监察王城进出的不明人口，种种奇闻异事，他都妄图加以利用。

他先微笑了一下，又颤抖了一下右手，示意对方将注意力集中在礼物上。

商羊在齐国的宫殿上不停地舞蹈，这已经是第七天。

天空愈加阴沉，宫殿内一片漆黑，远方的云一朵一朵地传递来沉闷的雷鸣声。景公身披鹿皮纹的大毡，斑斑点点的好似许多双沉思的眼睛，他斜卧在竹席上，竹席铺在御花园的小亭子里。他面露大病初愈的神色，对来者毫无兴趣。方鼎的左右，两个身着红绸衣的宫女擎着扇子，轻轻地为他纳凉，也不时地驱赶着蹁跹于朵朵鲜花上的蜜蜂。

景公非常不想被外人打扰，本想略略敷衍几句，直接把裔款打发走。这倒并非因为他厌倦或识透了君臣之间的虚假客套，只要偶有闲暇，他就会陷入对万事万物的怀疑，而当他日后好转时，又会加倍恢复自己的欲望。

御花园距离大殿仅有两百步之遥，其中巨树枝叶葳蕤，庞杂的树根甚至撑裂了红木围栏；从淄水的泥泞里拖出来的巨石就摆置在御花园中央，上面停驻着几只黄灿灿的金龟子，支棱着触角互相交换信息。巨石的表面则刻满了古怪的动物图案，这些是景公几年前命令宫廷画师想象植物猴的外貌并雕刻出来的。

这些画师衣食住行都由王室出资供养，他们的任务就是每时每刻用特制的小刨刀刻下所思所想再每天一次呈递给景公。尤其是夏季昏聩的午后，景公逆着日光，反复端详这些怪异的图案，似乎已经从中猜透了自己的命运。年复一年，想象作品的数量越来越多，以至堆满了整幢画室，画师们也愿意居住在这些斑驳的岩石之间。他们的青春不再，瞳孔里却仍旧时时勾勒着一个模糊不清的影子，这个影子浑身绿毛，不停地摇头摆尾，还发出猿类的叫声。不过，一旦动手雕刻，思维就又凝固成了静止的图案。曾经有一个老画师就不知深浅地企图凭空把植物猴的影子献给景公。那一天，景公哂笑着命令三个交戟卫士强行砸碎了所有落伍的作品，画师们见状一个个撞死在了运送石料的小木车上。他们的脑袋由于经常绞尽脑汁只剩下了一个空壳，死得非常迅速。

整座御花园像个涂满颜料的屏风，任何人隔着两百步之遥也能将自己犹如仙岛一般隐藏起来。景公正想达到隐藏的效果。他起身坐在了一处亭角石凳上，隐藏在这个绿色植物和美丽昆虫组成的圆圈里。

方圆几十米内再无休憩之所，所以他选择让裔款跪着与他对话。

“把那架漂亮的鸟笼搁在方鼎上吧，很好。”

他试图表演出头脑处于空白状态的憔悴相，玩起了一种古老的试探游戏，眼睛故意低垂，双手也故意颤抖。方鼎的中央摆着一尊香炉，灰烬积攒了有拇指肚那么厚，间歇地冒出稀薄的烟，香炉的外侧还留有少许余温。方鼎雕有四个突出的羊角，裔款犹豫地将金鸟笼稳妥地挂在了方鼎的一个角的沟坎里。

“您的身体看起来好转很快。”终于找到了舒服的下跪地点，他说出了热情奔放的谎言。

这两个人物的外貌和心理增添了整个事件的复杂程度。那位一国之君一身梅花鹿似的迷离斑点和严重的妄想症，以及阿谀奉承的臣子向日葵般的脸孔，仿佛他真的与生俱来一种向光性，如果不是因为景公喜好异国风情，放宽了对非法移民的限制，他注定悲惨地务农劳苦，而不是荣幸地跪在大殿里服侍君主。景公暗自絮叨，说他的身体绝非“好转很快”，他觉得自己越来越像运送木柴的独轮车，只有一个轮子，更少地接触现实，却必须更多地承载现实。

“不管怎么说——您最近的身体状况如何？那个卖假胳膊的庄稼汉，我与梁丘据商议的结果是，干脆让他凭空消失，再不济，吊销他的营业执照，让那老头活活饿死得了。”裔款重复道，力图摸清对方的意图。

“长话短说，”景公长长地抿了一口茶水，用它漱口，十分缓慢地把茶杯搁在竹席边，手指关节无聊地敲击地面：“我觉得身体力壮如牛，这多亏了晏大夫推荐的好医生，但眩晕的症状仍未消失，总是让我想起久已遗忘的往事。”

景公发话之后的很长一段时间，他一直在等待着。他的嗓音经过七根立柱的反射才最终钻回了他的颅腔，引起了轻微的眩晕。更重要的是，他原初根本没想讲出这句话。于是，景公默默期待着来人的答复，来人却也小心翼翼地与他保持着同等长度的沉默。

“最近奇怪的事务繁重，七天都过去了，那只单脚鸟还在宫殿的屋檐上吗？”景公又抿了一口茶水，问了他最关心的问题。同时，一个回心转意的奇怪念头，像一个被偷换的小孩，一个浑身乱颤的落水狗，悄悄潜入了他的脑海，与复杂的神经纤维与神经元掺杂在一块……这个人，这个忠臣，是否值得再一次的信赖？

他们简短地谈论着齐国的政治和外交。裔款提及最近来了三个卫国老太太，善于要弄热闹的骨偶戏，许多齐国人趋之若鹜地进入游乐场，但每次都有少量人口失踪，是不是应该叫她们来当面质问一下？景公表示不置可否，可以让她们与宫廷小丑一起进宫献艺。

还说到鲁国的境内有一个樵夫捉住了植物猴，献给了鲁定公。不料植物猴还很年幼，从毛发中尚未长出蓬蓬的叶鳞，嘴唇棕色，牙齿也不尖利，老家伙误以为自己受骗，命令侍卫活活砍去了樵夫的双手。樵夫不服，伏于鲁国的宫殿前嚎啕大哭，就又被活活剁去了双脚。景公听至此处，似乎努力压抑着自己的欲望，眼睛却罕见地一亮。

“植物猴的事情就交给你去办理，日期不限。由晏大夫负责关注单脚鸟，不要再酿出一场大洪水，这才是我最担忧的。”他认真地观察着裔款的表情，以至于他错过了一个细节：在他下命令之际，有一只在他的袖子里迷了路的细鸟正用小爪子揪着袖口探出了脑袋。而足智多谋的裔款似乎从中获得了启迪。

他犹豫着挥了挥手，亭子外的两个侍卫肩扛上来一根粗树枝，小叶芽尚未凋落，下面坠着一大团交错的软藤，像捆活猪一样捆着一只四脚乱踹、鼻子哼哼声惊人的铁猪。景公打闪电似的来了精神，未等伺候他的宫女反应过来，就自己穿好衣服，扎紧了裤腿和两个袖口。这铁猪长到了半米长，桃子形的大耳朵耷拉到了下巴，积攒了肮脏的污垢。它的体重更是呈几何数往大秤盘的右侧狂奔，体表则刷了一层高仿真的、混合各种高等颜料的油漆，一眼望去与真猪无异。景公狂喜地靠近，发出啧啧的赞叹声，它的肚子又空洞地自鸣起来。

“铁猪是那三个卫国人献给您的——我刚才跟您提过的——她们说多年来一直在筹备一场盛大的表演，为此周游天下，饱览了南腔北调，甚至通晓了音乐这门技艺的初始，发扬了郑卫之声与桑间之音，重新排定了《韶乐》的每一个舞姿。您看看……”裔款乘胜追击。

“它的肚子为什么叫了不停？”景公实在太专注了。

“您看，”裔款紧夹着无名指，扯下来一枚青铜指环，摁进猪嘴里，让问话方亲自目睹近乎不可能发生的奇迹。铁猪的动作太快，眼花缭乱地将铜疙瘩囫囵吞吃掉：“专门吃金属物的宠物，长膘长得也很快，尤其适合您这样的一国之君。”

景公说，既然如此好养活，不妨向全齐国人征收铁针，家家都要锻炼这点忠君之心，逢到旱灾、涝灾、蝗灾，征收税款就有人口出怨言，现在区区几根针没什么借口了吧。满心无法言表的高兴和骄傲，他一低头看铁猪，绷紧的前额就变得舒展而宽宏。他兴高采烈地笑了——那可是不折不扣的大笑：两侧脸颊和嘴角大幅度提高，露出双排洁白的小牙，鼻翼处微显两道松弛的皱纹。单凭外貌，谁也不会说他身体欠佳，还需要卧床休养。

“提到单脚鸟，您有所不知：凡是他负责的事情全都节外生枝。

晏婴，他要的是——”裔款压着含糊的喉音反回了原先的话题：“——他要的是更剧烈的灾难，和他矮墩子的身形成反比，但更小的灾难他也能满意。还有，他是不是跟您讲过齐鲁边界森林砍伐的问题？那纯粹是一孔之见，天底下那么多的树，不砍还得了，早晚有一天我们得住在树上喽。

他一天到晚喋喋不休，小腿紧捣着在全齐国东奔西跑，恨不得站在城墙上把国家尽收眼底。因为除此之外，好像我们的国家无法让他发挥自己的才能似的。”

他一字一顿，很有节奏地补充说：“恨不得把偌大的齐国变成他晏婴的。”

“古书上说得好。罢免人、提拔人不与君主协调一致，这叫做专断；”裔款接着讲下去：“在君主面前说话不加避讳，这叫做傲慢；专断、傲慢的行为存在，那么君主与臣子之间的伦理就废弃了，我不知道他晏婴怎么能算作是忠臣？”

“你的意思是说，国中究竟有哪几位大臣，擎着灼灼如日的斗大红印，在婀娜的镜中倒影里日理万机地处理政务；有哪几位博学的隐士和骁勇的武将，一俟纯金色的麦子灌满谷仓时，就吟诗作赋、演习操练，连我自己都不能识别清楚吗？”景公收敛了笑纹，怒斥道。

他的话讲得含含糊糊，不知是赞赏还是讽刺，部分原因在于如此讲话给他留有回旋的余地，另外，以话语来刁难别人是比以刑具来惩处别人更无情的行为，话语会在印象里不断地牵扯出别的印象，不断地变形扭曲，像一件无形的、坚硬的却又可千百次使用的刑具。但坚硬的话语击败不了圆滑的话语，齐国的文人们多年来练就了将所言之语忽然推演向极致，又忽然将其拽回现实的绝活，自己以自己的话语为屏障，躲藏于其后，让对方纠缠不可方物。

“事实上，您没有必要识别清楚。因为，你看，我们这些人的存在均维系于您的存在本身，换言之，我们的智慧和力量其实就是您的智慧和力量的一部分。”裔款不敢再多讲下去，轻微地抬头，盯着那只细鸟。

细鸟正慢慢松开小爪子，顺着景公的袖口滑了下来。最后一瞬间，它双翅一翕，紧挨衣服的褶皱绕到了景公背后，又一鼓作气爬上了他的右肩。景公对此当然全无所知，他此刻困惑于裔款回话时那丰富的手势、虔敬的表情，这些手势和表情就像几柄小斧的刀刃砍在了话语的停顿处。他突然想到，裔款已经追随自己长达十五年的时间了，况且他的第一个女人就是裔款帮他弄到手的。无论是他当储君时，还是即位后，都不曾有过一位臣子如此恰到好处地表现自己的渺小和幸运。景公感到裔款虽然就跪在面前，可他的身影正无限延长，令人感到一阵嫉妒。

“那为什么偏偏是你，而不是别人，今天来到了我的面前呢？”

“我想是因为在广袤的齐国里，处处都存在您的象征。当您身体不适，无法很好地用行为表达自己的意愿时，象征就时时流露出您最深沉的意愿——虽然您自己可能并没有觉察——我有幸被纳入其中，受到为人臣子的良心感召，作为您的一种象征回归了您的面前……”

景公神情恍惚，急忙转过身子，穿过狭窄的亭子，躺回到他华美的竹席上。他听见裔款还在殷勤地讲述着忠心耿耿的言论，缓慢不断地讲述着，字斟句酌地拿腔拿调。他突然重新获得了一种久违的恐惧——对死亡的恐惧。就在这一瞬间，他豁然开朗，尽管跪在他面前的这个大臣浑然不知自己已经取得了胜利，但景公作为齐国的最高统治者，再次在他滔滔不绝的词语里目睹了名山大川和茫茫原野，继而他想起生命的短暂，他越来越想长久地保住国家并传给后代子孙。

“我可以肯定地向您保证，鲁国的那只植物猴，无论付出什么代价，我也要把它弄到手。把它从老眼昏花的鲁定公……”

他听到了“老眼昏花”这个词汇，很不高兴地咳嗽了一声，仰躺在竹席上。裔款见状提高嗓音并缓慢地讲完了后半段话“……那里安然无恙地带进齐国，让所有人民都因此而越发尊敬您。要是依我之意，宫殿上的那只单脚鸟其实是祥瑞之兆，而非晏婴大夫所谓的什么灾祸。您看，它虽然只有一柄脚，很不正常的样子，但却照样活蹦乱跳，反而每天精神抖擞，这不正预示着齐国的发展模式吗？我们既减少了多余的耗费，又保存了一匡天下的精力。”看到对方把下颌往上抬高，又往下一落，裔款由衷地微笑了。

“那好，攻打鲁国的事情就交给你去全权负责，而且——”

而且！景公的眩晕症第二次毫无征兆地发作了。他用手肘颤抖着抵住额头，太阳穴如同有小孩用鼓槌猛敲的鼓面般铮铮作响，随着眩晕程度的加深，无数奇形怪状的图案变幻在视网膜上，他似乎从中看透了不远的末日。

“——而且，还有一件更危急的事件我要汇报，可靠的消息表明：那个女人生的孩子潜回了宫中，伺机行刺您，”裔款迅速接过话尾，像玩一种成语接龙游戏一样流利地讲到：“而晏婴，晏婴他知道这件天理难容的事情，他很喜欢那个男孩，竟然私自按下来了。”

“哪个女人？”景公睁大了瞳孔。

编年史家在此处的留白部分有一段详细的背景文字：

在多年来自我压抑的潜意识里，景公终于发现，自己对所有的灾难都持欢迎态度，这多半是由于他的生活本身就是一场灾难，而所有的人都在欺骗他。姜夫人虽死但阴魂犹在，亦如她破碎的身体，她的鬼魂也隐藏于宫殿的每一处犄角旮旯；而废太子被深宫中的厨娘救出，长大后辗转回宫殿当上了侍卫，戴着红缨帽，裹着由荷叶的纤维缀连的披风，他一心想刺杀景公，却屡屡痛恨自己胆小怯懦。景公能预料到最后的打击？还是他的预料事先已让他倍受打击？我们所有人物都试图逃避结局的引力，但逾越了语场边缘的努力都未曾被注意。

“生活本身就是一场灾难。”谄媚的人臣偶尔也会如躺在高背长椅里的哲学家，说出残酷的真理。

“混账！那你还不快宰了他！”他狂吼了一声就一病不起。裔款确认了景公的确在昏睡之后，提起刚拿来的、关着金翅膀蝴蝶的鸟笼又蹑手蹑脚地走了。

蝴蝶的质地不具任何肉感，倒像是一片无情的金属，忽闪着宽大的翅膀，眨着嵌在丛丛茸毛下的黑眼睛，这双眼睛此刻成了世界上最黑的眼睛。它用翅膀猛烈地、暴怒地撞击竖木条箍成的鸟笼。如果它象征和平，那和平将要死亡；如果它象征死亡，那和平将要死亡。

景公右肩上的小细鸟“唧”的一嗓飞走了。

盛大歌舞表演

这不得不说是一种两难的举措。王城的各条主干道张灯结彩、摩肩接踵，人民被免费发放了许多不同笑脸的面具，离开家就罩在脸上，但出于对公室安全的考虑，宫殿的每一扇雕花木窗、每一扇翡翠内门都关闭严密。为了调节空气和歌舞表演时能够有爽朗的夏风吹过厅堂，仅留有几洞莎草纸糊着的侧门半闭半掩，更难以启齿的理由是齐国的太阳有一部分似乎塌陷了，光线越来越微弱，从东海嘘出的云团逐渐连结成一体。从不被人注意的、紧挨宫殿屋檐的一排小窗户也被打开了。

季氏的家臣搀扶着老爵爷，他以年高德劭的派头，像一张威严的肖像步入大殿的第二级台阶。景公与纳查夫人早已就坐，长案与卧榻一对一地呈三面围拢之势，一共约二十多对，相邻处立有灯火，树冠一样的圆锥形灯罩顶部是裁开的，修长的光柱威风凛凛地向上照射。

“您看，今天天气多好啊。”爵爷像个老糊涂似的，口齿不清地寒暄了三遍。

“啊，是，天气好。”景公微微欠身，有意无意地敷衍了一句，虽然他心知肚明：商羊飞到齐国宫殿的这几天，乌云密集、闷雷辊动，零星地下几滴血一样温度的雨。他悠闲地往第三级台阶望去，只看见了穿梭繁忙的侍卫与宫女和旋转的金盘子、银盘子，终于视线七拐八拐地穿行于缝隙之中，他看见晏婴作了牛扼嘴的表情，从另一个方向——一个与他不同的方向——也在注视着老爵爷。后者的汉玉烟斗别在腰间的绶带里，整体色调非黑即白，如同一段初冬的朽木，颤颤巍巍地摸索着软榻的扶手，费尽力气转过身子，陷进去之后又喘了很久的粗气。

全国的封邑主人和大臣汇报完工作并没有走，尽管不存在直接证据证明王城有妓女与嫖客，可偌大的居住区面临灾难之兆每个人都内心惶恐，都需要一个怀抱来安慰自己，这些人在歌舞表演的诏告牌挂出来没多久就迅速赶到。景公挑起了眉毛，像在测试极限，越挑越高，示意可以正式开始了。台阶下的子民们个个喜形于色，猫腰鞠躬。侏儒们的衣服贴满树叶，钻进小箱子里，从四壁伸出短短的胳膊，跳着罗圈舞，还玩起了扔球游戏。几百名盲乐师操持琴弦演奏《下里巴人》，及欢快的音符像南方的小沐猴飞快地替换脚爪，环绕在立柱和大椽之上。

就望见有两个身着彩衣的一男一女朝大殿趋近，人群沉沉静谧。待到近来时，男的是个胖子，浑身的白肉长着红颜色的汗毛，但这汗毛已被剔去，肚脐的周围画了一副滑稽的嘴唇，两嘴角从左肋延伸至右肋；女的是个瘦子，瘦得颧骨、眉棱骨、手骨生硬地突出来，她的背上有一个暗蓝色条纹的大领结。女的来了一次倒立，两条彩衣紧匝的腿一条定在半空，另一条十分灵巧地搭在胖男人的肩上。后者用双手将她提起，两个人的色彩互相融合、互通有无，渐渐分不出彼此。大领结的位置恰好挡住了胖男人的胯部，他的白肚就像一张体面人的脸，一收一缩地在无礼地笑。

连宫廷小丑都乐不可支，连连把大嘴中的笑声和口袋里五色混淆的卡片抛向殿顶，犹如鹅毛雪。可就在那女的把细长的腿和穿着闪亮的鞋的脚翻过男人的背部时，一个趔趄让她瞬间滑落，像一只燕子躺在了地上。男的吓傻了，整个躯体颤栗，膨胀成了装满土豆的麻袋。结局？人人心知肚明，却依然对结局来临的方式暗自揣测，一阵嘲讽的笑声伴随着逐级升高的音频咯咯咯地迸发出来，像极了用小木棍敲击水平面高低不同的瓶子。

“扫了景公的雅兴，”爵爷狠狠地砸着汉白玉的烟斗：“奴才们总是办不成一件大事。”他把自己患了萎缩病的小左手护在紫气腾腾的右爪子里，他画过妆的脸部、滑稽的长眉毛、颗颗闪闪发光的牙齿都透露着不容撼动的权威。

“斩吗？”裔款探过头，轻松地问。

景公的桌子由纯粹的天然青石雕镂而成，一把锋利的翡翠匕首搁在中央，他找了好半天才找到，握在手中。地砖起了某种可恶的变化，只有他一个人能够看得见，人群围绕的圆形和平行的线段后面留有一些缝隙，他想透过缝隙观察那两个演员的表情，但他失败了。

他举起匕首。

殿外传来挣扎声，随即就又陷入了无声。

乐师们重新吹拉弹唱，有的半蹲着，像弹涂鱼射出水弹一样将笙箫抬得接近垂直；鼓琴的干脆把小身板贴于琴面，脑袋扎进一根根锋利的琴丝之间，十根手指头作群魔乱舞状；有三十名击缶的，胳膊比大腿都粗，两只小脚裹在破布缠的鞋里，愬愬然如履虎尾。

突然，地面起了大震动，廊柱间彳亍来一只黑魆魆的庞然大物，宫殿之于它简直像一个正方体内切着圆球。室内昏暗的火光一掀一掀地撩动着，先映照出三架符合流体力学、向内弯曲的大犄角，其后，一只小山包似的鸟头转悠着墨绿色的豹子眼睛，脸上有五道恐怖的红颜色褶皱，杂草荒芜的下颌极圆，这怪物一摇晃隧道般僵硬的颈部，更庞大的腰身就竖起许多树木般粗壮的棘毛，如星星的光线一样呈散射状。

“小的是个樵夫。一日遇雨晚归，闻怪声啼鸣，循声追去，发现了这只山精野物。在野草茂盛的颈部砍一斧头，则啼鸣阵阵，欢喜歌唱；若一队伍青年男人捉抓住它磐石般的大脚蹼，于是用粗绳拽倒，这怪物就双蹄跪地，不停作揖，且乱抖犄角，跳舞百端。”人们听他讲话时就到处找他这个人，不久在怪物的手臂底下的阴影里看见几十个小人咬牙切齿，手朝上举，再定睛细瞧，才看清有细而长的吊桥的绳子从人手出发，系着它的锁骨。

“玩来。”景公大喝一句，每逢公众场合他一向少言寡语，但这次，更是为了抵消尴尬。

乡下人开始往不同的三个方向拽绳子，怪物那麋鹿似的犄角向内挤压，顶在了一起，鸭子一样扁而长的喙像火钳子般扩开，伴随着嘶哑的长啸，五颜六色的光波涌现在那怪物直视的斜上方。如此叫了三番之后，光波沉淀到宫殿的地面，积累了厚厚的一层时而绚丽，时而暗淡的金砂和钻石粉。有一个侏儒连忙弯下矮胖的身躯，拣出一颗最大的绿松石，笑颠笑颠地想献给景公，却被侍卫乱棒哄出去了。

樵夫不愿冷场，立即用一架辘轳绞紧了绳索，腾出双手拿斧头猛砍那林木森森的脖颈，还有人在其后挥动着长鞭一下下地抽打。每砍下一棵树，怪物的体积就膨胀一倍，腹内幻化出与之对应的金砂、银砂、各类珍贵矿石，殿内不久从左到右汇聚起了一道价值连城的彩虹。

老爵爷圆睁双目，只感觉劈头盖脸砸过来一阵比刀片还尖利的石头雨，老迈的涎水就不由自主地顺着嘴角淌下来，蔡老头连忙恭敬地用手帕拭去，他生怕别人看不见似的，动作极其缓慢温吞。

每位大臣的桌面上都覆盖着或晶蓝或血红的颗粒，有一两位刚动歪脑筋，假装抬袖子把财富偷偷纳入钱囊里，第二十棵古老的云杉被连根拔起了。它的最末一片叶子坠落地面时，彩虹最先消退了，怪物全身的颜色降了一度又一度，已达极限的身躯像空气鼓破的气球，訇然中开，漏气后瘫软成了一张薄薄的毛皮。那些所谓的钻石原来蕴含的聪明伶俐的原子变得呆头呆脑的，一个个松开了紧握的小手，做起了不规则运动，归于黑褐色的、灰尘飞扬的煤渣。

断了的绳子如壁虎的尾巴，在地上扭来扭去。乡下人见状像跳着团圆舞，三三两两地抱头痛哭，故意很大声地说“早知道这怪物不是什么好东西”“扫了大王的雅兴”“罪该万死”什么什么的，景公想要特赦，却隐隐看到老爵爷经过方才的折腾好像更清醒了，眼下正直勾勾地盯着他。

“‘欢喜歌唱’‘跳舞百端’？这年月，一群乡下人就敢肆意欺瞒公室，这还得了？别说景公想挨个车裂了你们，我也恨得牙痒痒。”爵爷躲在暗影里，声音响彻全场，那么响亮，很有穿透力，竟然在景公的脑后部引起一阵寒噤。

他顿时意识到自己被顺水推舟地将了一军。

灯火的强光交错着投射着，虽然他不可能真的看见，但他的确感觉到一块明、一块暗的凹凸之感显现于自己的脸上，火辣辣的温度也缓缓移动，移过嘴唇，卡住了像小鸟的脑袋一样僵硬的喉头。不知从哪一个隐蔽的口袋里，又传出了咯咯咯的冷笑声。

“车裂吗？”裔款仰望着第一级台阶，殷勤地问道。

无论在欢庆的时刻，还是在人人低头猫腰浑身丧气地行走的平庸时刻，人都抖着小机灵想折磨别人，或者非常想折磨别人，只不过因为平庸使人四肢无力，欲望也就趋于黯淡，比起欢庆的热闹时刻，可操作性大大降低，所以乡下人们命悬一线。纳查夫人平素静默，这时被死亡吊足了兴致，拼尽全力表演了一番：眼睛睁得好圆，水汪汪的，眼睫毛扑闪扑闪，紧赶着一阵轻轻的颤抖，又抖了一会，越来越美丽，傲慢的异域仪表浮现出来。景公见状，从内心深处疲倦地催生、粘合、缝补一个微笑。

“您已经废除了车裂之刑。”齐国色彩最沉郁的大师跪在了地上，依然不苟言笑。景公斜看了晏大夫，马上移开目光转到玛瑙刀上，他清了清嗓子，决定将语言的舞蹈再跳几个回合。

“我什么时候……”

“‘蓬于何事件’之后。”

“啊，是的，是的。你要是不讲，我都快忘了。”手中的匕首轻快地飞舞在桌面上，他喃喃地说并挥挥手，做了个略带悲伤，似乎正责怪自己的手势。根据齐国所有事件处理的惯例，想要发表观点的人与不想发表观点的人都应到此为止。

乐师们重新吹拉弹唱。第三个节目是：

有一辆漂亮的贝壳马车从天窗降下来，两匹瘦马挺着脊椎骨，就像晾衣绳上搭着红棕色的布帘。许多木箱重重地摔在第三级与第四级台阶上，像古战场散落一地的尸体。灯柱下，木箱们栗子壳色的孔洞里传出排山倒海的合唱声。三个老太太推开高悬在半空的车门，一个揪着另一个的脚，最后的一个揪着门槛，演杂技一样徐徐落入舞台的中间，她们又放荡又暧昧地将下巴一低，托在交叉起来的手指上，站着涂了厚厚眼影的眼睛和睫毛。

一个比树墩子还滚圆的东西是留声机，缀着几片人造的棕榈树的叶子，里面天鹅绒般的伴奏音乐隐约可聆。

那许多被收集来的、不同国家的孤魂野鬼开始蠢蠢欲动，有呻吟的、基里哇啦胡言乱语的、嚎叫的。还有一整套月光般皎洁的歌剧从机器里湍湍涌现，一共分为十五幕，先演唱在东阳萯山由夏后氏创作的《破斧》之歌，此曲前半段高亢嘹亮，令人联想到山林深处无数只犀牛奔腾过粼粼的池沼、落叶铺盖的泥土，举起沧桑的犄角激荡出崆峒之音，但渐后则萎靡不振，忧思心切，鬼魂们就以半透明的身体在齐国的宫殿巡回招摇。

景公和宾客们脑壳里的空隙被歌声完美地填充了，作为听众，内心里固有的抗拒也完全消失。其中一个老太太穿了一件领口开得很低的衣服，裸露着两个干瘪的乳房之间皱纹密布的乳沟，一边用一朵大花把双乳高高地垫起。

《韶乐》的序曲是一声音调奇崛的风声鹤唳——由一种十八颗铜圆环相连的乐器奏出来——其后，侍卫们手扶肩扛出来一座小山般的编钟，形状按大小有序排列的鸣钟如老藤上你碰我我碰你的葫芦，而盲乐师们被高大的乐器所遮蔽，生怕弹错一个音符，影响了大合唱的和谐。巨型的、怪异的编钟是一切乐器峰峦叠嶂的集合体，不论是奏乐者还是聆乐者都很容易迷失于这个灭身的陷阱，甚至三月不知肉味，因为它让你误以为它就是世间万物，除此之外只剩下了如假包换的赝品，包括你的人生与事业在内。更别提，编钟清晰缠绕又排山倒海般一波波涌来的乐声毫无停顿，让任何人都失去了喘息之机，犹如被催眠，任凭自己被外力掏空。

“北方的音乐啊。

有娀氏为两位美貌的女子，曾造起了九层高台，饮食、沐浴一定用鼓乐陪伴。天帝让燕子去看望她们。燕子去了，叫声谧隘。那两位女子喜爱燕子，争着扑住它，用玉璧罩住。过了一会儿，揭开筐看它，燕子留下两个蛋，向北飞去，不再回来。那两位女子作了一首歌，歌中就唱道：‘燕于燕子展翅飞’，这是最早的北方音乐。”戴金戒指的老太太宣讲道。所有的鬼魂都以叶蝉这种短翅小昆虫的迅捷，循环复沓于高瓴之下，披着火红色布罩或纸板的骨偶大概站到了三四排，每排从宫殿最长的直线的一端挤满了另一端，都兴奋得喝了没药般疯狂跳踊。显著的特征是这些不是人的人，他们的牙齿都凸出了牙龈，像鲨鱼，白花花地往内侧弯进去。

“南方音乐啊。

禹巡视治水之事，途中娶涂山氏之女。禹没有来得及与她举行结婚典礼，就到南方巡视去了。涂山氏之女叫她的侍女在山南迎候禹，她自己作了一首歌，歌词唱道：‘候人兮猗’，这是最早的南方音乐。周公和召公时曾在那里采风，后人就把它叫作‘周南’‘召南’。……”

人们往往把突如其来的事称作命运，而命运的承受方又往往不止一个，这就导致了好运与厄运的划分，譬如眼下有一位倒了霉的盲乐师在群星激唱声中竖起猞猁般尖茸的耳朵，他左手稳住琴的主干，右手一拨，就用远比这行句子更快的速度射出了一支暗箭。后坐力之强劲让这行刺者浑身麻酥酥的，往后跌出去了数十米。同时，上一秒的箭与下一秒的箭保持着半个相位差，先后直朝季氏老爵爷的眉心处劘来，后者却目不斜视、腿不发软，依旧流着哈喇子，蔡管家仆立在旁边，一筷子一筷子地喂他吃小牛红烧肉。突然间，老爵爷一震脚尖，人就孤悬在了半空，猛地掴了景公一记耳光。不不，不是爵爷真的掴了景公耳光，而是他貌似萎缩的小手臂那样甩起来，影子划过了景公的脸颊，看上去就像被掴了耳光。

箭深陷进了高背椅子里。

盲乐师一边瞎嚷嚷："成了？我报仇了？我报仇了！"然后就被和他激嘹激嘹的嗓音一起被抛进了铜镬，在冒着热气泡的死刑浴缸里慢慢沉底了，被侍卫们用铁筷子给夹出来，卷在竹席子内，喂给了景公观云池中饲养的大鳍娃娃鱼。

"没关系，没关系，奴才管教不力而已。"爵爷大手一挥，小白羊皮袄以挂在晾衣架上，微风荡漾的摇摆感炫耀着："景公您呀，还是太年轻，谁知道呢？兴许这原本就是冲着您来的。您说是不是？晏大夫，您说呢？"

没话找话是人世间顶顶让人厌恶的合法行为，况且还常常预示着进一步恶意的逼近。景公正攥着纳查夫人娇弱骨感的小拳头，罕见地一口口抽着烟，内心深处浮起的对晏婴的全部怀疑弄得他手指抽筋，把烟卷折作了三段。

这故事说的是在特定历史时期发生的特定事件中的特定人物心理，相当具有陌生性，我们不得不稍微回顾一下春秋时代君主、权臣与世家之间的三角形权力结构是多么地令所有人寝食难安。

鲁隐公十二年，就在伐许的同一个月份，鲁国的大夫公子翚想巴结隐公——这位说话颠三倒四的权臣形似黑底白纹的蝰蛇，走路的时候上身牵引，下身就错后，所以总像是在匍匐，再加上两只眯眯眼，头骨与颌骨的线条大起大落，必是奸佞之辈无疑。他对待满脸蜘蛛网的隐公如同对待端在胸前的木制娃娃，掰掰他的腿，掰掰胳膊，晃晃他的脑袋。

譬如吧，翚对隐公说：“我们杀了您的弟弟轨，您就可以永久地坐稳了鲁国的君位。您只要在适当的时候，赐我个太宰、太傅的官衔就足够了。”这就是在掰腿。

隐公不知道是思考什么艰深的数学难题出了神，他竟然跟一个只认人不看事的老谋深算讲起了数目字：

“翚呀，孤即位十二年，年年五谷丰登。咱们国家初步实现了七年翻一番，十年连续增产水稻亩产五十万斤、小米亩产六十万斤，苹果、梨长得都比石头茁壮，每家每户分了五千颗，还有什么鹿皮十万张、虎皮五万张，羊皮、牛皮数不胜数，不可计数。哦，你看我，你看我，这不都是你前天向我汇报的工作吗？

所以呀，以前我因为太子轨年幼，替他暂时登基，如今，我对得起他了，时机也成熟了，我正要把君位交还给他呢。不久的将来，我要派人到菟裘地方筑别馆，预备养老了。”

公子翚一听这话——实实在在、痛彻心扉的大实话——马上意识到这老娃娃该杀，而且活该。他立刻调转航线，反到轨的面前去谴责隐公的独吞霸业，请真正的鲁国嗣位的继承人下令结果隐公。长话短说，这年的十一月，隐公或许预感到了什么，就穿上了最前卫的蛮夷款式的燕尾服，去祭拜曾救过自己一命的钟巫之神，他借住在穷氏的宅邸里，日夜不停地在开满了琪花瑶草的舍圃里斋戒，忏悔着昔日的许多罪孽，他越回忆，就想起来越多，越多，他就越紧张，最后，连他自己也觉得自己该死。那些紫罗兰的波浪此起彼伏，枝条都争先向着早晨的微光挺去；绿色的露泼裸草和歇息草犹如垫子，镶嵌满园，甚至鼓了起来，因为内里事先藏好了十几架搽有箭毒木汁液的捕鼠夹。鲁隐公大摇大摆地踩上了三架，条件反射般地蹬着大腿，顿时咽了气，大红脸躺在了一片绛紫的薰衣草丛的诱惑之中。这就叫做“晃晃他的脑袋”。

景公很害怕终有一日也会被晃脑袋，但问题是这个胆敢晃他脑袋的人是谁？他左看看，又朝右看看。鬼魂舞蹈队前扑后拥地围拢成同心圆环，都用身体的曲线勾去一部分的景公，他慢慢疲惫了，哈哈大笑起来，和老爵爷一起拥着宫女们跳起了王室专用的舞曲，我们只能看见无数腰肢，和无数零散的怪叫声传出了宫殿，那外面，由方才的零星小雨下起来淅淅沥沥的雨。

不论是王城，还是山下的盐碱地，人们都唱着极忧郁的歌谣：“破碎的小水泡，破碎的小水泡，来作新娘新郎了……”

纳查夫人

我简直无法告诉你们，纳查夫人当初多么温柔，多么动人。像一株黑色橡树瓶子喷溅的花束。你看，早晨，她是纳，懵懂的纳，黑绒拖鞋衬托着光脚背。她是和宠物狗一样有着小红舌的娜塔。在家乡，她是古德丽，无数次的呼唤声中，她的名字衍变成了古德贞娜，但当她溺毙在了景公胸口那片小小海洋时，她是永远的小纳查。

无知的人才会说：爱情是一道微积分，因为据我所见（他们所无见）：恰恰是在微积分的原理被发现之后，人人都不再懂得爱情了。——这装丑事被作为历史事件记载下来也是确凿的，可如果我补充说：纳查夫人可能根本还不认识景公。有谁会相信呢？当她穿着红睡衣，胳膊肘儿绕过了景公的颈，念叨着喁喁情话，景公的脸却在抽搐，那面无笑意的愠怒，初看上去是爱的沉默，事实上，更接近于长年累月的爱情智商的流失。纳查又在讲故事了，这种妻子对丈夫古旧的拖延术，因为其文学含量颇高，从未受到过普遍质疑，而男人们之所以拒绝女人接受文化教育，无非也是为了从根本上弃绝受到女性文学诱惑的可能。故事进行在明亮得令人沮丧的大卧室里，景公正光着膀子，品尝一只油腻的羊角面包，他咬出了一片乳白色手提包的形状，就暗自想象着某位风骚的小美人儿正提着它。

桑树林中，长腿鹳鸟倔强地在夏泥里耕耘，迍邅如仪。一群蝴蝶保持着彼此构成的多面体的重心，扑在窗户上，或藏进一朵盆栽的蕊里。寂静，乡村音乐的节拍，寂静是乡村音乐的节拍。

梆子般的鸟喙，发着“瓦剌瓦拉”的叫声，远方的树冠就一阵簇动，像极了这位西域的山鲁佐德的老家——更远的远方，那像风车似的旋转的树杈，一种名为“瓦剌瓦拉”的果子嚎叫着跌落（这种树贴满了鱼鳞状硬块，果子如人的头颅，在历届几次草原战争一决胜负时，输了的一方都收集这些果子伪装做战死者的头颅献祭，而果子本身也随人，常常滚动着跟随牧民的帐篷迁徙），而那绵长的绿草地呀，是永踏不尽的绿色太阳……

残存的梗概如下：

我是一个少女。

黎明将醒未醒之际，被什么魔法牵引着，我来到了湖泊旁，走入，沐浴。九排梅子树远隔整片草原。我兀自兴起了预感：虽然我此刻尚未与他相识，但就要有一位草原王子将我迎娶。

但我错了——话就是如此轻松地说出口，当一队马蹄声敲响了大地这螺壳，开始时梅子般大小的人不仅变亮，而且更近了，是强盗，大砍刀杀气腾腾地斜挂在鞍鞯上，额头上的汗巾让他们看起来像是邪恶的两脚鹅类，沉重的袋子拖在身后。为首的竟是一个英俊的男子，我方才挥舞戒指时的反光现在抵达了他的眼睛，所以我害怕极了，连忙兴奋地抽身躲了起来，确切地说，我伪装成了一棵垂柳。

时间在我们看不见的轨道上飞舞着，而这些晶莹的线把我们纠缠在生活之中。

不得不面对他，这年轻的强盗头子故意让队伍停在我面前的空地，为了向我展示他的骁勇吗，他玫瑰色的小胡子吗？我多么急切地眨着眼睛，扭动身段，可他连看都不看。接着发生了恐怖的一幕：王子调转马颈，一刀砍死了他左右的两个同伙，马腿叉开时，像在跳舞，当第十三个人也被屠戮后，他轻松地走到湖水边，洗净了血刃。这时，他走向了我。

我的爱让我忘记了他的残忍，喊着："我的爱，过来呀。"

他搂着我的树腰，从枝条上摘下戒指，从树干上取下项链和手镯，旁若无人地携带着全部的辎重，跨马离去。

讲完后，天色竟暮了。

景公的表情越发呆滞，如同置身于针对未来的追忆，整个人颠倒过来了。连今天约好了与梁丘据去钓鱼的事都忘了，而讲故事的女人此刻趋于虚幻，犹如镜画中人，或者不如说，是逃入镜画中的人。

他的头脑里还回荡着昨夜的舞曲，像是有一张琴弓，架在了他的海马体上，嗡嗡响，弄得他每一处骨节都宛如琴键被摁了下去。

我们把纳查夫人这么多年来苦心孤诣讲述的故事合集如下：

1.

"记忆中的春天，万物凋零，一切都没有色彩。"她讲述时声音平添了顿挫的立体感。它如同蟋蟀的犄角一样软弱，比天牛的叫声还短，她对我形容这世界当初的第一场雨水。

我与我的丈夫惊异地在天空（那时候还是倾斜的白板）上行走，穿越斑斓的地下，在风中撕咬着树叶。手牵着手去参观我们在各地搭建的家宅，然后他直视着我的眼睛，说永远也不会忘记我，就好像真的似的，——她发出古怪的抽泣声，白色的头发在墙头飘拂，乳色的手掌搭在轻摇的喇叭花上——呜呜然，就像小孩子在痛哭，就像真的似的，她说，那时节，永恒依然存在可能，因为所有的细胞都还没有决定好自己应该成为什么。

“爱情的细胞也没有。它最慢。”

原始的地震爆发了，火山发情般地涂抹着空气与河流。

“我们飞跃的一座石桥猛然垮塌，很久很久，我都被封闭在了这里。”她敲打着当初想象中的与丈夫一墙之隔的障碍物，用一双接近透明的手臂：“谁知怎么着，我刚才看见了他。我看见一个外国旅行者追到了山涧，在流水潺潺的掩盖下，预定的石扉突然打开。是他，更年轻了，面部线条似刀削，身穿紧身黑马甲，手逗弄着兔子们的耳朵。”

我大喊他，我在这儿！这儿！她说，可他面露惊恐地望着泥潭。

“快来人呀！”她的丈夫：那年轻的游客呼救着同伴：“看，大鲵！一只大鲵！”

2.

一座城堡。

餐桌被几根铁链条悬置在阴暗的半空中，堡内空间的落差极大，我们坐着的椅子也吊起来，长久以来，我们就在这样的高度里，受着陡峭处的两扇对流的高窗吹来的风，用餐。

开始时，他将一只绿鸟捆在细线上，看它徒劳地绕着圈飞，一直精疲力尽，到死为止，那圈就慢慢凋疲，松弛了，突然一团绿色的羽毛掉进了火炉，发出芬芳的烤肉香味。那是我最爱的一只绿鸟，他用同样的方法吃光了我的红鸟、蓝鸟和黄鸟，现在，也就是今天，仅剩下一只灰鸟了。

我的丈夫进来了。他有着异常肥胖的躯体，像头猪，但他却是这一带最敏捷的猎人。他与别的猎人不一样，他打死猎物，那些鹿呀，獐子呀，小熊呀，不是为了冬天的吃食，或什么富裕者的有趣竞技——他穿过铁板一样叠拢的草叶，是为了凶恶的爱：他爱上了他的猎物。就如同有一次，我透过钥匙的锁孔看见他正与一个来自森林的黑女人交配。

“杀死她们，那些母熊、母鹿、小小的雌性绵羊，是我的责任，我是大森林里的伟大猎手啊。”他坐在左右轻微摇摆的椅子上，讲起笑话。

我并不觉得好笑，但我必须笑。

“剥皮抽筋，那是一种快乐啊，凉爽啊。这能怪我吗？我可是大森林里的伟大猎手啊。”他说话时从不看我一眼，就像在自说自话，弄得有许多瞬间，我也觉得我自己并不存在了。但我已经决定了事就要行动，我摘下脚上穿着的高跟鞋，凌空飞跃过去，朝他臃肿的、河马般的脑袋一通乱砸，他惊呆了，在他死之前，肮脏的左手还在抠着小灰鸟的肚子，肮脏的嘴还想吃里面的鸟卵。

3.

我的丈夫是这样爱上我的。

他爱上我，是因为他把我当成了他自己。别以为这是什么好事，这就意味着他终有一天将打碎他的镜子。

那天夜里，他突然从床上站起来，喊道："我喜欢上了青铜纹的图形，我要把我的眼睛、耳朵、嘴唇和高高翘起的阳具都烫上青铜纹，这样的话，我永远都不会迷失了。"这番胡思乱想、毫无逻辑的话之后，他翻过身抱着我，安静了。

所以，转天，他就在屋里没了命地跑，一开始走直线，后来变成团团转，最终他发了疯，从阳台跳了下去，直接摔成柿子饼。而我，继续用滚烫的烙铁烫着皮肤、墙壁和天花板，把世间的一切都烫出青铜纹。

我紧接着就后悔了，因为我的丈夫已经死了，我又想，有没有这种可能：我惧怕会失去他？但如果他不爱我了，他必然会爱上别人，而当他爱上了别的女人，他却依旧有可能还爱着我？

4.

她不再等待什么，而是转而回忆。

她习惯性地在鱼骨般瘦弱的高背躺椅里舒展身躯，四周满布着火红的丝绒，就在亦真亦幻中开始幻想。那必然将是一场盛大的婚礼：在充满了婴儿笑声的旷野里，有三株巨大的木兰树，这些树和散落的白羊羔都作为纯洁的赞颂和私有财产而长存。但这位也犹如狐狸一样孤单的女性，哦，她可能的名字是曼珠丽，或者干脆就是什么花卉或一匹银色眼睛的蜉蝣的名字。像最轻最被忽略的空气，居住在虚无缥缈之中，但她开始了每日的吟唱，张开贴满细粉状鳞片的脖子，左扭右扭。

你如果询问她什么是爱情。

她就会那么委婉地唱起来：“……盛世不重来。”

高贵的女士也会凭纤细的手指走路。因为她穿戴整齐了黑色无花果的晚礼服，鬈发可爱地拢在耳畔，又一次忧伤地朝着大海上的孤岛走去。

她的嘴里衔着芳香的木兰叶子。

“我的爱侣死在了海里，在那黑色船帆的下面。”她愕然，手紧抓着裙裾，大滴大滴的泪水正在燃烧：“我每晚都会梦见他，为他哭泣，他那副苍白英俊的脸透过令人窒息的浑浊的水层向我陈述。”

“又或许，他竟死于一场战争？还是瘟疫？”连她自己都已不甚了然。

但当她真的获得了一个未婚夫时，她曾恶毒地用那些脏丝线将他裹起来，裹了第一层，第二层……

其余的记录已断烂朝报、无头无尾了，我们索性停在此处，把沉在书页内的脑袋拔出来，回到主要文本的主体事件——

任何一位撰写过编年史的人都清楚：此举最恼人之处在于叙事与实际经历的不平行，但今天不是，景公从早到晚持着同样的姿势，古希腊式的大褶袍阴影与浅阴影层出不穷，由一个故事自然地联系到了另一个故事，由一种题材蹦跳到了另一种题材。而生活本身呢？也在这过程中得以深化，同时，面目全非……以对平庸的嘲讽开始，以对平庸的接纳告终，……生活！即使是国君也期待着疲惫的大结局。我们以为此类耗尽一生之久的表演劳民伤财，幅度过大，缺乏纪律。纳查夫人的天才在于她毫无条理，为了迁就我可能的读者们，就不得不从全无章法的史诗里采摘小浆果，供小学生食用。

每当编年史家想要谈严肃话题，就感到听众的稀缺。他能意识到一种在碌碌现实中大煞风景的存在，他知道普遍的平庸（承认了吧）状态下激怒庸人的方法，他清楚极了徒劳无功的汗漫过程，也即“思维”，——夹杂在语言的抽丝剥茧里。如果我们有很好的听众，很配合的对话者，谁还惜乎写作呢？“写”是这样踽然走来的孤独症吗，多说无益，多写也无益，多生活也无益。

少量的说，少量的写，少许生活——我们久已感觉不到这是我们的生活。很多事情都已饱和了。

君王掀翻岛床。

纳查夫人，他幻想中，睁大了惊骇的眼睛，毯子下的胳膊枕在脑袋下面，而且，微红的壁灯的光芒照亮了她的耳廓，透过溷浊却湿润的空气。然后，他看见扶手椅上堆着内衣，还有花冠，一双尖鞋，局部自放地鼓起了那双穿鞋的脚，脚上的腿……

一个打更人的喊声搅兴地从曲折的灯笼缝间传来。

栏杆上是黑色的鲸骨内衬乳罩，一个盛满水晶的箱子傍着另一个玛瑙瓮，格子花纹的毛巾搭在小香炉上，香炉裸露着耳朵。

宽衣，裸出胸前那片蝙蝠型浸蔓的胸毛，那颗心就要被衔着飞走。生怕那股子不知源自何处的兴奋劲儿又一股脑地消失不见，在小儒艮的肋下卧倒，然后一动不动，任凭那被俘获者摇撼他的大腿。啊！旧梦！你唻我唻，这动作和爱有什么关系？

这是常有的事儿，他会同情起她，这远离故乡的小女孩，只要他念及自然造化的伟力，就又硬下心来，开始舔她，哦，远离故乡的小女孩，迁往古陆的层次，在那儿叶片的弹孔缓慢生长，两条鱼驾船而来，两个宾客谈论秘密。玫瑰色的发卷像海葵将小脸埋进了发梢间，属于青春的褶皱在睫毛上方撑开了视线，几乎不相连，也有集中在一起的：鼻尖呀，以鼻尖的弧度衍化的别的五官呀，小手搁在嘴唇之上作沉思状时可爱得要融化的表情——飘逸感本身需要变细，更细，沦落为这个女子。景公恍然，前方的两脚漆衣箱自己动了动，在昏暗的角膜里，大衣橱的镜子里两个形体，和镜外的两个形体对观着，幻化出模糊的光斑，不知怎地，尤其不堪，肇事者本人流连于肇事的行为。——沿着她身体的外部轮廓下滑，深渊，这是深渊！整体性的深渊。他的整条脊椎骨弯曲呈S状，左手也贪婪起来。它们原先就像大海星一样略微分开着，汗涔涔的。猎豹与角羚的爱，总要舔舐呀，吮吸呀，解渴呀，她，可以目击睡衣下摆敞开，直接裸露了狭窄的水银髋部，隐藏在红色的腐朽和腐朽的落日黄之中，就好像活在朦胧中，大浪涟漪，同时，穿透性欲。她不小心暴露了的身体的美让施刑者无能为力，更惨的是，周身乏力，甚至因此溃败。这就是目的？谁能这样做能不羞愧呢，我指的是性欲描写是很简单的事，谁能不休地写下去呢。

他还要咆哮。

《喁喁经》佚篇这样描绘爱的罪孽：

升起橘红色的日落

最新鲜的

喘息，将我押往

边缘

商羊欲雨

繁华殆尽，零落消歇

我就看见

无边罪孽

被转入

明亮的

海齿

他满口牙齿，呼吸急躁，两只活泼的小羚羊虽弄得他直痒痒，他却依然不知怎样撕咬。但在有限的视觉范围内，他怀着异常的喜悦回忆起了曾在洞庭湖边看到的一株明亮的树（指尖在颤抖，抚摸着），这树随着雪花飘落就开出一片比一片雪白的花骨朵，雪落，树叶也落尽，那强烈的冬日光线。

他慢慢地掰开了白色蜘蛛爪子般的纤腿。越向下游走越凉爽，与之相反，上方成了火热的北极。

这难不成就是爱的范本？携着古典课题深入爱欲时，制造出来的那颗颗晶莹的蛋，而后，与蛋中孵化的蛞蝓躯体媾和。爱是巫术，公主，或艳妃实际上永远是第六位女巫。这也就是为什么在童话故事里，会在她出生时，有那么多的女巫前往庆贺的原因，而那纺锤扎破手指肚的预言，隐含了破处的这种淫荡的渴望（或恐惧？恐惧中的渴望？），对童话主角的描写往往不全面，一笔横过十几年，稚女突然化为妙龄少女的描写手法可能意在掩盖一些常人的生活、心理。话说，公主那天上塔楼时早就知道王子的爱情成熟了，只不过，她或多或少是个善良的女巫，因为她是爱的女巫，她在伪装的昏厥中，施种种魔法给骑马持剑的王子设了路障，当他傻乎乎地披荆斩棘时，她在自己合拢的眼皮上嬉笑。最后的一吻，突然睁开了眼睛。

疼痛。

停！我必须扯住话头。——这全都是臆想。

景公的淡紫色眼睛表面已落满了灰尘。

水钟明煌，滴渗着光阴。

他依旧端坐在樱桃木小桌子边，陷落进了自己的长影子里，悬想着自己的两瓣小屁股掀动如同活塞，上上下下，轰鸣不已。

“这就是爱情吗？”纳查夫人即将微笑——这其中隐含了更基本的痛苦，因为从没有人不先学会哭就直接笑出来的，但也有人一哭就哭一辈子，不，坚忍卓绝的纳查夫人不！她起立，把金鼠皮的帽子罩到景公的额头上，自我调侃。

擒象记

说过了，纳查夫人曾是西域的鞑靼王进献给齐国宫廷的礼物，景公很满意，尤其满意的是随主要礼品赠送的还有一匹红牙齿的白象。那天，舟车劳顿的鞑靼王迈入大殿，半跪在光滑的石砖上。他的十个留着连鬓胡子的卫士费劲地抬进了一座铁笼子，内里斜卧着一头壮硕的白象，两个琥珀色的大眼睛，两瓣鲜红色的嘴唇内，四颗象牙中的前两颗最长最尖的也呈红色，象身竟达十尊连排的方鼎那么长。端坐在摇摇欲坠的竹席上，景公欢喜至极，仰首不停地赞叹着白象那四只强有力的柱腿。

“这白象的脖颈处为什么套着一圈铁环？”心思缜密的晏婴大夫问道。

“因为我献上的白象性格暴躁，平素又懒惰非常。套上铁环，就易于控制了。”鞑靼王甫一说完，就带领卫士们跨上各自的骆驼、载着赏赐的财宝，一溜烟地跑了。

过去了这么多年，白象一来也老了点儿，二来天天下雨搞得蔬菜叶子全都是虫子眼，那种恐怖的咀嚼声，那大黑斑，你把叶子举在胸前，不用风吹，就能听见咔嚓咔嚓的小圆齿正吸吮着汁水。

白象本就挑食，这下更是不吃任何东西，体质已非常瘦弱，它正呆呆地蜷缩在园林的绵绿草场上。即使往里散养了几只新鲜的天竺葵，它也不予理睬。商羊到来的第十一天，白象瘦弱得仅剩下了一把支支楞楞的大骨架，极厚的白色皮肤逐渐老化皲裂。景公的病症稍微有所喘息，他一腿蜷着，一腿枕在横木上，明显禁不起折腾了。头顶由五个宫女举着遮阳大伞，他此刻躺在阳光暗淡的室外的木榻上，半眯着眼睑。

“晏婴，那只单脚鸟的问题还没解决吗？又过去三四天了，现在可好，天色阴霾、淫雨霏霏已经有很长一段时间了，百姓都神色恍惚。我命人占卜，说是高山大河之神降下的灾祸，我想稍微征点儿赋税，用这些钱财来祭祀灵山。”景公问。

“问题并不处于商羊，”晏大夫声音稳重地答道：“祭祀灵山也没有什么好处。灵山本来以石头为身躯、以草木为毛发。天色阴霾、淫雨霏霏，它的毛发将会过涝而亡，它的身躯将变得潮湿易腐，它难道就不希望晴朗吗？请您再考虑。”

“那么去问候一下河神呢？”景公急切地追问。

“祭祀河神也没有什么好处。河神本来以水体为国家、以鱼鳖为百姓。如今天色阴霾、淫雨霏霏，水质会变得糟糕，鱼鳖多不产子，它的国家将灭亡，而它的百姓将断绝后代，它难道就不希望晴朗吗？请您再考虑。”

“那我现在应该怎么办？看看那头白象吧，在民众普遍陷入恐慌时，齐国又将死掉一头进贡的吉祥物。”景公又羞又恼。

“如今上达文武百官下至坊间蒙隶，都传遍了您得到了一头西域的红牙齿白象。传说中一般的象怀孕五年方能产出，有一种龙象，心脏循环移动在十二种肌肉里，要怀孕六十年方能产出，而白象的孕期就更漫长了，或许是一百年，或许是两百年，”晏婴大夫尚未启口，裔款就神秘地从角落里钻出，特意停顿片刻，提醒听者自己接下来的话是多么重要：“不如索性因祸得福，您举办一场驯象大会，安全地站在战车上，旋转着长长的绳套，准确地套住白象脖颈的铁环，让它瞬间振奋起来。”

景公也觉得这主意惊世骇俗，是很好的宣传手段，如此一来既圆滑地免去了不祥之兆，又可以令私底下议论他身体状况的人闭嘴，因为总有一些心怀叵测者喜欢趁人之危。

驯象大会就于第二日在园林里举办，约是公元前546年7月的一个夤夜。

四周围满了熊熊的篝火，参观的人民像草场的叶子、种籽一样拥挤。景公和他最爱的一匹战马均身披铠甲，战车内部藏有长矛和各种型号的盾。他右手挥舞着绳套，速度越来越快，圆圈的半径越来越宽，被甩出去的绳子也越来越长。驰骋的战车之后紧随着晏婴，他出于对裔款本能的不信任，担忧景公的安危，遂一人骑着一匹普通的马殿后。

绳套出手的那一瞬间，白象嘶吼了一声，就从草场的角落里踅转身体、调过头来。突然，晏婴大夫知道自己正与一头巨型食草动物尴尬地对视着。他紧盯着一跃而起的雄狮，自言自语地说：“我已经不是第一次陷入这样的处境了。”

“什么，你不舒服吗？”篝火映照下，景公的脸色也很苍白。

“不是，不。景公，您看！刚刚甩出去的绳套S的一端仍在您向前伸的右手中，您的左手向内侧收回，绳套的另一端此刻正高悬在空中，在它自身轨迹的五分之一处。而在那一边，西域的红牙齿白象Y也跳起，处于它自身轨迹的五分之一处，呲着獠牙向我们直冲过来。或者我们将其擒获，或者我们被它从脊椎骨的第一节撞碎头颅。”晏婴面对死亡突然变得清醒而睿智了。

“我不知道将发生哪一种结局，所以只能一再重复‘我已经不是第一次陷入这样的处境了’。”他又补充道。

他随时随地都带着竹简和刻刀，现在充当起书记官的职责，要把自己的感想仔仔细细地记载下来。他的马此刻与景公布满铠甲的战车并排而立，像极了一个落寞扈从与他的落寞主人。

“你慢点说。你方才的意思是不是说：你正试图把这头白象Y与你之前曾有过的类似经历联系在一处？”

“景公，不，我并不想把它与我之前的经历作比较。每一头我们在短暂生活里遇到的白象都绝不同于另一头。如果我们习惯于用成堆的先例和陈规去推演下一步人生，那可就糟糕透了。我方才仅仅对您说了这根绳套S和那头白象Y，它们都完成了各自轨迹的五分之一。”

“好吧，很显然，你也并不赞同所谓‘存在着一头绝对的、本原的白象’如此的无稽之谈了？”

“认为万事万物都有一个绝对和本原，与其说是为了解决问题，不如说是为了回避问题。因为照此一来，我们就不得不回归宇宙原初的一个点里去寻找意义，而这分明是没有意义的。”

晏婴志酬意满，简直都忘记了正有一头白象朝他们猛扑过来。他飕飕地运动着刻刀，纷纷扬扬的木屑在竹简上堆成了小山丘，一抖就落满草场。

他接着说，他知道还有一种观点认为：每个人从出生伊始，与生俱来一份关于白象的印象。颇像一种精神上的遗传，从远古时期一代代传递至今。让人们一见白象就心怀畏惧，正是这一印象的作祟……

景公咳嗽了几声，打断了晏婴喋喋不休的发言。他假装环顾了一下四周。草尖上似乎流淌着金子般的火焰，尤凸显出夜色的浓重和神秘。人民正疯狂地呼朋引伴，像一群散乱的黑色质点，大大小小的官吏都露出兴奋的表情，比天空里一眨一眨的星星更加放荡。景公突然感到一阵嫉妒，仿佛他不再是一国之君，而仅仅成了个耍白象的艺人。

“晏大夫，一个时间点能够叠加在另一个时间点之上吗？”

“不知道，您试试看吧。”

绳套 S 已经远远地越过五分之一处，也即的位置，以完美的弧形迂回向红牙齿白象的脖颈，运行到了的位置；白象 Y 则大张着光可鉴人的兽口，整个身子竖起，前面的两爪直直地伸向月亮，斗大的眼睛蒙着一团雾气。同样地，它也已经由 L1 前进到了 L2 处。但很明显，不论绳套或白象都仍旧处于两个截然不同的方位。两者的位置关系，以及景公与侃侃而谈的晏婴的位置都存在某种不确定性，又都在空间中占据了一些点。或者更确切地讲，是经过了一些点。

“从来没有绝对的参考物。您看看夜空的那几千几万颗星星。虽然您看不透彻，其实它们组成星系、星系组成星云，而星云的漩臂无时无刻不在旋转着。更重要的是，我听东山里的一名圣人说过，星星们正在以与其距离成正比的速度互相远离。”

“如果真是这样，那我们该如何确定自己的位置呢？或许可以假设：我们进入了一个曾经进入的空间，回到了一个曾经回到的点？”

“是的，一个时间点能够叠加在另一个时间点之上。景公，事关我们生与死的这一事件与时间的关系更大，时间不断地沿着一条它早已经过的轨道前进。我们应该把这片瞬息万变的虚空称为时间，而非空间。”

景公扶着战车的双手逐渐松开，可不是因为他放松了警惕，而是因为过于用力地思索，他整个人正显现出虚脱的病症。晏婴见状，连忙勇敢地从马背上滑下，想快步跑去搀起景公。但很不巧，他一个趔趄就摔倒在了战车的踏脚板上，手里紧握的竹简与刻刀像不远处那些噼噼啵啵乱响的篝火一样四散开去。

等到他苏醒过来，景公早已昏迷得歪倒在战车的硬木轮子旁。他举目望去，绳套S呲呲飞去，即将临近抛物线的最高处，与白象Y迎面相撞。而白象Y的血盆大口也张到了它能承受的最大程度，四只颀长的獠牙像石笋一样戳击着周围的空气。从某种意义上说，或许由于今晚的风向、风力，或许由于一次时间路线的小错乱，或许单纯是人们所说的运气不佳，他愈仔细地观察，愈觉得绳套与红牙齿白象并不处于同一条弧线上，换言之，景公失败了，他三秒钟之前甩出去的绳子将永远不会命中那头白象。

晏婴终于唤醒了景公，他手持着一根长矛，递给了景公一把宽阔的盾。他示意景公隐蔽在战车边缘的旗帜底下，自己却站于中央，准备暂时抵挡扑面而来的白象。

景公仅剩下了半个人的意志，另外的半个人充满紧张、恐惧和不知所措。尤其当他环顾四周，看到绵绿草场之外的文武百官和人民像夏季树林里的无数知了，被突如其来的灾祸吓得屏气凝神时，景公也意识到了自己的失败。齐国人开始起哄，有的抽搐似的拍手鼓掌；有的撕裂了衣服，把沙土扬在自己的脸上；有的互相交接眼色，说着些口气阴险的暗语。

他又一次陷入了昏迷。在仍旧清醒的那一刻，他叫来了晏婴。

“晏大夫，白象跃到多高了？”他气喘吁吁地问。

“已经达到了 L4 的那一点，因为速度实在太快，在白象整体画面的周围出现了一条细细的糙边。”晏婴斟词酌句地回答。

“景公，我终于思索明白了一切。现在绳套 S 在空中早已与白象 Y 擦肩而过，这并不重要。这条坚韧虬结的绳套没有准确地套住白象脖颈的铁环，它没有套中，然后将我们置于任其撞击戳穿的地步，任其把我们脆弱的内脏从骨架上扯断挤压，这也并不重要。”

他似乎还想奔跑出去，捡拾回四散的竹简和刻刀，但又觉得在草场外众多的观众们看来过于滑稽了。

景公只得追问：“你究竟在大难临头之前发现了什么？”

“对我而言，问题的根本在于：此一时刻，时间的连续是开放的还是闭合的？因为如果像我相信的那样，它是一个循环的连续，意即这个宇宙的时间是从一个特定的点开始，在星系与星云的万千变化的爆炸中延续，直至抵达一个临界的极限，那时星系与星云就会重新聚合。”

“你的结论是：时间总会回到它的过去，时间之链又向着相反的方向展开，直至抵达最初的点，然后重新开始、无尽循环？”

“但您不能说时间有一个开始，因为宇宙只是在两处极限时间之内脉动，毫无选择地一直自我重复——如此一来，它的重复永无休止，所以，景公，您四秒钟之前的失败也将永无休止。”

白象 Y 在 L5 处显得暴怒异常，口中散发出大量内脏的气味。横躺在低矮的战车里，景公满心凄凉，尤其当他一遍遍地想着自己的失败——倘若真像晏大夫所言——将在未来的岁月里被无限重复时，更是羞愧难当。他恍恍惚惚地看着红牙齿白象的鬃毛，等待着晏婴持起长矛发动猛烈地一击，他想象着它的一颗长牙将如何踏翻战车，另一颗又将如何撕烂旌旗，和他肉搏。

但为景公与晏婴都未曾注意的是：司马穰苴在三秒钟之前准确地射出了一支沾有蛇毒的箭。它以极快的速度沿着一条 T 直线与 L 弧线交叉于 X 点，即 L5 与 L6 的弧中点。十个卫士立刻前来抬走了毙命而死的白象，也抬走了昏迷的景公。

随着时间的流逝，景公甩出的绳套正慢慢地腐烂，他永远无法原谅是晏婴让他成了齐国人一晚上的自费小丑。他从此就终日寻欢作乐、胡吃海塞，所以等到他临死时，等到他尚未做好准备迎接他那别样的死法时，他已变成了一团用肉和破布堆成的骇人的金字塔，顶着一只又秃又小的脑袋瓜。而晏婴也再未提及公元前 546 年 7 月夜里的这场失败的驯象大会，再未有机会当面告诉景公，在白象扑来的那一瞬间，他曾突然念及一个古怪的想法：景公的失败未必会被永无休止地重复，因为时间之链或许并非处处重合，只是在几个特殊的点上相遇，然后辐射出许许多多其它的点。

战争疾病

齐国人总爱玩些小聪明。自从听那个浑身肌肉的号角手在广场前宣读了告示，说即日起，每家每户都要贡献出所有的铁制品，用于建造横跨齐国的大铁桥（事实上，被景公喂了铁猪），资金流通过程保密，建造目的保密，甚至连最终开工日期也保密。公告原文如下：

格尔众庶，需务服于我世家，既勤垣墉，合由以兴。幸哉！祇黎明德，引敬我师师。已！若兹刊，越明岁乙卯，乃起桥于新邑；越明岁甲子，社于东郊，牛十，羊十，豕十，登时火焰焰，烟弗其绝。惟曰：其作大邑，其丕能侫于小民？汝吝啬汝所出，予无远用重典，汝罔念命，厥惟废命，降至罚。

他们虽然完全顾不上君主在自尊心受了严厉打击之后，极有可能沉疴加重、一病不起的事实——或许，有人还暗自庆幸不已——但每一个百姓都装得面容戚戚，甚至拉帮结队地在城门边上捶胸痛哭，都举着景公高大的肖像画。更有甚者，把铜锣罩进面粉口袋里，再把那些死活舍不得捐出去的铁勺子当作填充物塞了进去。

游魂般的群众敲着铜锣，驱鬼祈福，大M形的队列被闻讯赶来的侍卫队一个个拦下，用一种神奇的石块吸引出了几千副勺子，弄得几千个肇事者的手指在鼻子下摩擦，就好像那是香油磨盘，擦得鼻子肿成了小柿子，还扭过来摆回去。就在当场，这些明显违背王命的人都被割去了左耳朵。

此时，编年史家被囚禁于一座大坟场的地牢，蟋蟀的胡乱吵嚷让他心烦意乱，癞蛤蟆和蜗牛一个摞着另一个，都可分泌粘液，弄得地板湿乎乎的。顶棚也因为潮湿而滋生轻微的腐殖，渗下的水流断断续续，但一流就流到低洼处的墙角。现在应该如何写下去呢？他紧握着一管小刨刀，刀柄镂有奇形怪状的孔洞，在一片破烂竹简的边缘轻轻地胡乱刻划着——

只有两类人没有未来：老人，和到了十九”，比如，狩猎。

这办法也时常失灵，他会在毒箭射出去的那一瞬间感到振奋的眩晕，从奔驰的马背上翻身跌倒。他第一次有这种感受时，由于跌落处岁就持续堕落的年轻人。问题的可笑之处在于年轻人也可能变老，所以根本上他们是一类人。

景公还幼小的时候，战争疾病的初期症状就已然发端，当他未曾意识到原因而只专注于行动时，他惶恐异常，简直以为自己罹患怪病要死了，当他渐渐成熟，两端头发被扎起来形成总角之势时，一种宿命的天赋感令他转向肆无忌惮的破坏。幼年的景公经常套好犰狳一样密不透风的盔甲，抱着一支木头剑走出寝宫，游荡到园林里，不是在桑树枝丫繁茂的林荫小道旁，就是在假山石的隐蔽处，他记得醒来时总是站立在一些被严重毁坏了的地点。即使动用了全齐国所有的御医，也没能止住他不断寻求施展力量的双腿和双手。因为他尊贵的身份令他免遭任何处罚，他对自己的行为“像个不经过思考的小暴君”也满不在乎，但他仍然努力地把富裕的精力用于所谓“正当的破坏性事业的草棵长有尖利的芒刺，他猛然醒过来了，重新翻身上马，一路上微闭着双眼，口中泛出苦涩的怪味。一名耳目昏聩的老御医躲躲闪闪地建议他的母亲（一个与本文无关的人物）培养他爱护动物的善良心理，在一些关键地点饲养异域的珍禽异兽，唯一的后果是他从此珍惜动物，而将与一切开战的毁坏欲转移到了人的身上。

几个侍卫犯了小错，或根本没犯错就被处以大辟刑；有一个乡野之人在景公狩猎打鸟时，惊飞了猎物，被处以刖刑，免得他以后再毛手毛脚；还有一次，景公关怀呵护的一丛竹子被宫内赶牛的车夫踏坏了，遂处之以贯耳之刑……如此有效的治疗以来，鬼怪式的战争疾病逐渐减少了，等到青春期末尾，症状尽皆消失。不过，作为倒数最后一次复发，景公谋杀了他的父亲。

那一天，景公毫无征兆地昏倒了，直直地将半截身子连着脑袋嵌进了井口，这是他生平第一次靠近大地如此之近，平日高踞在遮阳大伞荫蔽下的车辇里，虽然可以清楚地看见六名汗涔涔的男仆分立左右，但他总会产生一种自己正沿着林中小径飘浮的快感。过了很长一段时间，兴许是几个昼夜之后，落日降下参差的地平线，最后一抹光彩也消失了，随潮汐涨落的井水漫延上来，猛烈拍击着景公的脸颊，不一会，井水淹没了他陡峭的鼻子，把他呛醒了。事后，他对负责记录太子日常起居的史官[3]说谎，竟说是他自己准点醒来又自己离去的。

商 羊 欲 雨

有许多晦冥的手书在无边的黑暗中，在无法弥补的世代倾轧里永远地散佚了。公元前552年，齐灵公可以被描述为一位贪恋美色的急躁小老头，也可以被描述为一位凶恶的家庭刽子手，依手书的阅读者距离他的历史远近而定。作为王室的显赫公子，尽管景公的未来锦衣玉食、有成群结队脸蛋红扑扑的妃子供他赏玩，但如果有三五个财大气粗的家臣，比如，老奸巨猾的崔武子和膀大腰圆的庆子季，喋喋不休地围着自家的父亲和哥哥图谋不轨，他可是应付不了的。甚至在祖庙里举行祭祖大典的庄严时刻，应该在灵公面前舞蹈的六佾歌女队七零八落得只剩了不到十六个人，其余的人都跑去庆子季家里舞蹈去了，好歹剩下的也懒懒散散，像吃了致幻的毒蘑菇一样。在懦弱的母亲的要求下，景公对这一切犯上作乱的罪行采取更精明、更务实的态度，即不置可否的半默认。

直至那一天来临，他对现状产生了深厚的负罪感，原因在于他觉得自己不够邪恶。尤其当景公从寒冷的井水中抻出湿漉漉的胳膊和袖子时，他陡然感到四周不是薄暮，而是一团漆黑，他预见到了一朵缓缓压向盐碱地上空、比半个齐国还要庞大的乌云正不停地变换着它的形状，宫殿布满了投石器砸出的裂缝，佶屈聱牙如烧得火红的龟甲显示的卜文。

年幼的景公对此只是匆忙地一瞥，因为宫殿里极喧哗的吵嚷声吸引了他。许多鲜红的液体从宫殿的十八根梁柱底部像浅潭的水流一样汩汩地冒出来，待到刚漫下台阶时，液体由于密度黏浊流得还很缓慢，犹如一具硕大的、扁平的身躯在蠕蠕然地爬行。景公捏着心爱的木头剑踩上第一级台阶时，第一波液体突然瀑布般地哗哗而下，青石地面流窜着一股浓郁的腥臭味，他就在这种气味之中，趟着一片鲜红的液体继续迈步上台阶。

这次他慢慢看见鲜血并不是来自雕龙附凤的梁柱，宫殿内漆黑却充斥着恐怖的叫喊，鲜血就时不时从破旧老化的纸窗里喷溅而出。他在宽敞的殿门前停步，思考着应不应该进去看看究竟，但他必然陷入了犹豫，因为他早已听闻自己的父亲与几十名宫女有染，他们经常在黄昏之后去僻静之处偷情，一开始，他一听见那声响还以为是狼嚎，像其余的小孩子一样，长大之后他才心领神会地意识到了那是怎么一回事。除此之外，景公仍然有足够的思维怀疑自己是否正在发病，而且比以前的情况更加严重了，因为他幻视幻听。毕竟，眼前的景象过于匪夷所思。

推开殿门之后，一人高的血墙压倒在了他的身上，弄得他浑身腥红且湿答答的。他倏忽感到全身轻飘飘的，整个人腾空浮起，趴在空气组成的垫子上了。俟到他的眼睛习惯了黑暗，景公就迅速地侧过身体，采用游泳的动作弯肘、蹬腿前进，慢慢躲藏于门后的夹缝，确信没有被大殿中央的那个怪物似的人发现。

殿内最后一级的台阶上发出夺目的蓝色光辉，颤颤的光晕抖着大线，照亮了左边的两顶屋角，无时无刻不生发又消退的阴影把满地面的鲜血染成了黑色，像井喷时被地下压力腾起的石油泉。齐灵公歪坐在一张形似椅子的长榻里，身材莫名其妙地比平日魁梧了许多倍，但轮廓却模模糊糊的，整副人形躯体如火焰一般不停地跳跃着，那蓝光就笼罩在他的头上，像一个出窍的俯下身来的巨大鬼魂，而此时的灵公披散着头发，正表情残忍而淫荡地玩着一种古怪游戏。

在他的面前摆放着一面平坦、厚实的大铁桌，用从南方运来的红内透黑的四氧化三铁雕成，由于是整块雕成的，桌体既长且没有一处接榫的缝隙。正中间那条想象的分界线上被雕出了十多个与桌体相连的铁圆环，十多根配套的长铁棍就灵活地套在圆环之中。木桌的三边均空无一物，唯独第四边垂直地竖起了一张红铁板，上方吊着几个半死不活的活人，他们的关节不能屈伸，脑袋也不能转动，铁钩似的手指犹如犬齿类动物的爪子。但他们的整个身体就是一个器官，非常细窄、弹力十足。

这架刑具外表简单，却藏有数不清的秘密机关，灵公让两名宫女喂了他一颗水晶晶的紫葡萄，重重地按下了最近的一个按钮，一根长木棍像离弦之箭般地直刺了过去，木板上顿时传来几声尖叫，并伴有鲜血从桌面流淌到殿外。

灵公又吃了一颗葡萄，刚想咂嘛咂嘛滋味，忽然神经质般地发出一阵傻笑："谁让你不躲得快一点儿啊。"

他说完就把一名宫女揽进了怀里，揪着她的脖子，让她去扳另一个有刻印痕迹的开关。五六根铁棍依依呀呀地沉进了桌面，取而代之的是新的被削尖了的铁条。它们像淬炼得最具柔韧性的软剑一样，嗖嗖地在空气中毫无规律地扭摆着，互相碰撞着，那些受刑者犹如底部装有大螺纹弹簧的布娃娃，瞅准每一个千载难逢的空当，极富方向感地跳来跳去。

当灵公因为玩游戏而心痒难耐、口渴难忍时，他目不斜视地伸手去摸第三颗葡萄。他摸了足足一个来回，扭过头才发现一盘葡萄早已被他吃完了，宫女见状连忙从他的膝盖上滑下，两名一齐跪倒在了血迹斑驳的地面上，把头压得低低的。

年幼的景公刚想转身游开，去训鸟场观摩新近进贡来的几只双头鸟，这时，他的背后传来了怪物浑厚的嗓音：

“你躲在殿门后面偷偷摸摸的，看见了什么？”

他一阵激灵，从半空中垂直跌落下来，身心俱疲。癔症状态下的人常常思维呆滞而行动灵活，为了自卫，他胡乱地朝着四面八方大幅度地挥舞着木头剑。就在怪物开口说话的过程中，景公却莫名其妙地感觉到这个宫殿中的怪物，无论说话方式抑或手势动作都与自己的父亲非常相似，但他又心知肚明，它绝不是齐灵公。

“你躲在殿门后面偷偷摸摸的，看见了什么？”

人形怪物抬高嗓音又逼问了一遍。于是，年幼的景公勇敢地以俨然预谋已久的激情擎起了木头剑的剑锋，大步流星地奔跑到怪物脚下，将短而钝的武器凶狠地刺了过去。

经过漫长的一夜风雨，他才从宫殿沿着墙壁遛回了自己的睡榻前。翌日早晨，侍卫们目击齐灵公陈尸于宫殿的青石地板，僵硬的胸口插着一支削尖的木头剑，血肉模糊的手臂还保持着挣扎的姿势，眼皮鼓鼓的，俨然成了石雕。

他的造型像一具严重变形的厨具架，颜色像一捧铺展开的藏红花。昨夜足足下了一晚上的雨，雨水像小河一样横亘在殿门与台阶之间，许多丛集的水蛭般臃肿的蚊孑在水洼里你追我、我追你。况且，雷鸣声多少也遮盖了几声尖叫，测量了地板上纠缠重叠的血迹，御医们慎重地推测，齐灵公的心肌血可能顺着帷幔的图案绕了一圈才溅上十九扇窗户。

景公在一无所知的情况下，帮助他的哥哥登上王位。仅仅一年之内，齐庄公就因为偷会崔武子的秘密情人被崔氏集团所杀，作案工具是一管藏在枕头里的缝衣针，当头部对枕头施加压力时，针管内就会释放出无色、无臭的莴苣毒气。战争疾病虽然不可取，但实际操作起来，很多方面的确比较有益，它最主要的优点当然还是这病症可以让一个谋大位者彻底摆脱两个可怕的绊脚石。

他清楚地记得崔武子的头发式样奇特，像蛮族一样，分作几百绺，用羊毛纺成的细绳捆扎成小辫子，头发背在脑后，裸露出大片汗水涔涔的前额。许多位衣装华美的将军、大臣和有名望的士族此刻穿着单衣，明显是哗变之后，从自家府邸被强行拖出来的。崔武子和庆子季一左一右挟持着年轻的景公，面对很可能有来无去的结局，人们有的盘算着能出多少财富换回性命，或许采取自古以来的手段——装疯卖傻，有的干脆板着脸，将小匕首尽可能地藏进衣服的最里面。

已经事先筑好了一座两丈高的祭坛，一千多名粗鲁的士兵如土拨鼠般围绕在一处坑穴周围，将之挖得深而又深。祭坛挖得越深，从泥土中就渗出清洁的地下水，贴在四壁上的石块体积也由小变大，湿黑的泥土中镶嵌着数百扇石化的贝壳，像许多闭合的硕大的白眼皮，只等待着睁开观看世界的那一天。

崔武子高举起一把寒光森森的青剑，吊着庄公的脑袋，猥亵地甩来甩去。他胆大才陋，表达能力很差，几次重复说道：

“不许有不宣盟誓的。有胆敢不宣盟誓的，就会有剑击穿你的心脏；有胆敢不宣盟誓的，就会有戟扎烂你的脑袋。”

现场已经有人相互交接眼色、撕裂衣服，由于疯癫而朝半空扬土与沙粒，更有甚者装作从嘴角流出涎水，发出无法听懂的单音节语音。野蛮的喧哗声也一波一波地冲击着泥土祭坛的边缘，反而加强了要反抗篡位行为的气焰。

宣盟誓时要字正腔圆地说出：“不帮助崔、庆两家而辅佐公室者，将遭受灾祸。”许多老年的将军经历过骑着浑身黄泥巴的马，在几千士兵的队列前举着齐国的旗帜，冲锋陷阵，夜晚他们卧在干裂的帐篷里，忍受着腋疮带来的钻心的疼痛，挥除个头大如牛尾、茸毛坚硬且齐刷刷的马蝇。这些马蝇就是齐国的死神，一路嗅着腐烂死尸的气味而来。将军们和督战的大臣就在马蝇撞击帐篷的清脆声响中仔细数着俘获的金银细软，同时哈哈大笑。可是今天早晨，公室统治者被臣属所杀，先前与自己平辈的人竟要从此把持朝政。

这可以忍耐吗？

一位老将军从地面捡起粗粝的贝壳，毫不留情地刮净棕红色的髭须，以示挑衅，至于这一举动还有无其它的具体含义，久已失传不得而知了。他像抖擞着上阵的锁子甲一样抖擞单衣，紧咬着嘴唇，脸颊气得鼓胀胀，伸手冲在场的人群比划了一下，就气绝身亡了。过后，七名只剩下一把老骨头的大臣结结巴巴地念诵了宣盟誓词，却倔强地坚决不肯把手指咬出血来，把血滴在面前的金杯里。崔武子卸下庄公的脑袋，用手中的青剑一个接一个地把他们杀了，尸体串成算盘珠似的一整串，扔进了深深的祭坛。

“不要命的都听清楚了！不准有不宣盟誓的。有胆敢不宣盟誓的，剑击穿你的心脏，戟扎烂你的脑袋！”他气急败坏了，跺脚，绕着圈子大叫。

他龇出七颗被虫蛀得乌涂不堪的牙齿，上前踱出一步，如同逗弄一个小孩子般地朝晏婴大夫弓下腰，说：“你如果改变你的决定，我愿与你共享齐国；你如果执迷不悟，剑就要击穿你的心脏，戟就要扎烂你的脑袋。希望你好好考虑考虑。”

晏婴大夫早已预料到了声色犬马的庄公会遭杀身之祸，他的愣头青立场甚至让他以为这是一件幸事。《诗经》中所言“既明且哲，以保其身，夙夜匪懈，以事一人”，晏婴也深谙此道，所以当公元前548年，齐庄公居心叵测地邀请他赴宴、饮酒，他机智地让马车停泊在殿门前，以备他能够想离开的时候迅速离开。精美的菜肴端上来了，有蒸蒸升起香气的鲜嫩大鲲鱼、加进了珊瑚馅的煮火鸡、蜜糖猪肉及成箱成箱的由境外走私来的戎狄鹿茸酒……庄公提起两根长长的筷子，命中率极高地夹菜、夹肉，他命令盲乐师们奏一首曲子，歌词是“算了吧，算了吧，我不能喜欢你，你为什么还要来？”歌手一共唱了三遍，晏婴大夫遂起身离开了宫殿。

“用刀逼迫我让我丢掉自己的意志，这不是勇敢；用利益诱惑我，这不符合道义。崔杼，你没阅读过《诗经》吗？‘密密麻麻的葛藤，爬上树干枝头，和悦近人的君子，不凭邪道求福’。现在，难道我就可以用邪道求福吗？”晏婴质问道。

他一边答话，一边一步步地往后退。

“快一点不一定能活命，慢了不一定就会死。鹿生存于原野，可它的命运掌握在庖丁的手里。”

他一边运用各种比兴手法来答话，一边一步步地往后退，庆子季也三步并作两步地往前进。

像把握着什么计划好的节奏似的，晏婴大夫又从直线的退却改为曲线的迂回，后脚尖碰前脚跟，沿着泥土祭坛宽宏的圆周慢慢挪动。上边，右边和左边，篡位者的雇佣军神不知鬼不觉地缩小了包围圈，五十架长矛一律斜向下，刚好抵住晏婴的腰身。

“用弯曲带钩的兵器杀死我，用笔直锐利的兵器刺死我，我也不变更自己讲过的话。”他继续用言语逗引庆子季，后者脑门上的汗水越发涔涔淌下，几百绺小辫子像小死蛇悬挂于山涧一样耷拉着。

“那你为什么不跟随庄公去殉死呢？你不是他的忠心耿耿的臣子吗？那你为什么不去殉死呢？”庆子季穷凶极恶了，他多次干过篡位谋反的勾当，他的预感通知他：久拖不决绝对不是一件好事，更别提任何篡位没成功之前，怎么说也不能算作一件好事。

就在这一瞬间，清晨的太阳突然冉冉高升，一种灼目的光明感打在洁白的贝壳上，杲杲然如夜游秉烛，四射的光亮又互相反射，祭坛里的黑暗让位给了大面积的恐怖的光污染。篡位者似乎因为光线的惊吓，踩中了什么硌脚的东西，趔趄了几下，膝盖不由自主地弯曲，整个人像几经折叠的纸片噼里啪啦地摔倒在地，磕碎了他的一颗门牙。

白色在古代汉语中是骷髅的符号，在书写的早期，白的形象就是一具被遗弃于旷野、遭风吹日晒的骷髅，走过荒凉之地或沿着海岸，海洋动物的尸骨、贝壳散落于沙滩，因而这些骷髅、尸骨和贝壳给人留下了作为生命残迹的白色。

景公披着白狐衣，停止阅读侍卫呈交上来的各地区大小官吏们的报告，这些报告密密麻麻地，以至字迹交错地刻写于苍白的白粉竹片。他也想起了晏婴，但旋即又陷入了昏迷，或者说，痛苦的记忆令他精疲力竭。每一次疾病过后，排在他前边的一个倒霉人就必定死去。可事到如今，前边再也没剩下什么人了，他首当其冲。

盐碱地

盐碱地村庄是如此的破败，以至于所有事物都在历史上反复出现而了无新意。

淄水河弯弯曲曲的，干岸边不过呆立着几株枯瘦的蒹葭，但它总是能够氽着皱黄的败叶，像一柄无形的木耙将所遇的一切推向虚空。每次遇到河道里的史前巨石，它又像一尾银色的双头蛇从脖颈的正中间完全撕裂开，飞溅出许多条树枝样的舌信子，再呈许多种角度向前扑腾而去。这些长长的蛇群互相纠缠着，游弋过齐国北部的大片土地，却从未有人能够真正找到它们的滥觞之处。

春汛时节，自上游冲刷而下的动物尸体让水质变得混浊了，犹如一只罹患玻璃晶体液化的眼睛。村庄的神婆披头散发，手持一根葛藟鞭子，站在距离河岸很远的地方不停地嚎啕。她是一个疯女人，衣衫褴褛又缀满古怪的饰物，耸着胸脯移动在淄水河的右岸，不停地抽击河水。

“永远消除灾祸的方法，”她嚷道：“就是将一切有生命的东西化为乌有！”

到了夜晚，盐碱地的齐国人从来不敢向天空眺望。斗大的星星比油灯还要灼亮，把淄水照得清澈见底，河道转弯就像一团磷火冒着森森的白光。盐碱地的齐国人总觉得其中暗藏着什么歹毒的阴谋，例如，让他们惊恐万分又无法逃避的水老虎。他们宁愿足不出户，也不愿横遭不测。据一个典型的盐碱地居民表示：

“我的内心深处，既不在乎桑树的发荣滋长，也不在乎能否目睹真实的植物羊，因为这一切与水老虎相比，都太无足轻重了。这是一个生存问题！因为惯于精耕细作、安稳生活的村民们无论如何也遗忘不了景公元年的那个凌晨……”

盐碱地的齐国人大多见识浅陋，人人都相信水老虎的存在。这些形似老虎的水下生物毛皮光滑、毛管中空，呈一种令人作呕的混浊的透明色，且每根毛发之间都油乎乎的，脏得互相缠结成一绺一绺的。它们目光凝滞，几乎没有体温，靠吞食自上游冲刷而下的半腐尸体为生，也因而吸收了死者的智慧。

水老虎第一次爬上齐国的土地正是在景公元年的惊蛰日，这可被称为是对更大灾难的警告，因为它即将到来；也可以被称为是一场预先排演好的序曲，因为在有关命运的讨论中，总有一些心存侥幸者企图通过收买和伪造命运来偷天换日，其结局往往更加悲惨，不过，或许这更加悲惨的结局恰恰是命运的一部分。

景公元年惊蛰日的那个凌晨，一朵缓缓压向盐碱地上空、比半个奇国还要庞大的乌云正不停地变换着它的形状。村长的女儿素来醒得很早，她正在梳妆打扮，不无惊奇地观察着这一切，因为这是继公元前554年齐灵公被残暴凶狠的刺客用木头剑杀死，齐国历史上最令人谈虎色变的一天之晨，而那个神秘的刺客至今仍然无从追捕，逍遥法外。

盐碱地

她确信自己感受到了远方悬崖的桑树林里传来了野兽的不安。遐想过后，她半心半意地从妆奁前的小竹篮里拣出几件廉价的玉簪，似乎为了发泄紧张的情绪，趁着黑暗用手指拈着玉簪在柔顺的头发里戳来戳去。就在玉簪像一根死人的骨头被埋没在头发的洞穴里时，大雨瓢泼而至，乘着汹涌的、不断上涨的淄水河，第一条水老虎两只前掌已经爬上了窄窄的右岸。

十丈之内的河岸连同半个村庄都在水老虎眼睛所射出的红光中摇摇欲坠，成了被油腻浸透的的茅草屋线条。生活在线条里的人绝不敢与这样的目光对视，因为他们的皮肤会瞬间蒸发，在一片放纵的红光里，他们裸露的影子会变得狭仄，变得犹如尖尖的鸟喙，再也容纳不下一丁点的自我意识。不过好在人们都还在熟睡，水老虎正将尾巴伸进浅水区上下拍动着，逐渐适应初春的料峭冷风。暂时还仅有长期独居在山腰的老樵夫们，才能够站在足够的高度，以锐利的眼睛俯瞰它，和由它身后的淄水河里浮动上来的夥颐连翩的红斑。

这时候，为首的三只水老虎已全部上了岸，村庄里才只亮起了一盏灯。

盐碱地的齐国人总是强迫症般地将自己畏惧的东西想象成某一种动物，因此随着齐国历史的演进，盐碱地的不明生物总是越来越多，以至泛滥成灾。也许后人隐隐约约地体会到了这一点，他们就再也不敢妄加想象，余下的智力仅仅维持着他们呆板、孤独地生存——这是一个故事无论好坏的两类未来，而故事本身亦如景公宠臣裔款讲过的俏皮话：灾祸总是喜欢袭击那些无力抵抗灾祸的人。

编年史家用闪着寒光的小刀劈下一段段竹片，在地牢凸出的岩块上徐徐摩擦着，直到周边毛糙的竹子纤维被磨净，他把破旧的衣服又撕下一小条布料，结结实实地把竹片捆匝起来，长舒了一口气，亲笔记录下真实历史的自豪感令他忘却了即将到来的死亡。

编年史家清晰地记得：齐国宫殿两侧的碉楼里秘密存储有大量铁制武器，以备战争之需，曾经为了账目上的核查，他被允许调查过这处禁区。没有窗户的碉楼里只有红色与黑色，八百多个从各地逮捕的壮丁昼夜不休地围拢在火堆旁，分作两百多架小作坊，每架四人。由于过于靠近火红的木炭，肤色黧黑的壮丁们不得不眯着眼睛，不断地把铸好的铁器扔进九尊铁制龙头的巨口。一片蒸汽的云山云海里，他们活像八百多只黑兔子穿梭在景公像波浪一样漫卷下来的华服上，不，是像波浪一样漫卷下来的华服的一枚小纽扣里。这些壮丁们被长期锁在碉楼的砖墙上，只能在直径三米的圆圈里承接或递送炙热的铁器，他们的手掌变得坚硬无比，往往在铁器表面印下深刻的指纹。

铁制武器的运输和保养长期是一个悠久的谜团，甚至连它们真正的用途也被齐国人广泛地争议。因为当景公元年的这场大洪水正在毁灭半个齐国时，在他的监督下锻造的武器并没有被迅速用于防洪救灾，甚至被他有意地遗忘了。一直等到水老虎们纷纷吞食饕餮，拖着沉甸甸的肚子潜回血腥的河水里时，侍卫们为了保卫到场观看的景公，才在盐碱地增设了五架桑木制投石机和五架桑木制拦坝。

人们耳闻目炙的阴谋论绕过一株又一株的矮小桑树，居心叵测地流传着。某修鞋匠认为：绝没有一种铁器可以对抗通体透明还滑溜溜的水老虎，这种动物吃的人越多就越狡猾，尽管它吃的都是蠢货和女人；某里胥长认为：所谓的“武器”不过是增收徭役和赋税的幌子，他在去年的觐见大会上，听见了三百米之外的一位大官正对下属下达指标；就连一向神神叨叨的神婆也认为：一定是有某位耳朵像嫩芦笋一样鲜美的妃子学会了某类绝活，引诱了景公，或者干脆是景公被妃子引诱之后，终日寻欢作乐，伤了身体……

“快点筑起围栏，到山上采一些松针、苍耳子、火棘，筑起一道蒺藜墙。”眼睁睁地看着村长被一条水老虎从脚脖子吞到了肚子，又一点一点地咀嚼着吃掉，村长的女儿拔下头上的玉簪，疯狂地戳了过去，戳了几次都没有伤痕。水老虎呆滞地转了一下眼球，扑倒于地面，像一湾小溪一样地溜走了。

她一个人呆站在自家门前，整间屋子和木栅栏都销蚀无踪，不知是因为惊吓过度还是痛不欲生，她突然变得充满勇气，在水老虎横行的区域里，踏着七零八落的人的尸体与动物的尸体，肆无忌惮地呼喊：“快点筑起围栏，快点。到山上采一些松针、苍耳子、火棘，我们筑起一道蒺藜墙。”

盐碱地的村民开始变得急躁，不论举国多少高音喇叭在喊，他们都惶惑，这一天该怎么过呢，走路的幅度该是多少呢，虎口张开多大？没有景公颁布的数目字，人们就不知道怎么活，他们想，还不如死了的好。

曾有一位古代学者别出心裁地把上流社会和下层社会比作大脑和四肢，并且谆谆教诲人们要接受某种神秘命令的安排，他还说：只有这样行事，方能百兽归林、万鸟归巢。盐碱地的齐国人虽然没有什么实践经验，但他们完全认同这项真理，甚至对此无师自通。更当此刻，这“空虚”与“灾难”，而“灾难”与“死亡”联系在了一起。

他们完全信任统治者，尽管景公仅在三个月前的登基大典上露过一次尊荣，那时候，他胖胖的，领结一直围上了下眼皮。

不然，为什么每旬都要宰杀肉鸡上供呢？与其说国君是国家的支柱，不如说国家就是国君的影子——国家是为了国君而存在的，因为按照常识，都是无形的东西统治着有形的东西。景公也就在像玄豹子的花纹一样花里胡哨、千奇百态的人民的风议声中，被改变了形体、生活起居、生活爱好、做爱的姿势，甚至连他平素僵化的语音语调也被篡改了。

大家嘀咕来嘀咕去，越来越离谱，晚上失眠的难得的自由里，也想，景公在做些什么宏图？他老人家也上厕所吗？他老人家为什么挥手时稍微屈其中指？什么景公的胡须能像章鱼的触角，伸缩自如，把任何大臣讲过的任何一句话掰开、揉碎；什么宫殿内墙的造型就是一口巨钟，少言寡语的景公每隔几十年的某次珍贵的闲谈，都能横贯九十九道门，犹如鹧鸪铺天盖地飞来；更荒唐的一种猜测说景公其实是个哑巴，或聋子，内心充盈着和谐的、神圣的混沌……最苦恼的或属那些作为中间缓冲物的大臣们，他们需要时不时逗这片混沌开心，用一纸公文为混沌描绘出新的脸庞，玲珑俊秀，又匪夷所思，而且新脸画成，旧脸即被揭去，形同废纸，而前一个乖巧的大臣也被疏远，犹如死人。总之，栗色的大马依旧穿梭于街巷，上马石的表面依然踏满了脚印，景公依然保持着有头没尾的神秘感与令人恐惧感，扶着修竹、倚着虬枝，美美地睡了一下午，又在这宦官、倡优、江湖术士营造的梦境里，毫不留情地，洞穿、烧焦了别人的那黑白色的狗屁一样的梦。

为什么盐碱地的女孩会主动撞在车辇上呢？

为什么持笏的臣子蒙骗景公时，他们能心甘情愿地直接奉献自己的性命呢？

他们甚至还保持着家族的服侍记录，记载着他们的祖父母、父母是怎样为了公室竭尽心力的，终究无悔。

遇到疑难，他们就搁置，静候指示：新的文学。

更重要的是，盐碱地的齐国人总是生怕个人的愚蠢耽误了国家的前途，他们渴望成为全知全能者的贩夫走卒，在逐渐远离他的被委派的任务中倾诉衷肠。当年轻时的景公厌倦了宫墙里的风景，那时，他开始在一张风景画片上无聊地手淫，他的大腿侧需求马匹的摩擦，经常光顾狩猎场时，村民们毫无缘由地担心荒野女妖、奇兽昆虫更能心贴心地照顾他，让他误认为臣民是一个个口是心非的叛逆。齐国人啊齐国人，盐碱地的齐人不论架设了多少绞肉机，多少的人被塞进了绞肉机里去，多少肉被绞了出来，都希望有官员赶紧吹胡子瞪眼来宣布他们的愁苦是多余的，是君王灵机一动，为了检验他们故意设下的表现机会——戴罪立功的机会，所以就在这历史之中、历史之外千方百计地去寻找、去落实、去实践（被实践）、去检验真理、去达标。但面对着浩浩荡荡的盘剥和臆想的流寇劫匪，没人分辨得清楚所谓的“事实”到底是伪装的戏法还是一连串的巧合。一切错误都并非错误，是试探。所以，久而久之，他们自己恰恰真的变成了多余的人、依赖于别人的速度和思维的人，从东隅到桑榆。

而景公，还是在午睡。

或许确如神婆所言：淄水是一条神秘的河流。它暗合了齐国人的性格，裹挟着矛盾而来，又淹没一切矛盾。

在一片空虚的生活里，自诩为实用主义者的齐国人也正偷偷品尝着趋向于毁灭的快感。有意思的是，迫于春秋后期持久的饥荒，每逢五月到七月农忙的闲暇时间，盐碱地附近的村民大量涌进山区，他们穿着特制的厚履，两腿动作如跳舞一般东跳西跳地摘取桑叶和桑葚，回家喂养幼蚕和充饥果腹。——这个著名的场景后来被某位远道而来的采诗官采入为诗，扭扭捏捏地把苦难改成了童话：

东桑具
其枝猗傩
云谁之思
深厉浅揭
如砺情积
东桑谷
其甘如荠
云谁之菜
醍醐迎送
薰风如仪

正当人们因遭逢巨大的灾难而浮想联翩，越发顾影自怜时，年轻的景公却在群臣的注目和簇拥之下，被两个侍卫（一人当垫石，一人当扶手）撑着登上了悬崖顶的磐石。他目不转睛地盯着四散逃跑的人群，一只只透明的、黏黏糊糊的水老虎从泥土中拔出半截身子，挥舞着湿漉漉的爪子，在四面八方围捕他的人民。神婆手持一根葛藟鞭子，沿着淄水河不停地抽击越冒越多的大水泡，一炷香的工夫，她就消失在了血迹斑驳的小径上。

除此之外，他还辨认出了一个婉约清秀的少女，守在一堆破烂的、倒塌的屋子旁，大声呼喊着什么，捡起河畔的石块朝那些透明怪物掷去。盐碱地此刻只剩下了她一个活人，有的村民逃出倾覆的房舍，离弃成了累赘的妻子、丈夫、儿女，向悬崖的方向奔去。活下来的人正躺在山坡上计算被毁损的财务，准备与灾祸保持足够的距离，从而更好地观看灾祸的发生。同时，所有的水老虎都包围成圆圈爬向村长的女儿……他褫夺了她，她就成了景公的第一房妃子。

畿遇荒津渔夫

齐国东郊的水系纵横，也即通往鲁国山区的这一带，银亮的大圈套着红圈，红圈套着绿圈，这些环形小池潭深底下是互通有无的，你在标号第 77 的潭中投入一尾鲫鱼，就可在几十天之后，在海岸线上，用大树根钓上来一只镶满了瓷砖的座头鲸，它还喷着水柱——有人会反驳说这是巧合，但有一点你绝对看得见，在每一处水潭边，都坐着一位衣衫褴褛的老渔夫，倚在玳瑁壳子上，下唇咬紧，上唇如猿猴般厚实，结实、黑而消瘦的身子骨儿像大钟，两腿细弱，虽然没有被敲击，却给人以哐当哐当的随心所欲之感。

废太子，我们可怜的荒蛮之地的漫游者，畿，背着小布褡裢就出发了，他手握长戟，非常细的草茎顶着多片状的黄叶子覆盖了旧时的驿道。

远方是三角地带，许多条深浅色的泥径在那边的林间地盘错，另有一条稍宽的河流把这一切难闻的气息啊，嘈杂声啊，哀愁啊，包围起来。它从盐碱地开始变得浑浊，朝东北方莽撞地延伸，像是长长的红土大道，抵达一株花羽雪白的无名树木，在植物学的名册里无分类，这树，到了盛夏就枯萎，而临近深秋越听得见树干内的心脏跳动，发着“亏亏”的钝声，初冬则发芽，随着每场降雪而开花，雪销花谢。

枯树下就坐着老渔夫，邋里邋遢的鞋是猩红色的，淡蓝色的菱形图案是枯裂开的鱼皮，唯一时髦的打扮是吊裤带，颜色素净，把一个大凸肚子绷进了棉布裤里。

“你来了。”钓竿就像悬在深渊之上，偶尔被风吹拂而晃一晃。畿已经从他身旁跑过去了，这才发现有这么个人，可声音是明明白白听见了的，因为渔夫这个职业，自古以来就既与世隔绝、独享清静又唯利是图，可着一条鱼下手，他必然把自己隐藏在周围的环境里，通过混淆视线来欺骗猎物，让猎物以为所取之食是贴近水面的树枝，而不是真正的、会随着那一跃而同时跃起的冰冷一吻。

老渔夫自顾自唱起古代的歌谣。

我们曾随着景公的性高潮，达到了本编年史喧嚣程度的巅峰，随着劈开鸿蒙的歌声（其实就是一个剪纸片似的虚假的老头在哼哼唧唧），我们的脸上默默地荡漾起喜色，我们深知这被大胆直译过来的叙事曲（夹杂着颇具磁性的衰老声带的滑音）就要让大地陷落，让听者们不管在哪，看见什么都想起死亡，仔细查找每个消失的日子，力求从日期的密码里找出一个“未来纪念日”，将一切曾出现又彻底遗忘的阴影刻在多米诺骨牌般排列的墓碑，那最后一块墓碑上。随着这古朴的曲子，在幽暗的视力下，目击眼皮内侧闪闪烁烁的亮光……烧焦了一半的翅膀，扑来的翅膀散开……散开，死去的草原……红鼻头！——是渔夫狡黠地将脸的正中间从雾气中探了出来。

“你可算是来了，我苦等你一天了。”他说。

明显是谎言。但却令人兴起莫名的感动，此举再往前跨一步，就是所谓“善意地害死了一个人”一阵腥臭而有力的长风从老远飒飒吹来，越吹越劲，逼迫着那些干裂的树枝摇摇晃晃，把畿四周一度构成的任何合理的幻觉统统打破了。他还活着，呼吸着自己，就足够了。渔夫还倚着怪树打哈哈呐，这个畿的感觉犹如手中的那根锈铁，草鞋，和那木髓般昏黄的太阳一样真实。

“您怎么知道我要来？”

“噢噢，老渔夫可什么都知道。”

“老渔夫为什么什么都知道？”畿反问了（此句也是本书中的唯一一次反诘句）。

“你看这河流像时间一样匆匆而逝，而我就是河的守护者，时间是无所不知的，所以我也是无所不知的。”这段解释差强人意，但除了快速的咳嗽声遮掩了尴尬，还迸发了新的惊喜：他僵硬的腹部匍匐于潮湿的地面，以人形甲虫的姿势错动手足，扭动一下脊椎骨；他那因为过于接近岁月的沉积物而变得肮脏的大下颌紧咬着，这才转过身子来。拐杖仅有三寸高，他的肩膀反而压得更低，后背是块巨大的龟板，却薄而轻，金光闪闪，更近乎一种名为金龟子的昆虫。

“您能告诉我去哪里找孔先生吗？”畿胆怯地问。

金龟子来了精神，又开始转悠起来，他的嘴唇与眼皮都是双层的，所以说话、眨眼睛就像是叠在一起的两个人。

“你找对人了。我知道好多有关孔先生的事呢，你听着，”他伸出两根手指头，说：“两三下就能讲完。你找对了人了。”他紧揪住废太子那只躲在背后，哀求的、软绵绵的手，两只细长的、鳗鱼形的眼睛挤对着，表示正在竭力思索。

而且说着说着，他陶醉其中，泪水如自来水般地流出来了。有鉴于废太子在余下不多的旅途中还将遇到形形色色的人，我们不该为此过分惊讶。

当然，曝叟野老所讲的话多属胡乱拼凑，更何况，他对孔先生的解释一定集合了多位过路人以及他们所遇到的种种征兆的猜测，一鳞半爪，颠三倒四，所论出处不详，但鉴于它对于全史书的编纂实在大有裨益，编年史家在参考了其余的古书古文，作出适当的推论之后，附录出了如下一篇诚然匪夷所思的诠释性随笔：

“瞻之在前，仰之弥高”，是孔子最器重的学生对老师的公开评价。

经过谨慎详博的推论，所有钻研此语的老学者都被一种速度感击昏：当你快步走，他却永远快于你，当你试图靠近，看看他是什么质料，他却永远迫使你仰视。这不禁让人产生失控移位的不确定性，甚至让你自觉退步，让你把眼珠深深地捺入眼眶，才能稳住脑袋。

古国的书籍不是光怪斑驳、胡说八道，就是语焉不详，顾左右而言他。而这些密密麻麻的文字间所记载的人、物经常因为他们的灭绝而引发关注，人们性喜去祭祀那些消失了的东西，那些消失者也借着消失本身而彰显了价值。这就不禁让正常人产生揣测：孔子的生平、他的轻盈与沉重、他超乎寻常的道德进取，这力度与将四周的一切闪在身后的决绝，岂非暗示了他真正的属类：一匹鸟？难不成就是《尔雅》称之为“溯贯鸟”的那种珍禽？而弟子颜回，字渊，也似乎让场景变得更堂皇了：一匹在深渊里翱翔的孔子鸟。

溯贯，大意即是头朝下，尾部捧上的飞行方式。孔子鸟的目光集中在土地的现实上，而尾翼憧憬着形而上的境界，与孔子的为人是多么的相似啊。

更确凿的论证不消再说，不用冗述，譬如吧，他的名字是“丘”（来自于渊贯的鸣叫声），讹传之后，更像是对鸟类冠羽高耸又陷落的形容；他还颇爱驾车出游，在旷野缀满铃兰的路边恸哭；他对于食物的新鲜肉质、排列方式、精细程度很刁钻，与吸露饮风的凤凰脾性相同。也有民俗学家认为，孔子有牛唇，擅长说教，虎掌，显示威仪，鸡胸脯尚古，驼背如吉祥之龟，那张大而长的嘴巴更了不得，恰似丰草水泽……总之，他早已具备非人间的身份，尤其能够满足古代人对“拼凑”这门技艺的热衷。

为什么人们要将一匹鸟层层包裹起来，让其他的人误认为它是一个人呢，从而把真相淹没于混乱的历史？换言之，以鸟置换人，或将人身体的一部分置换为鸟，还给伏羲氏画上了蜥蜴冰冷的尾巴，这也是对人性根本的贬斥呀。这问题很可能像漂荡在地下的汞河一样，在自身的腐臭中抵达永恒，不再暴露。

有一个外国蛮夷，称孔子为“拒绝大师”，他周游列国就是一次拒绝与被拒绝的过程，而古国人潜意识里更赞同孔子是他们的“语言大师”，因为这位圣人每讲一句话，就恰巧弥补了古国人所无有的、所贫乏的词汇量，简言之，孔子的语言恰恰是古国人语言的反面——孔子所讲的每个单词一定是古国人所不知道的单词。

这论点好像驳斥了有关孔子是鸟的理论基础。鸟怎么会如此贴近，甚至引领了人的生活呢？但不，《论语》里明确提及了“君君，臣臣，父父，子子”的语录，多么雍容，多么雅观，啁啁啾啾，这句回音壁似的叠字列车，轰隆地开进了话语之洞穴，只有鸟类，孔子鸟，方能鸣出短促的、处于上升期的鸟语。哪怕一种死去语言的本身也能激发他的喉咙。

但我在与人们的交谈中发现普遍存在一个误解，人们更倾向于认为孔子开创了时代，可事实上，连他自己都承认“哲人将萎”。哲人已萎。因为孔子一向只谈周天子，到了战国，没有这样的人了，所有的孔子鸟都被折掉了翅膀，钉死在了木柱子上，剩下的无非是一群嚷嚷着“王道”“霸道”等废话之辈。古国的历史进程大概可由四种动物来象征：龙、鸟、羊、狗。当三桓在家中挖竖井，挖出了一只羵羊，就派人来问孔子，季桓子还耍了个心眼，让男仆骗孔子说“挖出来个像狗的野兽”。这是个谶语，却瞒不过孔子锐利的鸟目，他看着羊的大翡翠色的尾巴，四条腿如细长的羽扇豆草茎，毛发沾满泥土，就连忙补漏道：“这据我所知，你得到的应该是羊。我听说：山中的怪物叫夔，叫蝄，水中的怪物叫龙，叫罔象，土中的怪物叫羵羊。”然而，世代的更替已经在这一刻造就了，狗替代了羊，不久之后，阳货叛乱，家臣鼓动，整个古国的贵族都死在恶奴们的刀光剑影之下了。

更严谨的论证孔子鸟存在的是一句后话：天不生仲尼，万古长如夜。直白地说明了孔子熠熠发光的外貌特征，只有两种东西能照亮千古的黑夜：一，太阳；二，神鸟的金色翎羽。这也是一句谶语，后世的狗奴才们只有通过不停叩头，把他们的心智、尊严和大脑中负责平衡感受的松果腺统统叩掉，而且直呼他们新的主子为“太阳”，才能够抚平恐慌，满足自己潜意识里对孔子鸟的无限追忆。

孔子鸟啊，孔子鸟啊，无限的叩头礼与下跪礼，膝盖弯曲成镰刀，自扇嘴巴，这怎么说也活脱脱是放纵的行为啊。

所以，宋国的庄子就十分怠慢孔子，就是因为后者总试图掩盖自己的真实身份，而前者喜笑颜开地宣布说自己其实是一朵蝴蝶（不过，也有人说，蝴蝶只是庄子的一场春梦，性梦）。这可能也恰恰是鸟的时代与蝴蝶的时代的差别。庄子殊为傲慢，可唯独他在所有典籍中对孔圣人做出了优雅绝伦的描绘：

孔子游于缁帷之林，休坐乎杏坛之上。弟子读书，孔子弦歌鼓琴。（《庄子·渔父篇》）

翻译过来就是：孔子鸟飞舞在和风中，落英缤纷，抖擞着羽毛，鲜艳的腿脚把握着金色的银杏树，它张开了红嘴，啼唱啼唱着曩昔与未来，讲述给那些注定了绝对听不懂的小子们听。位居这一幕的背后的是那位衰朽的老者，拐杖披着破衣裳。

孔子临终之前，他的学生都在忙碌，不归，所谓栖栖一代中是谓之也。他幽默地留下了最后一个谶：

为了避免抄袭的嫌疑——有人会对梦作出抄袭吗？孔子为自己独自一人时都做了强制性规定，“慎独”，这特殊的鸣叫声是否是孔子鸟这无法归属的物种在求偶期的象征着绝望的哀鸣，于今尚未可知，但我们依据它喜欢栖息在君子身上，猜测也可能是一种替代性的、可互换的绝望。所以，畴昔之夜，它尤其绝望地做了梦：那样百无聊赖地，老废物般地坐在两楹奠间，唉，它多么精确地回避了真实情况——事实上，是两只脚被缚，绑在那里，刺目的审讯时的灯光弄得它焦渴难耐。梦和死亡的佳期带着另一个人：一个君王的反梦，撞在一起。这也就应验了那句话：

商羊欲雨

智者动，仁者静。

古国的人近乎生理性地厌恶奇数，什么事情都要出双入对才好，或许是因为单个的，总是一种特殊化的产物，畸形的、怪诞的，非常危险的，不过，这依然不是本质。单数，就暗含着自行繁衍的欲念，一种排除了他者配合的统治，在肉体上，未必可能，但在思想上，任何一种自我繁衍都能迅速揪住一个野心家。很多很多年之后，始皇终于亲手杀死了孔子鸟，自己也未能真的繁衍自己，如约来到沙丘这个地方被毒杀在了宽阔辉煌的车辇里。从此以往，孔子鸟的阴魂与始皇的阴魂纠相缠绕，犹如环绕着黧黑色的高大立柱飞升，一圈又一圈，五百年又五百年，伴随着文武百官，堆满了骷髅的小岛和沙漠腹地，啊，氤氲着的吟咏之声，港口上的马蹄形方阵，大理石般坚固的帝国大道……恐龙脖子一样粗壮的谎言，嬉皮笑脸的杀人犯，细皮嫩肉的老不死……哎呦，金属世界！

“您的意思是说孔先生是一匹鸟？”畿并没有问出来。

因为这时，从矮树林里跑出来几个矮人，个个都有冬青树的果子般大小，待到走近了，先听见了吆喝声：“老渔夫，您来给鉴定鉴定啊。”

童话故事一般都有“三次波折”，眼下这个滑稽的恐怖故事也出现了第三波。这一次，齐鲁边界的盐碱地里居住了很久的一群与世隔绝的村民牵出了一个小鸭子一样瘦弱的女子，不过，有关此次事件的记录也实在未被保存下来，编年史家在这里依循前例，提供给读者如下场景，相信不会太离谱儿：

真假女鬼

【四野苍茫。拿着耙子的男女老少把这个穿白衣服的女人举起，肆意地摸她。喘息，跺脚，动物般低沉的咕噜声。女子被推倒在了苔藓上。】

一男子（众人附和）：女鬼，女鬼，我在我弟弟的窗户边发现了她，正飘着呢。

母：是，从没在我们村见过她。（作势要打那小儿子）

【这期间，女子一直扭捏着，她的头被蒙上了。“烧死她，烧死她！”的请求声越来越大。老渔夫终于走进人群，捻着胡须……】

渔夫（众人安静）：你们怎么确定她是鬼？（用口唇默示）人一般是看不见鬼的呀。

（众人颓然，又兴奋了，把耙子挑起，上满写满了符文。大声喊着：“她就是，她就是！”）

男：她的衣服太薄了，裸露的肌肤令我神魂颠倒。

另一男：她叮当作响的手镯、脚镯，身上的浓香，把我窒息了，让我差点儿犯了强直性昏厥。

另一男：她见不得光，只在夜里出没，牵条黑犬。

女子蓦地转了个旋体，就像在一面大镜子前，把头发一撩：我不是，是他们把我打扮成这样的。

老渔夫（异常慈祥地，手在胸前摸索着）：分辨鬼的方法有很多种，你们都自称目击到她的时候，她笔直地飘向窗外，就像攀爬着一条看不见的白线。你们就说她轻，是烟雾所铸，你们怎么判断她比空气要轻？

男声噤若寒蝉，忽又扬起：把她仍进河水里，看她沉不沉？如果，呃——不沉——就是——鬼！

渔夫：不，羽毛也不会沉哦。

男：是呀，是呀。

【众人无辜地皱着脸，三三两两围坐一团，互相拍着脑袋，絮叨着：怎么，错了吗，哪儿，怎么办？】

渔夫：再好好想想。烟雾，是否飘在空中？烟雾？

众人：是，飘。（众皆欢喜）明白了，把她的退脚绑起来，看她向不向上逃。

渔夫：停，停止。稍安勿躁。还有什么东西能定格在半空中？

男（作用力思索状，手指头抵着眉角和鼻骨）：羽毛？！

女：灰尘？

渔夫默然，智慧地一笑道：哈哈，正确的答案是：蜻蜓。（停顿）所以，条理性地来讲，倘若你们所抓获的女子与一只成年蜻蜓的重量一般重，也即，一只成年的红色大蜻蜓能驮载起这可怜的女子，那么……

众大喊：她就是女鬼！女鬼！

老渔夫：那么……就可以……

众皆咆哮：烧死她！烧死她！

【一炷香的功夫之后，一男子从深山中砍伐回了一只巨大的远古蜻蜓，红眼睛，透明的老鹰似的翼展穷凶极恶地摆动着，六只小细腿颤颤地纠结着，时不时胡虏一下多绿毛的脑袋瓜子。他们把蜻蜓的尾巴用很粗的线系紧了，轻轻举起白衣女子——她已经昏死过去了——扶稳了，松手，蜻蜓像架风筝扶摇而上，女子就像小蜻蜓般附着其上。】

是呀，这就是盐碱地的生存环境，永远忍饥受冻，所有的女人都比蜻蜓还瘦。

废太子被吓傻了，尤其是那老教唆犯满脸憨厚而洋洋得意的笑那么不容置疑地展现出来，烧死那偷情的少女的火焰就在他的脸上跃动，而那位傻子似的，自始至终未发一语的盐碱地男青年躲在众人身后剧烈地啜泣。

哦，听天由命吧。

“我究竟去哪找孔先生呢？”急于脱身的畿匆忙地问。他把腿弯曲起来，做了最大的后坐力准备一溜烟地逃脱。

“你永远也找不到他。他太高蹈了。”渔夫口吐白沫地扫除一切幻景：“他能分得清大轭和小轭。

难道你爸爸没告诉你：思考是一种罪孽？你四处游荡只是为了涤除身后的足迹，你抛入阳光来消灭影子。从周公旦起，这个建立在卜纹上的平庸世界就分裂太久了，现在再看看新的情况。所谓的思想、灵魂，于今寄居在何方？天下大道就像霓虹一样横亘在我们岩灰色的胸肺之间吗，还是在如金果子般悬垂的生殖器底下？它是飞的，是爬的？晋国人想用伪装成竹筒的弓去捉捕它；鲁国人贡献了三座紫荆树的城邑来诱惑它；秦国把自己打造成棺材，其实却是一辆战车；卫国人长袖善舞；蛮夷的人不断地骑在马上，提着它的头颅飞奔。呸，呸，我呸他们全体。潭水清清，可以濯我的帽子呀；潭水浊浊，可以洗我的脏脚啊。”

畿遇木头人

能否感同身受？

齐鲁边界上的桑树林几乎一望无垠，每一株桑树却形容古怪，将畸形发展当作蓬勃进取之后，窄小萎蔫的树根徒劳地抓着泥土，以每一根触须的力量支撑着稍粗一些的树干，而向着东方突出了一根肥硕的树枝，使树的线条极像一把砍树的斧头。桑树林中历经几千年而葆育的形象也林林总总，甚至已互相重合，譬如，两种、三种不同科属的鸟类，具有完全迥异的翎羽、脚距，胫骨的长度、弯度也相差悬殊，却因为形象们过于拥挤而不得不叠加在一起，如此一来，一只鸟就集合了三颗鸟首、一个轮廓滚圆的身子，像北海的大鹏有豁裂开的脚距，五颜六色的翎羽互不相让，全都垂直地倒立着。

畿在遇见渔夫之后，又接连赤脚走了七天。颠簸劳苦。当他看到所来方位的远处升腾起浓烈的黑云，像树枝一样朝着四面八方散开触角，他的脚掌就感到沙砾刺痛的创伤，顺手把背囊内的匕首揣进锁子甲的内侧。

他还看见这些叠加的鸟影簇拥着，时而三五成群用尖而长的喙咬紧枝条，摇摇晃晃地荡悠在半空，宛如猿猴在嬉闹。鸟群还尾随着他，主动与畿攀谈，持着一种古怪又连绵不绝的笑声，初听上去，夹杂着金属撞击般的哒哒声，它们抖动绚丽、呈片状的羽毛，翔缓地一会儿突进、一会儿隐匿，停在离他最近的落叶堆上，——很类似于拧发条的动作——鸟们将圆盘一样的脸往左边转三次，又朝右边转三次，旋即从颅腔中震荡出沉郁顿挫的叹息，但不久，就自然而然地衍化为又一阵大笑。

“我要吃你；我要吃你。”树墙围拢的一片漆黑的山洞里，传来了亲切的声音，一只瞎眼睛的老鸟扑棱着布满箭孔的翅膀，东歪西倒地窜了出来，身子骨飘忽不定，像勉强还能飞得动的破风筝。它对着畿微笑地说：

“我们要吃你；我们要吃你。”

理所当然的是许多叠加的鸟影也抖着鸟冠，或耷拉着的、皱纹横生的嗉子，几十条视线如切割猎物的网。气氛骤然寒冷，寂静之外似乎从桑树林深处又传来了更恐怖的声音。

“我们吃了你，就可以带你去寻孔先生，你就毋须劳累了。”

“是呀，你走得越来越远，看上去就越来越小，这对你又有什么好处呢？”

“再者说，你既无地图，又无罗盘，根本不可能找得到。”

老鸟作了断语，张开了伤痕斑驳的翅膀，稀疏的阳光照在树木尖锐的上部，仅有少许透过那些箭孔，像是刺穿了它的前胸，照在长满蘑菇的地面。鸟影们纷纷从树干或树洞里落到了铺满动物白森森的骨殖的河沟边，喉管发出饥饿的野兽常有的咕噜声，个个都偏着头，圆片形的脸就被截成了半圆片，只留着一颗深邃的红眼睛，直勾勾地盯着他，慢慢地向前爬行，口中嘶嚷道：

“我要吃你；我要吃你。”

“你们怎么知道我要去找孔先生？”

畿犯了一次严重的忌讳，那就是当一群莫名其妙又满怀恶意的东西将你团团围住时，你应该示之以毫无察觉的淡然，它们可能也会毫无觉察地消失。宇宙的诸多空间都是参差交错的，偶尔有所疏忽在所难免，而宇宙又是由广义的思想所构成的，此一念，谓之生；彼一念，谓之死。但他对这生存术近乎无知，竟可怜兮兮地发问了。

他开始哆嗦，两条眉毛到瘦削的脸颊，犹如涂抹了黑漆，眼窝深深地下陷，视野更其迷蒙，因为鸟群越来越密集成黑压压一片。

“来这的人全是去找孔先生的。”“不是去找孔先生，谁会来这？”“谁来这，不是去找孔先生的呢？”“找孔先生，不来这，还能去哪？”

岩石因为气温的变化而裂缝，佶屈聱牙如烧得火红的龟甲显示的卜文。老鸟的喙像被掰开了，张得非常宽，放纵的叫声就像是为了某件其它的事情而得意洋洋，它破烂的翼展在风的吹动下羽毛此起彼伏，深长了蛇一样弯曲的脖颈一啄一啄地。

那可是一道长长的斜坡，畿摔下来的时候，误以为自己快死了。虬缠作块状的荨麻草活转来，都伸着毛查查的手臂试图捉捕他，石头更有许多，在上面滚动时硌硌楞楞，如果把这长条卷成圆环，就像贴着荒草肆虐的齿轮而滑下。速度造成了受重力坠落的错觉，待到清醒后，畿趴在荒野上，四周都是被砍斫后渐次腐烂，或滋生覃菌类的树桩子，一环环的年轮被蚂蚁咬得模糊不清。这些削去了头颅的脖子朝天上望着，气若游丝般地作着喘息。他看见了自己的身体在泥地上划出的蜿蜒轨迹。

他躺在了一条两旁丛集着廉草的沙道，像未成形的人体碎块，等待着某疯狂的术士为其接通电流，……他从未像此时此刻般感觉自己的物质形态是如此劣质，一截手臂从正中间折断，那里似乎原初就早已被标上了记号，从肺叶蔓延至胸腔与口中的苦味让他的眼睛充满了薄纱的绿色——一种尖叫着的、沙哑的绿。一连几个哆嗦之后，短暂的暖流渐渐减缓了麻木和血脉绷紧的疼痛。畿发现他竟然如此鄙视自己的右手臂，不禁自责地说着：活该，真活该。又瘦又长的肘关节尚可活动，恰似断头的国王，在昔日的雕栏亭榭里盲目地徘徊，查看着力所及的的上面与下面的亿万子民。虽然子民们全部遁入一片黑暗，人形的影子骑马征战，人形的牛和人形的锄具在互相斗殴。现在，鲜红的匈奴军队从伤口中喷涌而出，又以角蟾的虹膜的特性滋滋喷血。

角蟾这种动物分为陆地与海洋的两个科属，广泛地分布于齐国的山丘和滨海，肿眼泡包裹进近乎透明的眼皮里，像黑曜石做成的小弹球卡在脸盘上，周身的角质遇水则变得柔韧异常，炎热的盛夏则坚如钢铁。但纵然如此，此物天敌甚多，蛇与大脚蜥蜴除了沿着屋檐、街道捕食小孩子之后，也随性抓几只角蟾来嚼嚼。它应对的方法却只有一个：从虹膜喷出鲜血。所以，血尽一半就剩下了一张皮。

“荒野里的玩牌戏啊，大家都来看看。”

这呼哨又远又长，听嗓音，诡秘又带着某种程度的真诚，给人以坐在靠背躺椅上悠悠闲闲的乡绅无病呻吟的感觉。许多角蟾蹦跳在畿身旁的池塘，叠抱着交配，污浊的卵对生存概率发出来自蛮荒的挑战，他采摘了大荷叶勉强包扎了断臂，这才发现锁子甲已划破好几道口子，破败的棉絮耷拉着软绵绵的躯体，不知羞耻地硬撑着，就是不肯承认失败。

谷底布满圆石头，周遭的景色溶漾不定，陡峭的山坡会突然豁显在脚下，甚至游动着几尾或锃亮或乌黑的窄窄的鱼，水响之声很刺耳，裤脚却是干燥的。畿一瘸一拐地向悬崖之畔的赌场走去。

乡绅戴着一副年糕般鼓起来的面具，松松垮垮，灰白色的长外罩没有一处接缝的破绽，浑然一体，像蚕茧般完美和令人窒息。自始至终都有音乐，人骨的鼓槌都在击打着虚浮变幻的背景，杂乱无章，烦闷而多歧义，却在未知的大背景里含有惊悚的规律。赌场拱顶的旗子绣着龙的爪和鳞片。耷拉着的旗子底下，莫名其妙聚拢来的许多人也戴面具，有纸糊的、琉璃的、草甸子胡乱搭配的，总之，他们排着长长的队伍手舞足蹈。

英勇的畿尽量以旁观者的姿态注视从石缝、树洞和天空爬来的越来越多的人，整片山谷持续回荡着脚步声，鸟群惊恐的逃逸，宛如冬季提前降临。

“我演讲的题目是《鲁国人都是孔丘主义者吗？》”

乡绅翘着二郎腿，微笑着站了起身，皮皮虾般弓着颀长的腰身，镶边的衣领、衣袖与衣襟在钝锈的阳光下简直如波浪在翻滚。他伸出一只手，上下比划，朝着右上角掠过半个圆弧，眼睛像盯着靶心，从左到右扫视着群众皱巴巴的脸。

他的面具展露了一副完美的牛扼嘴的表情，随着演讲内容的逐渐激烈，时而前倾，极力对自己的辩论素材表示赞同，又像是想把天空的一部分光折射到人间。

商羊欲雨

“孔丘，一个庸俗的伪知识精英，当了两次部长就权欲膨胀，天天四处流窜，煽风点火，”那三张枯黄的菖蒲叶子在他的手中哗啦哗啦作响，他喊：“听闻几个月之前，在曲阜，他和几千个野小子穿黑长衫，在拥挤的庭院里扭腰摆臀，拿着破竹片当笏，还嚷嚷着什么要恢复周礼？！周公旦啊周公旦，他老人家都死了五百年了，还要借尸还魂地折腾下去，到那一天，我们除了繁琐的礼节就一无所知，往后满口大话却茹毛饮血也未可知。”

乡绅在四十岁出头那年兴建了这家赌场，他对随机性与随机性之后紧随的必然性患有痴迷。他第一次把整张脸用破旧的报纸掩盖起来，下颔又瘦又尖就不止贴了一层，晚上，他在熊熊燃烧的篝火组成的圆圈里阅读书籍，奇怪的事情发生了，从这些变成了镜子的书籍内闪出了一个作者的脸。人，或者生存在这世界上的东西，必须让自己不透明，黑暗中蕴藏着安全感，不透明就没人会利用你，后来，这些透明的书无一例外被他付之一炬。

在赌场，他有相当多的闲工夫反刍那些外界流传的异端邪说，作者的肖像群中又一个皱纹多如核桃的老人，骑着青牛；在秦国的衙门里，没剩下几颗牙的韩非子张嘴争辩着法理；有一位思想家破衣烂衫，在泥潭边打滚自得其乐，还有别的奇特人物，一个坐在马背上的男子，披着黑斗篷，在月光下飞驰往宋国巍峨的云梯……

对乡绅就介绍到这里，因为场景突然转换了。

地点是无所谓的——自始至终它都由一双沾满泥水的小脚丫来装点；目的地也根本不存在——世界本来也就是同一座森林。昏暗的夕阳犹如红种的野蛮人，把最后一丝残余的羞耻也脱光了，畿尽情奔逃在强光里，他独独思索着预先的设想与结局存在怎样的差池，思索着任凭齐国灭亡是否才是对他爸爸最好的报复。复杂、细腻的小心思对于他的布满棱角的小脑瓜而言，很长时间里仍不过是初步的情感反击，像他这种经过齐国式教育的人，不会类比，也不能归纳，永远都在走钢丝，永远都摔了下来。

提起吊桥或许可作为有效的预防措施，直至花墙坍圮，断了肋骨的石天使把绿枝条伸向临近之窗。

畿走进旷野。蛐蛴们拥挤着白色而长的身子，在一株古老却已死的树上抓挠着同类，几只被正午的太阳暴晒后的死皮也完好地挂在树孔里。脚印似乎在前面自动地延伸开去，忽左忽右，像一条忠实的猎犬。散落在地的碎石块如果拼凑起来就是一扇巨大的白墙，昔日雕塑的大脚掌趴在两尺高的葛藤中，其外，大片疙里疙瘩的卷耳露出微芒小刺，每一颗都裹着一粒牙齿，冷光在尖顶处跃来跃去。

可以看出这是一幢古国的宫殿遗址。

“不，是一座迷宫。”畿惊讶地张开小圆嘴，仿佛含着无形的椭圆。

任何长廊都是这般阴森：羸弱的狼狗紧闭在石砌的牲口圈里，断了的脚爪还沾着别的动物的血，别的动物断了脖子。这可怜的场所叫夏后宫。

如下的文字就勉强形容久远的斗争和叫骂。这就让我们这个时代显得如此滞重，不健康的匆忙，在曾经与此刻之间，就有稍加侦查会显露出的荒野，这儿，明媚得像来自那已死天堂的光线下，已覆的轮廓重新建筑起来，就在瞬间，这古国像一条光带恰巧反射回它原来所在的位置，巍峨高耸。畿踏出右脚，比他还要裸体歌吟的蛮人们都双腿罩着斗篷出现了，完全无视他的存在，在危垒的花坛盛宴边舞蹈（这花坛也显现了），说着听不懂的猴叫般的话，一切都获得了事件回放时的无拘无束，和僵化的幸福，虚浮。

火的灰烬添了些暖意。

奴隶们拼死拼活时，女眷们绕着旷野采食果子，和那些鹿吃苹果（女眷中，超过半数会把光裸裸的上胸敞开）。有一次封邑主人赶巧捉到了逃跑的奴隶，才知道有个外来的封邑主人已吞并了许多产业，策反别家的奴隶说，不论谁逮到他们都据实回奏。这个消息促使封邑主人修筑了这个迷宫，像很多人一样，把自己安稳地锁在造物之中。山那边，陆续运抵武器，封邑主人弄不清楚对方是出于蔑视，还是单纯侵略。他抗拒原则，拒不迎战，最终覆灭。

这全是久远的过去了。

游历过半，畿抹了抹眼皮，斜跨过墨比乌斯纸环一样，径直走到了迷宫的中心。他害怕了，怀疑所看到的，以为长期旅途的劳累令他头晕目眩，疯了。如同喜欢自言自语的小狗，错动后踵，拔萝卜般向上抬了抬身子，向内张望，但他不敢出声，因为这样做会吓着他自己。那里并没有牛头人身的怪物，没有庄园主的骨骸，反而是一棵老梨树抖擞着没有一片叶子的树杈，上面结满了枯萎的果子，都像蜷缩着的蝙蝠，倒挂着。但树枝子并不稀疏，反而盘曲折叠，很是凌乱。

虚景散去。

一个木头人坐在苔藓的石床上，眼眶里的眼珠凸出，且呈向下堕的趋势，代表他努力贴近土地的渴望，但这渴望不久就被打断了，因为它很可能什么也看不见。腿主要由四根粗糙的树根构成，拌在一起的根雕向上延展，就是中空的心肺，胸腔的轮廓畸形地朝着扁扁的时钟的方向长去。木头人面容严肃，手迟钝地转动，脚往后错去。畿的胆子也未曾全部消弭，上前轻挪了几步。

“你怎么跑到这儿来了？”废太子很兴奋，沿着虚无的坛子上的那个怪物转了几圈，终于找到了遗失已久的好东西，看到这小锉刀一笔笔削出来的作品长到了两米多高，他对它眨了眨眼皮，后者毫不理会。

“你难道不是我制作的小人吗？你不认我了？”畿又疑惑又恐惧。

这时，从木头人杂乱的头发（一个干枯的鸟窝）飞出了两只小黄鸟，一升一降地飞向了天空暮色的边框，把畿吓了一跳，倒退了三步。他这才发现木头人的身上落满了灰尘和多年的鸟粪，腐烂的黑色树叶黏在一起。

“您认识孔先生吗？”废太子见它不搭茬，拍着它的肩膀（瞬间塌下去一块）问了主要的问题。

“你－我－他？”三块大陆终于撞在一处。木头人各关节的纤维毛糙糙的，看上去像极了一只受惊的野猫，涵盖着多重历史的木制躯体却比言语更丰富。

它接着说了一长段话，任何理智的人都能计算出这究竟耗费了多少斗转星移，他絮语道：“那正是世界开始构成形态的时代。材料的每一可能性都被穷举尽了，甚至最单调的排列组合，譬如，石头罗列着石头，海蝎子缠着海蝎子。一切都还是不可原谅的灰白色，呈各种几何形的野马群在岩石间穿梭，搭成直角，像一座桥（或者是断桥）。隐在灰白色的雾气里的野马群在大扇贝似交替的平原上，猛烈地奔驰，直到尘埃遮蔽了日月的光辉，它们才悻悻而返，回到村庄。

村庄的族长名为轩辕。强壮的下颚突出着老练的微笑，左手持弓、右手持盾，却从不射击，因为箭也是灰白色的，一旦射出就消融进时间里。

当他的心脏因劳累而剧烈跳动时，远方的山脊线就像心电图，滴滴答答地串联起了线条。他侧身一路向东追捕野牛，两只独木舟般的脚，脚尖轻触着沙丘与湖泊，一个影子匆匆闪过，香蕉大手展开，那之中正握着一张大网。他身材魁梧，一撒网就是七个昼夜那么长。”

“您认识孔先生吗？”黑白色的虹弯曲着横亘山峦，飘落了无数的小冰颗粒，弄得人身上亮晶晶的，畿问它，木头人就伸伸指尖，敷衍说那疯颠颠的鲁国老头就在前面，它的眼袋饱经风霜，一道道螺纹，像新的视觉器官。

“村庄的茅草屋是一环套一环的同心圆，睫毛像蠹鱼一样活泼乱跳的原始居民们，”它接着滔滔不绝：“抄起咬剩下的骨头棒子，将散发着汗臭的野牛群围住，毛糙糙的手牵着毛糙糙的手，滚杖击打大地，他们舞蹈歌唱。轩辕一族像抓起几千页的书的书脊，朝下抖动那头牛，不一会儿，牛头、牛爪子、牛尾、牛腿就分道扬镳，化作高山大川，江河湖海。”

“这时，从山谷的边缘传来壮阔的回声，是蚩尤正走来。轩辕也抬腿狂奔，两者在天边互相湮灭了……”

“不对啊，可轩辕怎么知道来者是蚩尤？”畿明显听过这故事的另一个版本。

可木头人变得老态龙钟，透过自己繁杂的记忆，看见深沉的潭水。他回答：“可怜的小男孩，你别忘了，我可不知道自己在说些什么。”

齐鲁之战

齐国的二十万军队虎虎生威，排兵布阵，包括军旗的图案与车轮的大小均由著名的射箭专家司马穰苴一人设计。那个图案与车轮一样，处于位移的过程中，就像自动地旋转起来，以一对魔幻的眼睑死死地盯着敌方。这个月，大病初愈的景公已经是第三次站在用古老的红衫木打造成的战车上，车身的并不对称的花纹表现出非常剧烈的焦躁感。他腰背微驼，如机敏的大老鼠把脑袋既超前又朝下地缩进脖颈，沉稳地端详齐鲁的国境线上泛起的薄雾。

因为处于黎明阶段，罂粟花的颜色透过蒸发的露水慢慢复活，反射出一片充满尊严的紫红色，将景公恰好推入了欲望，以及由于欲望与此刻时空的差距所构成的保护圈里。但许许多多的嚎叫声汇聚成的一声最强烈的嚎叫将他惊醒，他侧身茫然四顾，就看见黑色的小人影三五成群地从悬崖边纵身跳投，人数越来越熙攘，渐渐演变得犹如瀑布。

“你看那速度极快地往下落的是什么东西？”他满脸无辜地问射手司马，自从晏婴大夫被贬官回了滨海菜园子，他身旁贤明的大臣就寥寥无几。

“是瀑布。”司马穰苴手按长剑，眼睛守着鲁国的大军，他的整条左腿像架豪华版的长矛，配备了箭筒、固夹带以及长短不一的毛糙糙的挂带。

“那嚎叫声是谁发出的呢？”景公又问。

“当然是瀑布击打石块的声响了。山谷的战争亡灵太多了，每一条水浪之间都悬挂着几个，不过，这河是流往鲁国方向的，我们大可不必担忧。”

司马穰苴也不知道是从哪来的信心，卷成两道圆弧的胡须一颤一颤的。他示意部下点燃了呈阶梯形的篝火，那瓣状的大火焰以实心物体的姿态忽而在流线形的夹缝中煎熬着荒野，忽而舔舐着慢慢烧焦的叶子。不远的坡处，被照亮的树顶上原先挂着许多卷曲的蝙蝠，像一只只皱褶的脏苹果，用单个的爪子倒吊着，此刻慌忙地拍击薄膜的翅膀，速速飞走了。随着一声滑稽的哨音，齐国军团的士兵们都弹跳着，他们平日有理有据地工作学习，但身体内部却生存着狂暴、扭动的四足动物。士兵们被怂恿地嚷嚷起来，而且越喊越嘹亮：

“植物猴！植物猴！一切为了植物猴！”

司马的额头一缕显然不听话的小头发，露出优雅的淡黄色，翘了起来，又很快平复下去。景公愣在那里，面容苍老，一只潮湿的手掌虚虚地抚摸冷峻的旗杆，脚却开始轻微地挪动，甚至急促地交替，司马用裹紧了铁护套的胳膊肘捅了捅他。两个人同样都把手搁在背后勾着，除了微微转动眼球，周身稳重不动，仔细地观察军列和远方。

“绝对是的。”著名的射手侃侃而谈，给钉在车地板上的景公重点指出如下的战略安排：全是甜烂童呓——“我们（这个“我们”是吞音）趁着天色将明未明之际，撒出十五匹毛发浓密的红狐狸，跳跃过火圈，跳跃向郊野，您看见前方那片广袤的青绿色地带了吗？那就是齐鲁的边界，当初，鲁昭公反戈一击，在边隅小城长勺耍了个阴谋，用一根大鲲脊椎骨的第三百六十五节——这种虚无主义的象征物——换走了桓公的兼龙须、麒麟须、狮子毛而成的长幅画毯。我们如今依然处于画毯的末尾。咳，咳，我的意思是，当初议和时，在齐鲁边界栽种了大量的捕蝇草，凶猛的植株从此吸收日月之精华，竟超过了先天应有之尺寸，其状，若八条长腿的鸟笼；其速度，稍微遇异物触及即感应闭合，并释放强烈的酸性溶液。”

“将狐狸化为液体，徐徐啜饮掉。”司马为了阐明复杂的原理，又增补了一条注解。

红狐狸口中流着涎水，绳子一松就纷纷狼窜而去，在大鱼鳍似的大绿叶底下扑腾。其实，夜晚的绿叶整体上不是幽黑的，叶脉与叶片的边缘已经反映着极远处的天光，这时，隐隐约约加重呼吸的狐狸们突然消失了，皱缩的、惨淡的毛皮率先被吐了出来，像炮弹发射向空中，一阵钢索的铰链转动般的咀嚼声连带着一条鲜红的颜色带在边界刺目地闪动。

齐国的弓弩手迅速将石块砥砺的竹箭高举向划满了各种轨迹线的半空，心里计算着这道与重力不断博弈的抛物线未来的命运，而这命运意味着这世界是否会在几秒钟之内被劈开，成为零落在四面八方的大板块。详细而论，齐军的后段则把长矛垂直于坚硬的地面，中段呈45°，前段除三排石头般灰长袍的弓弩手外，一律刺向正前方。他们先以鱼形，也就是上下颠簸的架势进攻，口中吆喝着吓人的原始呐喊，后来变换作了蛇形，盘曲折叠、压俯身躯，一分钟仅仅挪动一厘米，改作龙形之后，全军凶相毕露，张牙舞爪地砸毁沿途一切设施。天空的鸟雀被火箭灼伤，碳化，乃至跌落而亡。

鲁国指挥官古冶将军的下颌正不断膨胀、收缩、膨胀、收缩……膨胀两圈、收缩三圈，最终径自收缩成了迷离惝恍的点。尤其当他目击司马穰苴从神秘的板车里（板车的外部贴满荆棘，远远望去，颇似一只巨型的刺猬），由两万急行军抬出了一张大剪刀，这个点就随之摇摇摆摆，宛如雪夜中飘摇的火星儿。共四千五百人套在椭圆把手的内部，艰难而熟稔地操持着剪刀的左翼，另有四千五百人反之，在右翼那里敲锣打鼓，往更右侧费尽力气拽去。其余一万多人负责将两片刀刃的接合处夯实拼接，因为此地十分容易断裂。

红色警戒线的另一岸，鲁国的十五万步兵也威严陈列，虽然个个内心慌乱得很。他们的大将军古冶脸刮得很干净，还留有少许泡沫的残留，剪得很短的头发紧贴前额，朝下梳下来，在鼻子的正上方形成个小尖，长长的兔唇越来越猛烈地哆嗦，脸也一抬一降，像宫殿里针灸使唤的小铜人。大团大团的乌云夹带着风，风又扫荡过整座山谷，树叶的阴影显现得肥硕异常，在泥土上空空地抓挠什么，似乎哪里有巨大移动的身躯是人们所看不见的。

古冶对兵法布阵、水火之器均一窍不通，不知为何在自家宅邸被揪出来，套上铠甲，运到战场上来了，他私下寻思着如果贸然率军前进，第一个被敌方的大剪刀钳掉脑袋的必然是他，古冶老先生自己；可如果他后撤，又必定被后方督战的鲁国亲王下令即刻处斩，以儆效尤，何况这亲王一直散发着从大敞四开的坟墓里生长的百合花的气息。山谷像母腹般被乌云遮得严严实实，每当他斜眼瞟一下士兵们破旧寒酸的草鞋，就不禁产生一种强烈的幽闭恐惧症，他迫不及待地等待着军队统统消失，顺着幻想，他一边展现充满怜悯的神情（恰如所有因为某件琐事却突然强烈意识到生命之意义的人），仿佛在吹去婴儿肌肤上的一根羽毛，不由自主地策马踏着横向的一条未被标明的线，马蹄嘚嘚地飞速离开了。

据说，这奇怪的事发生之后，他就长期逃避齐鲁两国各自派遣的侦探——他被两个国家分别视为胆小鬼和叛徒——在荒郊野地啃草皮为生，或者，仍旧毅然决然地走着那条巧克力色与奶油色相间的流亡之路。

真正目瞪口呆的人是司马，他的运气之佳让他的心情卷成了金色的圆球，接受来自四面八方的祝贺。他突然回忆起了当他还是穷苦的孩子时，在盐碱地村庄，神婆手持一根葛藟鞭子，站在距离河岸很远的地方不停地嚎啕。

“永远消除灾祸的方法，”她嚷道：“就是将一切有生命的东西化为乌有！”

她的身体就是内部某处被折断了的乐器，尖锐的女声从空洞的肚子里响起，再后来，几百个瘦骨嶙峋的影子就哽咽低沉地一同念起经文，面容恭顺，字斟句酌得像是有口吃的毛病。

盐碱地的村民们大多数穿着天青色的麻布衣，少数黑色的外套里面必须配羔羊色，白色则配麋鹿的斑点，土黄色即须斜挂一件老裘衣。被这些借来的衣服里紧紧地箍着，村民不站在空场的中央，也不敢站在门槛外，都将鼻子对准了香炉冒出的浓烟，抓紧时机倒头跪拜，要保持住严肃与滑稽之间窄窄的分野是很难很难的。

现在模糊的背景里又走进了一个女孩和一头牛。作为祭祀河神的高贵贡品，母牛必须毫无杂毛，色彩纯白的脑门上标记着旋花图案，它的头顶戴伧俗的悬空抖动的花冠。

商 羊 欲 雨

有人说，牛那双深蓝的眸子不仅肿大而且具有透视鬼魂的能力，所以当它的四只蹄子被五花大绑，一根使用了好几世代的榆树干贯穿其间时，它如此温顺，耷拉着对称的梯形脑袋，犄角低下去，轮廓像是裁纸不慎残余的纸的毛边。四位盐碱地少有的大汉用八个支撑着天边的手臂互相推脱，从一个人传替给另一个人，最终以2×2的布局，快捷地走向水老虎汹涌的河水，场景与宫廷的达官显贵围拢一桌吃饺子类似：把饺子（先轮到奋力蹬踹的母牛，紧接着是泪人似的女孩）“扑通”一声猛地抛进了沸腾滚烫的青铜大锅中。

少年的司马穰苴压抑着悲恸，目视心爱的女孩所带的花环汩没水间。夜晚，他走出破木板搭建的小屋，沿河追及，将冰冷的尸体抱上岸，亲吻她银灰色的嘴唇和玲珑婉约的乳房。他遭受了胃灼痛的袭击，翻身倒卧于一棵老桑树下，用很无聊的方式凝望着黑暗里不断变幻的微小阴影。天亮时，他周身大汗淋漓，却讶异地意识到自己正抱着的是一头纯白的死牛。

“准备！拽开右翼！包抄……迂回！”今天他却时来运转，把握住了命运，他激动地清理了一下咽部，双目泛着隐秘的光。几百盏纸灯笼发了疯，乘着冉冉升腾的地气，一阵暗无天日的风伸胳膊蹬腿从淄水河的一条分支吹来，灯笼终于狂狷而死。黎明却在云层的透镜之外射来光线，散射得五彩斑斓。在移动的条纹中，身体像被刺了青的人大踏步地更换位置，大踏步地相互招引，排成队列又瞬间散开，许多沉重的脚像齿轮一样“噜噜”周转，卡在了合适的凹槽里，随时准备再次大踏步地奔突。

“拐过去，拐过去，那边，快！往前冲啊，合拢！合拢！”

群龙无首的鲁国军团呆板地排成一列紧挨另一列的平行四边形阵

势，如此一来，同是做起类似逃跑、后撤，一把抓住周遭的战友当盾牌等等无耻行径时就尤为顺遂。当然，被钳起脑袋来，也是成片成片的，与花园里修建茂密的柯枝有异曲同工之妙。——这些盛夏弯弯曲曲的枝条罩着曩昔生活的灰尘，拿着长嘴剪刀的园丁心思又总是过于投入而迷失其间，最终把自己也想象了进去。

脑袋们留着鲁襄公时代规定的发髻——互相交织的淡色鬈发末端垂下，小葫芦一样数以十万计的脑袋都在头顶叠起两层的头发，鬓角处的碎发却剔得很干净。它们在深谷大壑、崇山峻岭之间跳跃着彷徨地互相竞逐，很有些赤道以南的某座大岛上某类有袋动物的神韵。到了夜晚，它们就挂在树上，日晒雨淋，表皮全像核桃般起皱皲裂，还有许多的公脑袋与母脑袋生产出了呱呱叫的小脑袋。

至于说起当事者真实的体会，那更像在伸手不见五指的浓雾里，四周布满黑色的帐幔，仅仅在两百米之内，在黑色的高墙内跌跌撞撞。

周天子啊，司马军团的大剪刀早已失去了控制，开始以机械工具独具一格的偏执性，保持着双翼相击时“咔嚓”“咔嚓”的永恒节奏，往视野的更深处步步推进。白皮松、褐皮松满布的一道山梁突然裸露了土黄色，成了一段赭黑壮实的小肩膀；有着漂亮而复杂的纹理的岩石版被斫成粉末，战斗现场全是烟雾，被强大的篦子梳拢过般，一小块一小块的空白区域频繁显现——布景全坍塌了。

布景全坍塌了。一匹老弱的瘦马兴奋地甩掉了它背上的骑兵，猛一扭身子，正想奔回鲁国长长的、缀着浓荫的厩栏，但沾满了晶莹鲜血的大剪刀紧盯着它，刀刃一斜一顿，马鬃就自然而然地脱离了系着红丝带的马颈，马依然没了命地既啸且奔，如此，嗖嗖两阵风，四副马腿与马肚子分了家，分别向两座城门跑去，马肠子与马的阳具混混沌沌地滚落一地，引来了恼人的苍蝇，闪着亮光，互相倾诉饱餐之乐。

“小心，小心啊。”

景公大笑着说，他想起来前几天晚宴吃螃蟹，先把烤炙得红彤彤的蟹螯掰下来，吸吮蟹肉，就用这空的爪子去抓食大壳子内更饱满的肉。他意识到，战争的胜利正在把他拖入对周围每一样事物的占有欲之中，而在当天的清晨他还忧心忡忡，几乎做好了失败的心理准备，仅仅以旅行者的好奇心饱览这一衣带水的邻国。

这样的话，一切都滑入了危险的边缘。鲁国各城池的护城河上三千三百座造型奇异的桥——四通八达的螺旋桥、碟状桥，帽子似的拱顶桥，折角斜桥——都因为三十万齐军和巍巍山峦积累的共振效应而分崩离析，就连它们的附属建筑物也出现这一现象，令人抑郁、厌恶。

四个皮肤晒得黝黑的高大男人是景公的保镖。他们一看见齐国的军旗插上了鲁国宗庙的顶部，立刻挺起胸膛，又迅速弯腰曲背，或拽或推，龇牙咧嘴地让景公的木车飞快地行驶上坡道，抬腿动作有力而笨拙。

灰白裂缝的道路顺着鲁国的国都曲阜绕了好几圈，鲁国的卫戍部队胆怯又好奇地缩在房屋帐篷的角落里，身子前面搁置的挡板被故意开了两个圆洞，因此，景公的一颦一笑连那些光脚乱跑的孩子都能看见，而当他们上前向齐国的车队投掷欢迎的小石块时，戴着方头巾的母亲就出手，像蜥蜴觅食的舌尖一样，迅速地弹出，将他们再拨回来。夏季的夹杂海水味的长风腥臭而有力度，晶莹的肥皂泡在小河边聚拢，七彩的光瞬间破灭，似乎牛蒡叶子下的几匹鹅就是这幻术迸溅出来的泡沫，但其实这些肮脏的大鸭子一直挤在一起，嘎嘎地叫。

又转了一个弯，木车抵达了一座典型的四方斜顶红瓦房。侍卫们从木车的后备箱里抬出了景公的宠物——哼哧哼哧喘粗气的大铁猪，它已经有小房子一样的重量了。

马蹄之声橐橐。

有时候，解释一件事情比做成一件事情还要困难，比如说，你扥住毛衣的一条边线，就这么没心没肺地往外抻，经过几次大的波浪之后，小的波浪就在自己允许的范围内塑造着自己。不一会儿，毛衣就不存在了，取而代之的是它的原型——像花猫般盘腿而卧的毛线团——一件裸体的毛衣。当司马穰苴噙满泪水与景公成功会师，他双臂有些笨拙地端在胸前，脑海里充满了家乡的藤本植物和旋转着的灰尘，根本没看见身后的军队正被第三支神秘的作战旅拆散。而战胜国的国君提起胖乎乎的肩膀，牵着铁猪，正风度优雅地向着鲁国的祠庙登上了第一百八十六级台阶，即将消失进屋檐的阴影。

他注意到雄伟的大门前雕镂着高浮雕黑龙图案的柱子，雕得很唯美，龙眼睛已被岁月打磨成了魂珠色，房子的顶层砌着典型的鲁国式圆形红瓦片。这就是祠庙啦。景公趋身想与缩在案板紧底的祝庙对话，如此一来，他就必须大踏步地跨过脚边的一滩枯枝败叶，因为这个小小的鲁国的中心散发出腐肉的气息。虽然明显经历了一次火烬，奇特的树叶和铁丝般弯曲有秩的树枝依旧挺拔如初，旁边一株槐树的皮却剥落了一半，这种树经常犯这毛病。

他设法让狂热寻觅的激情落入这样一种状态：那大颗大颗的星辰为之升起，在猎户座的指引下，一座心仪的紫罗兰飘拂的花坛供奉着他所需的一切财宝，宛如薄雾中所见。

慢慢走向祭坛，台阶几乎化成了玻璃。

锤头样的厚重的人体凭空砸下，景公终于睁开了眼皮，绣花衣领敞开，给他的脖颈添加了独特的青春标志。悬空的脚——不常见的事物——像两个尖头的熨斗，可以看得出来在很费力气地克服重力从而摇摆。景公高举双手，稍微举过挂绳索的钩子，就抱下了一位形容枯槁的老头，白发很短，骨瘦如柴，简直可以轻易地装进一盒扇贝壳里。——鲁定公只罩了一件布满圆点的大袍子，寒酸劲不仅令人发笑而且让人深感悲哀，他那双小眼睛在小鼻子之后拥挤在一处，一声不吭地左瞟一眼、右瞟一眼。哈巴狗般嘟嘟囔囔的下颌颇为不协调，像是拼贴的半成品。

“你们的国君在哪？”景公以询问祝庙的高傲语调问道。但真正的祝庙们不动声色，缩在地砖很宽广的缝隙里，仅仅露出一团糟的脑袋瓜子，微微滚动眼球，仔细又事不关己地注视着戏台上的两个主角。他们看着，过了一分钟左右，背负打点好的行囊，纷纷撤离。

羞辱往往并非有意为之，更别提昭公也曾大腹便便，一举摘得过公元前 517 年 9 月，因伙同藏昭伯与郈昭伯一同向季孙氏发难而获颁的勇气奖——全周王室监制的“杰出小胖子”奖。

如今，鲁定公求死不得，懒洋洋地歪坐在桌子的一角，每隔几秒他就甩一下松垂的脸颊。平日供奉的祖先牌位都成了破烂的木板，任凭他颤抖的小腿肚子交叉在一起，他的手在蓖麻编织的桌布上撕拉撕拉地乱划，像是弹奏什么无形乐器。

当他骤然听见景公的训话，假牙就由于口腔的内压而被咬碎，顿觉一阵倦意袭来，他突然凌空跃起，像猛力泼出去的一桶水，整个人展开脚趾，拢成楔形，抓住空中看不见的秋千，反复折回……多么危险啊，毕竟他全身都搽满了灯油，不知从哪个口袋，酒足饭饱之后掏出牙签般的，倏忽点燃了一根火柴，又像舀出凉汤中的西梅干。

啪塔一声，屋子内杲杲亮如白昼。

他早已被如此国破家亡的恐怖、有增无减的沮丧所压垮，如果不是因为竟还有一个气喘吁吁的秘密跟随他，不断地用爪子撩拨他，他就干脆安眠在熊熊的火焰中，如烤乳猪一般当即死掉。

所以，敬爱的、快烧焦了的鲁定公喉咙发着雷鸣之声，又是一个跃步，其间的距离足以在月亮与月亮之间行旅。后背的弧状脊椎蚌埠般露了出来，宽袍裂开了大口子，从扇骨边缘凸出波纹状褶痕。棉絮像许多的蜉蝣，迎着新的一天的阳光飞舞。他一边升腾，一边哎呦呦地叫唤，一边佝偻身体，令人颇感疑惑地绕着门口的枯枝败叶转圈子，心里寻思着怎么把它缠起来。景公都直想去帮忙了，但一个极简单的想法震惊了他，准确地讲，不是为这一想法的可能性震惊，周围的很多事物越来越清楚地指认这一纰漏，而是为自己原先的观察力之羸弱而震惊。

晚了。完了。

血肉模糊的鲁定公赢了。

他又退回了曾经在绿草坪上玩耍的小男孩的心理状态，一把揪住植物猴长满绒毛的长尾，还扯下了两片瓜耳朵，那中空的躯干却过于庞大地积攒了力量。——不不，不要。——植物猴从方才的假死伪装里猛然苏醒，对他的主人忘恩负义地抽搐了半刻，就像一面镜子旋转着，爬起，跑入陌生的走廊，消失了，自由了，到了空气之外，遁入某种天空的维度。火焰成了一群贪婪的金钱豹，把祠庙切割成几块颤巍巍的大光板，延烧到了帷幔、木梁以及后方里储存的蜡烛小山。

铁猪嚎叫起来，满地打滚，呲开獠牙就奋不顾身地钻进火堆里啃食倒塌的灯台、大衣架和屋顶哗啦呼啦往下掉的铁片。

景公闻嗅了太多浓烈的烟，后果才渐渐显露。对再也无缘得见植物猴的下半生的臆测，竟不能把全天下的珍禽异兽搜罗爬剔干净的耻辱，都汹涌而来了。头晕目眩的症状复发，他看见嘈杂的飞鸟，羽毛洒落于黑白相间的花盆和花砖上。这不能怨我，他想。谁让裔款跟他描述植物猴的时候唾沫四溅，反而模糊了场景感，忘了真正的外貌和习性的介绍。

“不能怨我。”

他抵着脑袋，恨不得把它痛痛快快地掀开。但，当景公目击齐国的军队只剩下了不到四千人时，他勃然大怒，拍打着栏杆，不时跌落两三级台阶，牵引着把身子移下去。他把马鞭扔给了仍旧沉醉于梦幻的司马穰苴，抽打着后者深蓝色的眉毛。

就像即将完成这部巨著的编年史家垂首痛心所暗示的，出征鲁国的齐军被第三支神秘的作战旅偷袭，拆毛衣一样轻易拆散。当然，这更不能埋怨身先士卒的景公，因为本来就是一出戏剧。如果说故事此刻不是一出戏剧，那么它曾经是一出无人敢观赏的戏剧。

畿遇孔先生

“对呀，我就是在那个地方遇见孔先生的。”畿站在悬崖边上，正如稻草顶上的蚂蚱就要一蹦而下时，从树林里传出一阵凤凰的叫声，让他稍微减缓了跌落的速度。

在迷宫里苏醒之后，他远望着空空如也的天际线，他拥有一把捡回来的匕首和几千次补补贴贴的破衣裳，却没有一个人愿意陪他说话。畿之所以派这个小侍卫在夏天——枝繁叶茂、空气清新的季节——出发，是因为桑树林组成的帷幕可以掩护他偷偷地遛出齐国边界，跑到鲁国去。很早以前，畿就听走街串巷的游吟诗人说过什么“鲁国的每一棵树冠上都伏着凤凰”，喳喳喳地扑动着绚丽的翅膀，脖子像蛇一样蜿蜒着，它们唱起歌来的时候，会引诱人们以为树上开满了莲花。

畿很想一睹真容。

下午光景，山势渐陡，他用木板组装了一架奇异的轮子车，鼹鼠似的两前爪在杠杆的操纵下刨地前进，虽然拖泥带水，好不容易即将行至了舞雩台，想到找到孔先生的可能性大大贴近了自己，他就少有地欢快起来，卷起大菖蒲枯红色的叶子，做成一管细长的望远镜，仔细地学着想象中凤凰的叫声。

“唔咦—唔咦，唔咦—唔咦。”

有的人学得像，有的人学得不像，他觉得自己还可以，在一片哄笑声之后，畿的轮子车突然撞上了一块山石，前端腾高跃起。他在向上升起的过程里，感觉自己成了凤凰。他四处张望，判断着自己摔落时的具体位置，但他看见了一番奇怪滑稽的场景。

“我可永远也不会遗忘那个疯疯癫癫的老头儿。”畿自言自语地说。

山脚下是一湾浅浅的池水，岸边的木结构栏杆虽然日晒雨淋，仍旧稳稳地竖立着。大片夯实的土地表面光滑，毫无杂草，像一条鱼的腹部延伸向更远处的舞雩台。分不清是日光还是波光的作用，舞雩台的形状不断变幻。从一座小桥的尽头出现了一个瘦弱的中年男子，他沐浴后换好了整齐的衣冠，正领着五六个年轻小伙子和六七个小孩子朝山的东边而去。他们用歌声逗引着林中的鸟雀，脚步轻快，仅仅几秒钟之内就杳无所踪了。

车已经摔回到了地面上，折断了一根轴承。畿不知不觉地踱出轮子车，小心地探着身子向山下张望。他感到不可思议，刚才的惊吓、山体的高度和奇人的异行相互结合，让他完全打消了寻找凤凰的企图。他一个人扶着一棵棵树干顺山势滑下，飞掠而过，帽子被掀翻了，就在那儿，现在在哪儿，越过一个障碍，急冲直下——突然变成了个摔在琐碎的蒲公英丛里的小腊狗。

因为孔先生是所谓的世界表象，他的精神能够以各种形式、借助任何物体加以显现。哲学的、物理学的、伦理学的、民俗学的、光学的……他曾经变作了独角的麒麟、贴有金鳞的巨龙，最后变作了一个郁郁不得志的老学者……畿也是如此认为的。

他认真地观察着一棵又一棵树干快速地往右上方闪去，另一方面，周围积水的小浅坑又反照出他那张线条坚毅的脸，下颌凸显，嘴唇紧紧皱缩成红樱桃。这时，一阵青色的果子雨噼里啪啦地砸下来，畿抱住了那棵树，愤怒地向上望去。一个花白胡子的老男人，左手提着一只鼓鼓的大布口袋，右臂并两条腿颤巍巍地勾着树枝。脚还没有够着土地，人就打了个趔趄，果子散落一地。

“你是谁？爬到树上去躲避什么？”畿敏捷地站立起来，等那老男人足够清醒，斜卧在草丛里时，他问道。

“我？不躲避什么啊，摘夏天的果子。”老男人的额头上有一处横着的、长且窄的窝陷，穿的虽然是粗麻布的衣服，神情却很安泰。他用右手撑着地面，左手先整理了衣服就搭在了黑炭笔般直挺挺的眉毛上，等着对方的进一步表示。

畿像小婴孩一样，也有猎奇心理。他见对方是鲁国人，又年事已高，试探着问道：“你认识孔先生吗？就是鲁国备受攻讦的一个老学者，据说他对什么事、对什么人都耿耿于怀。”

“不，不认识。”老男人似乎受惊，捶着酸疼的腰部，趄身就想走。

“不认识？你不是鲁国人吗？”畿由好奇而起了疑心。

“我认识孔先生，但我不认识你说的那个孔先生，”老男人为了捡起散落一地的果子（这些果子谦卑地排成一条直线，左摇右摆），逗留了片刻，他拿着大布口袋，弯腰一颗颗地拾起，在一片混乱里，他定格于褐色的轮廓之中，像是个孕妇托着装满石头的肚子。他说：“我更不认识他们说的那个孔先生。”

畿明显感觉话题难以进行下去了，当一方话里有话，另一方却莫名其妙时，最好的选择是换个话题。

“那么你是谁？”畿装作随意，一针见血地问。

“我，你问我是谁……”

老男人彻底流露出了悲痛的心情。在畿看来，这是一个与刚才完全无关的问题，但在他看来，这正是刚才那个问题的延续。他明显落入了自己的圈套，尤其是在他即将决定放弃自己的时候。

“我就是孔先生啊，鲁国备受攻讦的一个学者，对什么事、对什么人都耿耿于怀。”老男人讲完隐藏的事实之后，竟慢慢高兴起来，好像他意识到了其实也没什么难堪的。畿真不知道该说些什么，是预感的印证，或者是更深一度的莫名其妙。

他们一边下山，一边吃着青脆的果子，一边谈论着。畿想象的感官清晰度变高了，整个人放射出摇曳不定的光环，他用锐利的眼睛有力地盯着老男人。一阵沉默，老男人的精神依旧矍铄。

“你为什么否认身份？”他声调上扬:“一开始就打马虎,怪可怜见，你的事千篇一律，总那么几件，却让人捉摸不透。”

“谁说的？”孔先生唯诺：“他们向我保证过。”

“谁呀？”

“很多人，颜回呀，他听了我的话，就把经商的钱财扔在了大路上，依靠一箪食、一瓢饮生存，这种人萎靡困顿，却不搬弄是非。逢我说，他就听，我说，他就听着，凝着，脸色刷白，有时听不见了呼吸，一动不动。我跟他对坐，先害怕起来，我觉得哪句话说错了，他就不喊我先生了，一反常态把我撵走。这人就这德性。”

“你怎么跟他们混一块儿的？”畿的手频繁地抓腮。

“我抛妻弃子，”孔先生竭力想证明自己接下来的话：“一个人驾车旅行时跟他们认识的，就在淄水河畔彻夜攀谈，起初他们对我不友好，我也无所谓。可有一日，吾党小子们怪异聚集起来，在假屏风与假山石的后头掩脸议论，还帮着别人掩盖身子，就这样憋笑走了出来，从此手捧着竹简子尾随我浪迹天涯，不停地记录，嗯，就是你们传阅的那些判断句子。我恳请他们也让我看看，他们就慌了，绕出条黄丝带来，把竹简的一端系死了，因为有的话我根本没讲过。他们遂威胁我，我若再嚷嚷，就把语录簿连同我本人一块儿烧了。我不理，那少白头的小子就抻出条黑牛皮把另一端系死了。跑了，骂我‘丧家之犬’，跑之前还朗声说是抬举我。”孔先生鼓足勇气，唤起全部生命力，力图澄清处境，十分难以启齿地补充着“难以探测”“不透明”“人心叵测”之类的废话。

“他们是谁？”畿有点不耐烦地问，眼神离奇。

“颜回、曾点和端木赐，”老男人很乐意地说出了这些名字：“这些小子家境不同，思维方式也不一样，不过有几个挺不错，比如那颜回，就苦劝我背诵我自己的语录。他自己就在背着。饿着。”

除了这人裂缝遍布的脸，和走路时由于肘部疼痛而勉力支撑的架势，畿最奇怪的是这老头子丝毫不怠慢他，沾着绿菜叶碎片的牙齿像跳舞的白面小丑，诚恳地苦寻知音；他的下巴可能扑过粉，像撒有糖粉的鄹氏邑软糖，舌尖在腮帮子内探来探去，明显想甩去什么黏附在口腔里的东西。畿的胆子也就大起来了，放肆地跟在这未知之物的身后。

下山的路在这一带逐渐陡峭，而树木也逐渐稀疏。大爿大爿的岩石像天然的茶凳压在泥土上，不论近或远，人们都想象不到：岩石的根部是与山体紧密相连的。畿示意他坐在岩石上休息片刻。

“我辩解了……他们听了我的辩解之后，情绪竟平稳温顺，”老男人接着说：“微笑了，让我摁了手印。”

嶬的半个圆脸颊笑了起来，露出漂亮的牙齿，手握着的长戟则切线般的碰在脸的右边。他只想作出站立离去的姿势，徘徊在岩石无数的棱角之外，并未真的离去。他嘲讽道：

“让周天子听听！在孔先生看来，还有什么不可能发生？人能疯成嘛样呀。”

老男人不知如何回答，逼迫着自己像嶬一样笑了笑。

“可他经常说，他将一以贯之地作仁者的仁行。”老男人如此解释了颜回同学们的奇怪举止。

过了路标，灰色岩石被粉红色的岩石取代了，上面成群的苔藓吐露着火焰般的色泽，他们一路下坡，轻巧地、不费力气地抬头看着鲁国的云彩，模糊了山峦之间作为赘肉的下陷部分，孔突发奇想，打破了两个人的孤独：“还有一次，你要是不来找我，我都忘了。有一次我坐在木车里，很劣质的木车，轮子还是正方形的。窗口就是通往月亮的梯子，我正昏昏欲睡，突然一个黑影闪过，又一个黑影闪过，一共五六个，环绕着我，他们都穿戴巨大的凤凰头，用长喙啄我的帆布帘子，还大声唱着：‘凤凰啊，凤凰啊，你的道德衰落了。’”

“我事后怎么猜怎么觉得就是那几个小子。”他下了定论。

嶬仍然浑身发颤地笑着，抬头好奇地观察了孔先生的相貌与表情。后者正严肃地侧耳倾听，严肃地盯着自己的布鞋。

“唔咦—唔咦，唔咦—唔咦。”

西边的林子里传来一阵窸窣的声响，越来越大，越来越近，先是突如其来的风吹起了嶬的锁子甲的下摆，地面的沙土也扬了起来。伴随着尖利的唿哨，一扇金色羽毛的翅膀扑腾着树叶，东歪西倒地呈抛物线下垂。因为时间将近黄昏了，琥珀色的光晕照耀下，一切都显得模糊而神圣。直到整个身子全部显现时，那只凤凰已经连带着它胸脯上的那根箭昏死了。

畿想移近查看究竟发生了什么，向前走了几步。他目睹垂死的凤凰胸前沾有濡湿的一片血滩，鸟首顶的三根多彩、鲜亮的翎羽逐渐变暗、萎蔫，凤凰艰难地弯曲颈项，试图用长长的鸟喙啄断裸露在身体外侧的箭柄。

“孔先生，你是鲁国的著名学者，过来看看这种鸟是不是凤凰？”畿在问话的末尾，背对着他们刚才休息的岩石，一瞬间里，他感到一丝异样。

尤其是当恰巧有一只死凤凰从三丈高的树冠掉下来以后，周围的空间都增添了虚幻性质。一片夏季的桑树林，越走越空旷，更别提傍晚来临时的孤独；其间，还有一位鲁国老学者一身粘土般的服饰和尴尬的笑，以及紧随其后的十来个奇特的男人个个如同土匪，呼朋引伴地游山。所以，畿转身发现老男人消失不见了，他似乎并不惊讶。

过分的宁静最接近于死亡，因为死亡是完全的宁静，而宁静也就隐约透露了死亡的气息。桑树林正趋于黯淡，空气像是在膨胀却又逐渐稀薄，在暗淡与稀薄之中传来了歌声。一条羊肠小道的尽头出现了一个瘦弱的中年男子，他沐浴后换好了整齐的衣冠，正领着五六个年轻小伙子和六七个小孩子朝山的西边而去。他们脚步轻快，几秒钟之内就近在咫尺了。

“你们是谁？看见孔先生去哪了吗？”畿知道自己当初的目的就是为了追上他们，但他当初可没想过问这个问题。

“春天已逝，穿戴好洁净的衣服，领着五六个年轻小伙子和六七个小孩子，在沂水里沐浴，在舞雩台上翩翩起舞，你搭着我的手，我搭着你的手，伴奏着乐曲，一路歌咏着回家。”

为首的中年男子一边傲慢地回复，一边向山下走远，留下畿一个人呆站在原地。

其实，孔先生在畿自顾自地查看凤凰时，就听见了恐怖的歌声。他犹如一位被蒙上眼睛的承蜩丈人，不知道伸出的哪一拐棍会刺中乱叫的蝉，哪一拐棍又会刺中自己。他一直奇怪，为什么有些人装出明明喜欢听他讲话的样子，又立刻把他的话随意涂改。

着实令人震惊，学堂里老树根般的教师都在说些什么？强行恢复古老中国的六大学科：礼、乐、射、易、书、数？身穿长布衫的老学究眨着和镜片混为一体的眼睛，用摘自某本远古速记本中的腔调继续说道，时下人们都违背了孔先生当初念兹在兹的教诲。就在今天，一个小学生竟然拿走了供在牌位上的马芬糕，塞进大嘴里，当着众人的面咀嚼起来（也许是桂花糕，都无所谓），而当教师质问这件事时，他竟然毫不羞愧地说他饿了。教师取来马鞭，抽他的脸，这小男孩竟然非但不站起来乞求原谅，反而凶狠地抱着女教师的腿，摇着尊师，喊道：“我要吃了你这个贱胚下作的东西。”

噢，对了，还有，从一个更高的层级上看，疏浚河渠的官吏竟然私自拿走了五十根大梁木，架在了自家房顶，场景如此相似，该有个解释吗？不，没有。在茅草屋里弓腰驼背的学究们可曾思考过教育的问题？

哦，孔先生考虑过。他在匡地被成群劫匪围困的日子里，犹如监禁，这加深了他对世界的不信任，两次试图化妆逃跑，但想到如果这样被逮住一定尴尬无比：“有一个阶段，我与公西华下黑白双子棋，这孩子聪明得很，但回了一趟老家，人就变笨了，满口仁义道德了。如果我是诗人（可惜我只是个小小的自费旅行者），我就会向他们描述大海黑沉沉的鱼群，顶着七棵鹿角的柽树，以及野鹅在沼泽里那样欢快地扑腾着翅膀。教育的目的”（对着畿呵呵笑，后者正在想绝对是找错人了，没有看到他的笑）“很容易转变为误导，或者不如说，误导就是教育的本质，任何一个学生，如果真的认为自己需要被教育，那这样的人我是不教育的，这样的人不是成心开我的玩笑，就是大傻瓜。”

孔先生不知不觉地穿过了池塘边狭窄的空地，绕过了盛开小蘑菇的木结构栏杆，想着许多烦心事。他在这种对比之中，远远地躲避着身穿白衣的那一队人，迂回地走到了舞雩台。

他环顾四周，阒寂无人，但当他刚一迈腿，夜幕里蹿出了两个又矮又小的卫兵，帽子歪挂在后脖颈。

“你没有门票，不能进！”他们面无表情地说。

“门票？我昨天到舞雩台过夜时，还没人找我要什么门票呢。”孔先生轻轻皱了一下眉毛，搓了搓两只大手。

“最新的规定，刚刚执行。给七个熟果子就让你进，”一个卫兵很不耐烦地补充：“知道你是鲁国的退休大员，换作别人，给十个熟果子我们才让进。”

孔先生把大布口袋从肩膀上拿下来，慢慢地翻找，只找到了两个熟果子，他遗憾地摊开了手。

“没有熟果子，三个青果子顶一个熟果子！”另一个卫兵说。

“你们能不能……”孔先生自觉地止住了话。或者说，相比之于几个果子的损失，他更在乎那些自称他学生的人会不会找到他。——他在头脑中日夜构思着一个可怕的场景：他被无限涌来的人群绑架了，嘈杂的集市里，无数假的孔先生挤满了角落，正滔滔不绝地胡编乱造，而他，作为唯一真的孔先生，在一堆腐败、封闭的烂菜梗、烂菜叶围成的羊肠小道上，残喘挣扎着试图逃出去。

“我们不需要你告诉我们该怎么做！”卫兵很强硬地回答。

他把大布口袋搁在地面，又慢慢地翻找，等找出了十五个青果子，恭恭敬敬地捧了上去。卫兵们闪开半个人宽的缝隙，把他粗暴地拽了进来。浓重的夜色里，他根本看不清前方的路，好像遁入了一片黑暗的浓缩体，他被推着越走越远。

“我最后一次遇见孔先生，他已经消失在了夜色里，”畿又自言自语地说：“我紧紧追着孔先生。等到我追上去的时候，发现他被两个鲁国的卫兵挟持，越走越远。我拼尽力气终于抓住了他的大布口袋，他们依然不容分说地朝着一片黑暗走去。我趁机问他：‘你在匡地被那些暴徒们围困半个月时，都想了些什么？’他的叹息声传来：‘没想什么啊，记录我的言论的小子，他们全跑了，即使想了也记载不全。这倒不怪我讲得不好，讲得好的那些人周围也没剩下几个学生。’”

下面，我们紧接着要讲到废太子自杀的问题。

这情况来得太突兀，在我们所有的观众，都还将视线暂时停在孔先生黑湿的狭长身影上时，集中在他那坚果似的秃脑袋上时，都还想象着栏杆间的湖水上两片大荷叶正沿着无名小径散步。世界就在这一瞬间被翻了个个儿，上的成了下的，左的成了右的，薄的成了厚的。畿脸庞由于恍惚而焕发光彩的表情由梦醒来时永远忘不了的微蹙眉头、无可奈何的神情所取代。理所应当的弑父场面——“弑父精神”——并没有上演，这种代代遗传的良好习俗突然被打了个死结。畿把双手绷直、双脚绷紧，腰背遒膂全是惊悚的汗，这动作的目标却并非擎起利剑，戴着小王冠的忧郁王子扑身向前，哦，年轻人身体的一跃！可不，剧本过于凌乱了，台词早已重复了又重复，到最后只是给人平添压抑和自毁的欲念，更何况，走失了的孔先生的一生，也给所有人强化了这一印象——齐国注定要被洪水淘洗。这或许正是对景公最好的报复措施？是吗？是啊。所以他迎接洪水的到来，展开双臂，那样轻盈，委婉地在下降的铁片似的云层中穿梭。深渊里的宫殿敞开了闸门，几千尾黑色线条幻化成鲤鱼拍打过他身边……终于，一条巨大的锦鲤与他相对垂直撞来，大弧线的嘴唇一口吞他入肚。

畿的红披风鼓翼，扶摇着颤颤巍巍地向桑树林飘去。他远赴异国，击缶而歌。他成了小说里的人物。他死了。

商羊欲雨

“破碎的小水泡，破碎的小水泡，来作新娘新郎了……”

极悠长的歌谣，而且显露出某种怠慢，在这因为炎热而滞重，因为人们四散奔逃而空旷的夏夜，涵盖着充足水分的乌云变换着形状。广场，王城，盐碱地，外延向转着千万座水车转轮的整个齐国领土，好似漂离了大陆架，进入了光尚未抵达的空间。窅黑而茫然。

雨伞，这些半球体，罩在齐国人行走的棋盘上，各式各样，很像面对毁灭的预兆，盐碱地的妇女们各式各样的尖叫声，都成了最后的玩笑。

人们的脸与脸拼贴在一起，试图辨认出对方是谁，走起路来，就有着螃蟹的风韵。更多的螃蟹滚在街道的边缘，伏在街心花园的小栅栏上，木牌子一直写着“平民禁止入内”，但这羞辱在今天即将变成共同的归宿，也就没什么了。百姓们望着山一般巍峨的宫殿，只看见一个女人目光空洞，傲慢地立在廊柱旁，身子裹进百褶大翻领。像始祖鸟，艳丽的羽毛衣就要变成蝴蝶。纳查夫人是本书中的次要人物，谁能真的了解她的情感经历呢？一如她从未真的认识景公，她也很可能从未真的置身于齐国，走在宽阔的环城大道上，很可能，对她而言，与骑着鞑靼的牦牛，颠簸在雪原上没有区别。

“我该回去叫醒他。”她只是舔舔嘴唇，身体动也没动。造型奇特的笑鹲伞悬挂于那发髻极高的头顶，这种伞的尖端站立着木头笑鹲，细细的竹管子承接着雨水，鼓动进封闭的小槽，由于空气巨大的压缩力度，吹口哨一样吹出笑鹲般的讲话声。

“都跑了，都跑了。”这话是笑鹲抽搐地鸣叫的。

她转向右侧，目光迷离，像一朵鲜艳的蔷薇，不期然而然地映衬出了不远处兀自燃烧起来的锯齿形火焰。

虽然经历了与齐国的君王同床异梦的生活，完全是无意识的可怕行为，但她仍旧试图保持清醒。

她真的看见宫殿的一角，那雕着飞扬的朱雀图案的巨大石碾外观发红？蛇发女妖般地透过红色的空气喷射可塑性物质的条状物？

窗台又大又高，宽宽的窗阶用薜荔牢牢地缠绕着，起固定和支撑的作用时，再也没有这些残忍而貌似纤弱的自然力更能胜任的了。纳差夫人靠在护垫上，被不知来历的火光照亮的身子外面穿着一件松爽的百合布料斜缝的、挂满海螺壳的连衣裙，俯卧在窗户栅栏上，双臂懒散地伸开，手指想挣扎着触及浓烟滚滚的事件策源地。她越往下看，也越睁大了杏仁眼，在下方，御花园和院子里不深的深谷中，同样的纸片般抖动的火焰在蔓延。

碳素爬上大原木，后者在风的胁迫下，像亚麻布打成的结儿，忽地坍缩；又有点类似于不知害臊的老杂耍艺人，他们把涂满蓝墨水的指甲掐着脖颈，整条后颈呈难看的弯曲状，大拇指一鼓一鼓。

铁猪以小山包慢吞吞的步姿，顺着太公望大道（齐国一条街道的名字）折过几个钝角，并无目的地撞向宫殿而来，这中心枢纽昏暗一片，像块大磁盘，吸纳着天空迸发出来的碎片和绚丽的彩绘。铁猪穿梭其间，简直是沉入了十五幕的海市蜃楼。后面不远处（但视角要非常小，才能看得见），一条小猪尾巴似的侍卫队，还在往猪高耸的背后启动火焰喷射器，投掷燃烧的蒸馏瓶。

夏末，已近枯萎的那些块菰，伸着草须子，沿途喊叫着："都燃烧吧，都燃烧吧。"这就是但凡一种伟大的命运终结时都会发生的怪事：在这个命运共同体中，之前被忽略的、被认为根本无法讲话的东西全悻悻然地开口讲话了。

原来，卫国老太太们平白无故奉送的铁猪欲壑难填。国君一开始把它搁在手掌上，当成掌上小猪来玩，他的手背汗毛竖立，他的嘴唇噘着，他的目光轻柔地移动，小家伙像是只懂得吱吱叫的兔子，悬空蹬踹着扁扁的腿；过后，我们就只能牵着它了，到了齐鲁之战的后期，需要架在兵车上，抬着它歪歪斜斜地走。

如此一来二去，小猪经历了一个身影逐渐变大的过程，昔日的一枚铁针掰成晶莹的铁屑喂给它，还担心会把它噎着，如今它吃光了全齐国所有的针，改吃铁杵、铁锚、青铜管的大炮……就在今天早晨，它袭击了齐国塔楼内部的兵械库，把库房大门撕成了百叶窗，惯偷般地蹬着猪脚，罩上了轻薄红棉纱的裙子，扑闪着琉璃石一样憔悴的猪眼睛，凭借芭蕾舞演员的轻盈的向上的牵引力，它溜过了宿醉的看守，直到它越嚼越饿，开始嗷嗷叫嚷起来（那声音实在低音恢弘），侍卫长率领着侍卫队，像百十来个稻草人，一蹦一跳地追捕铁猪，唯一的办法，就是把这作为宾客的牲畜活活熔化掉。

纳查夫人在绵绵细雨里，远望着具有优雅弧度的铁猪腿被火咬着，咔咔地踏在厚重的城墙上，这是左侧，而在右侧，倾斜的铁后背已经靠在御花园的火树上搔痒痒了。

矮牵牛花都凋谢了，高牵牛花变得如铁丝般僵直，惨遭囚禁的高塔女王——我们美丽的纳查夫人依旧面若冰霜，傲慢地盯着未知的过去的某个时间点。

光滑的猪的铁肚子下，蚂蚁般的人群纷繁流泻，细长的道路都在震颤，其实，道路根本不存在，世间只有网，网这种东西，集合了支撑性与可通过性于一体，是频数的叠加，一种用于行走或逃跑的路径概率。

大火烧毁了齐国宫殿的角楼，四五幢比肩而立的高塔，像点燃了的蜡柱，深陷入黑色的雨和风雾之中，或者不如说，迎着想象中在旷野里蛰伏的蛮族们虎视眈眈的目光——那目光充斥着觊觎，窥伺……低劣的咳嗽声——都罹患了梅纳茨－海耶氏锁骨综合症[4]，吊着膀子，随着浑身的骨架而摇摆。

一排托着盘子的女雕塑（她的腿退化成了坚固的爪子），与纳查夫人一低一高地对视。雨水在盘里打转。

按照古老的传说，很久很久以前，一个巨人，披着藏青色长毛，颗颗饱满的牙齿镶嵌在嘴里，从上牙床一直咧到了肚脐，乳头一眨一眨，泛着疑惑。不过，根据神话的解析学，这句对巨人日常生活状态的描写更可能是在暗示史前人类的生产力水平低下，只能制作出藏青色的葛麻衣服。况且因为生产关系过于简单，他们的衣服充其量是裤兜兜。这些穿着藏青色裤兜兜的巨人族把头发用破布条绾起来，再打个结，是为了防范巨大的鹏鸟从狭长的洞穴里突然飞出，揪着他们的头发，捉小鸡般地把他们凌空抓举，抛到祭坛似的彩色山峰上。总之，这个开天辟地的巨人逃离了篝火边的同类——许多牙齿咧到嘴边的同类，沿着茫无尽头的阴影没了命地跑。显而易见，阴影消失之处就是他换方式奔跑的起点：他倒毙而亡，换做了一种静止的奔跑。

那时代充满了巨型的人体。

巨人的睫毛被拆下来，加以栽培，就变成了统治世界的荒草家族。如今，他躺在齐国的这一块身体就要醒来，从城墙到人的脸，事物都显示出倾斜的一面，荒芜的植物体就要变回原初的睫毛。

“这睫毛一点也不漂亮。”纳查夫人捏着小镜子，完完整整地衬出她的微笑，仿佛镜子就是她脸的边框。侍女从旁伸出一只手，递给她一柄颅骨手术刀大小的镊子。夫人举起来，斜着一挑，拔掉了几毫，再用可爱的小熨斗左右敷平。两片小船帆形的睫毛在她情绪无常的海洋上颠簸着。

“这就行了，你看，是不是？”由于不知道此语是冲着笑鹳说的，还是冲着侍女说的，后者压低了头，打定主意不应声，我们也更无法视之为严肃的遗言。

“当风烟的绒球被拆散
红玛瑙
连着颈椎

我们在草尖上的
早晨醒来

商 羊 欲 雨

与年轻人的厄运相拥

啼叫者

他啼叫着这一切交叉的语言

和交叉语言的立体语言

为了捉捕发髻里的金乌

开始捶打

欲望，鲑鱼，和鲑鱼的四肢”

纳查夫人嘟起鲜红的小嘴唇，清唱起遥远吐蕃国的民谣。

感伤过后，她从装饰着绿叶子的白窗框探出身子，像颗黄溜溜的小桃子迎风咯咯笑。

齐国的百姓又故技重施了，搬动房子的嘎吱响传导到半空被扯长了，丝带般的嘶嘶声从上方笔直地落下，这是因为滚烫的铁猪背部加热了风，空气密度骤然减小的原因。他们在各家各户的水井口上安插了一枝康乃馨，因为齐国人迷信：神灵就住在黑暗的地下之湖里，每天夜晚都随着晶亮的水泡漂浮上来，到了后半夜，更是端坐在井研旁，吹着芦笛……鉴于盐碱地有一半区域已经沦陷了，人们找不到康乃馨，只得捡了几根鼠艾草，绑在了喀拉喀拉旋转的辘轳上。

许多穿着黑衣服的人把圆圆的茅草屋扛在肩上，脚步轻快，走街串巷。每当不得不踏过被雨水浸坏了的土坡坑道，他们就套进木橇，曾几何时，这种特制的滑雪装置是齐桓公为了观赏河底的顶着树枝脑袋的妖怪，派能工巧匠定做的，可以潜水和踏水，人戴好比眼睛大一圈的护目镜，就可以直入河窟，行走在水的荒漠。

产品普及之后，如今的齐国百姓却用它来逃命。

是欲望主宰了城市的结构，在脚手架林立的空间里，无论是好人抑或坏人，在踏入王城时，所有的欲念就都被唤醒了，围绕着你，与此同时，你就成了城市的一部分，也即你居住在你所厌恶的环境里，作为欲望的一部分发挥着热量。

虽然人人都在翻墙挪屋，但王城的基本结构稳重地维持着自身，因为每次有一个 A 闪烁了几下，转眼出现在了 B 的位置，就会有一个 A’瞬时填补空缺。王城的横横竖竖的网络结构依然川流不息，稳稳地建筑于每分每秒的改变之上，但空间、高度和距离模糊不清了，变得如同水晶球的成像，蜻蜓翅羽般模糊地颤动着。

裔款话说了一半，第三道折线的小钢珠由滑翔换做爬行，又慢慢转作犹犹豫豫地前进、后退，它苟延残喘地碰飞了第二道折线那蓄势待发的孪生兄弟，它发出啪的一响，转了个 30° 角，走上了斜直角三角形最长的边——一条不归路，再次显现了奇迹，转了个 60° ，消失了……

“大王，我这儿有一个像杏仁小糕饼糖一样可口的谜语……”宫殿的耳房黑咕隆咚，堆满大册的资料夹和档案夹的墙壁积满灰尘，已难以恢复原初的色泽，淫秽的画册与合乎礼仪的会议图片竟一同附着高处的图钉，几块折叠式纸扇从骨架边缘后露出褶痕，一大本鳄鱼皮的起居注，一只青铜滴漏器的缩小化模品，五六朵丝绒般光滑的黑三色堇，这些物件都掩盖了一个角落里的躯壳，可能装着某种乐器，或秘密，或一场空的回忆。

景公轻轻喘息，好似无法控制情绪了（躲在一架木制的人体模型里），他缩在残留着最后的安全感的人造子宫里——耳房中的耳房，小钢珠进去了就再也没出来。

时间以算数演进的方式前进。景公意识到恐惧正把他拖入到周围事物的荒唐逻辑之中，而即使是今天早晨，他或多或少还能从中摆脱。

今大早晨，季氏老爵爷的私家军团在齐鲁之战打响的时候就不动声色地蚕食了景公的左翼，把他们装在了大布口袋里，后来发动奇袭，把景公的卫戍部队一锅端了。残余的包括光杆司令司马穰苴，昏昏沉沉地骑在马背上，跌进山谷里摔死了，只有几百个士兵掩护着抱头鼠窜的国君班师回朝。

当后者心思一起，往后偷偷地望去。他就看见老爵爷紧追不舍，双肘靠着加长型车艇的石砌墙壁，心高气傲地仰望着天空，他左脚的漆皮皮鞋搁在右脚上，由于脸部太用力地喊话，就像用手指在挤压着，眼皮耷拉着往外翻。尽管他是在一个人喊，尽管景公完全听不见他在喊着什么，但那情景宛如一群人在呐喊。

喘气声，劈啪声，连续清脆的撞击声，像是有人用一根棍子在一条长凳底下探寻什么。老爵爷真的拿出了这根棍子，不，是棍子状的长枪。燧火已点燃。

王城的主干道——也就是即将发生流血政变的这条大街——总共有五条单向道，全挤满了送货运货的农民的车队，佩戴大红花的毛驴，景公默默寻思着，因为他考虑到的细节越多，他就越可能拯救自己。另外，他此刻有什么好做的呢？他构思出了一个连贯的线性物或不稳定的车流，组成这一流向的所有粒子都在作看似直线，实则由于不确定性的存在而在时间上属于杂乱无章的运动。五条车链，互不干扰，（此刻，老爵爷的车头险些撞上景公的车尾，他敲击拐杖，甚至挣扎着想跳上前方的车，但车身往左迅速拐过，现在双方并驾齐驱了）好啦，景公想，我可以钻进他（此刻，老爵爷扶着拐杖上方的牛头犬头，与周围的藤本植物珠联璧合，偶尔以爱怜的目光看着景公的侧面）钻进的那条车艇队，如此一来我可以用同等的速度开在他的后边，用枪指着他的后脑勺，或者干脆等到下个十字路口，朝外越远越好，开到斜线距离最长的街巷里，宽度也加大了，这样一来，之间的屏障就无法逾越了。

他这才听清老爵爷喊得是："你慢点儿，你慢点儿。"

景公的司机一个右打轮，车像河流汇进了大海一样，流出了街岸。

……

"谜语是：猜一猜有一只紫貂，有的女人害怕，有的女人喜欢，它经常躲在祠庙中间一格的窗户栅栏上[5]，"裔款边说边踱来踱去，他倒好像很轻松，每次从褐色的光线中穿过，总像在冥思。

"不，谜语应该这么讲。"词语裹着热气流，从木壳中空的管道鱼贯而出，统统罩上了一层霜。景公的嗓音发言道："我梦见了一群相貌奇特的人，我与他们一起途径一座大的建筑群落，地平线那边是模糊的多面体，而在我的身后，它们全变成了幽灵似的悬浮物。你说，这是什么？"

泪水顺着"亲爱的大臣"的脸颊流下，硬腭阵阵肿胀，那是神经紧张引起的——多么温馨（却孤独）的君臣情谊！但那小腊肠狗一样追在裔款身后的旅行箱是怎么回事？他们要同生共死吗？难道耳状的手指头上，清澈的海蓝宝石闪耀光泽，这些都是虚幻？难道胖乎乎的微笑没有渐次融化，裸露出根本的不耐烦？

"是您抹去了界限。您谦虚地认为自己处于进程之中，殊不知恰恰是您早已抵达了本质。”

“什么本质？！”

利剑刺透木头挡板。景公大汗淋漓，感到宫殿变作船，开始轻轻摇漾。

“齐国只剩下了一堆垃圾，这就是我们运筹帷幄后的‘本质’？”

裔款装出自责和羞愧的样子，而且装得比同类情况下的规定时间还长，忽而笑了。他辩解道：“百虑必有一疏呀。您不妨这么想：齐国本来仅是一个平面，是您，景公，在其中填充进了足够多的情感和努力，让双方都获得了独立。

您说齐国剩下的唯有废墟。不，我坚决不同意。也许这个世界剩下的是必要的废墟和齐国宫殿里的花园，而您的眼睑分化了它们，让您看不清楚哪个在高处，哪个在低处。”

“什么意思，你是说齐国的人民依然会怀念我？”

“大王啊，

您久居宫中，或者骑在耀武扬威的马背上，而我们这些臣属就在您垂下的眼睑之中存活，而那些平民百姓在炎热的、肮脏的集市里为了一厘钱的芥末与人讨价还价。我已经阐明了迷惑和恐惧如何日夜包裹着我们，而您如何驱散了它们，是您代领齐国人来到了生命中的时刻，您的脸烙印在了那么多的人的记忆里，像雕刻在山体上一样固若金汤，况且，由于记忆自行繁衍的潜能，遇见齐国人的每张新面孔也都会印上您的模具。它就是每个人最合适的面具。

您明明知道，还要发问，是在嘲笑我吗？”

最后几句话一再停顿，想加重演说效果；景公猜测裔款已说过多次，每次都故作镇静，但每次都反应冷淡。他的声音也像小钢珠，碎成了颗粒："我越来越觉得齐国储存在砂砾般流散的数据里，像由甲骨文召唤出来的形象，代表了每个省份与城市。"

"迷惑总席卷着我们每个人。"裔款说完这句无关痛痒的定语后是一阵怀疑的静默。

"但别忘了，有些被毁灭的城市让出了曾经的空间，载满了灰烬，永远不可能再被原先的居民辨认清楚。事到如今，"国君随手抽取了墙壁上的一卷地图册，左右同等长度地摊开来。地图册涵盖了一切可能的事物，可只有当有人去寻找时它们才显身，所以当那时，齐国的万物都在平面鼓动起来，直棂的窗框、铁匠铺、木匠铺、马的鞍具店、剪径的强盗头子和裸浴的少女，甚至还有独木舟滑向港湾。

"我终于认清了，你的计算一开始就是错误的。"景公出奇地镇静。裔款更是会心地抬起头，但同时压低着眼睛。

"噢，微臣以为，或许只是计算的方向出了问题：齐国不应像春天的花苞，对外生长；应像球茎，对内生长。"

"光线？"

"您不就是光线吗。"

景公又打开了一副地图，冒出浓烟，许多高耸的烟囱，在肌腱之间划过的刀锋，刺耳的车轮声，重复的动作，以及从山上猛地冲下的列车车厢。碰巧一滴阴郁的雨水突破了三层楼顶的过滤网和砖瓦滴在纸张的表面，像面小透镜，放大了字体。洪水、火焰与倾泻而出的语言的煤渣填充了宫殿的大部分，尤其是语言，曾轻如薄纱的城市堕落成了滞重的石块，就是因为话语的世纪沉渣令人寸步难行。在黑暗中，一扇扇的翡翠门关紧，出路不断地被堵死。

宫殿外，急躁的大臣们悄无声息地更换着位置，悄无声息地相互召集，排成队列，无声的脚移动到了合适的位置，随时准备开溜。

云层中稀罕的缝隙把阳光衍射到外墙，落日余辉使景公的木壳产生夸张效果，结构显得神秘，精确地传达了他身处囚室般的困境。他在壳内，四下打量，寻找着可以用来转移注意力的东西；他体会到了自己的骨头又细又轻，那些忠厚的脚趾头，孩子般专注地同情着他。

他合拢了图册。

裔款在没膝深的海水里趋身前行，右手大摇大摆地握着旅行箱的铁把手（小鱼群围过来啄他的粗腿），他想作为对这个可怜又可恨的中年男人的宽恕，还是把铁猪祸害全城的报告呈递上去吧，但这时，小钢珠滚了出来，开始重复原先的三角形轨道，一圈，两圈，待到第三圈半的时候，动力势能殆尽了，它痴呆地停止了无用功。

纳查夫人换了鼠丝皮的尖帽子，蠕动在连衣裙的褶子里，推门而入。

景公却制止了这两个人，因为他钻出壳子，那样摇摆着手臂，给纳查夫人看。他说："我知道了，我全都看见了。"——他的手臂裂开了一条拉锁，像玫瑰色的伤口，内里爬出了许多摇抖着触须的红色蝼蛄。

倾斜的宫殿屋檐顶还站着五十名盲乐师，随着演奏的曲子渐渐陷入水的漩涡。

编年史家

有必要回到根本问题：一间简陋甚至随时可能垮塌的牢房，编年史家就囚禁于此处，用手肘支撑脸颊，旁边是四散的竹粉和扎人的竹篾子。那年迈而肉孜孜的脸上蓄着一抹白色八字胡，老实说，他更像是位公园管理员，而非用笔记录史实的人。

嘘，小点声！我对你悄悄地说，我也不知道他是从哪里来的。

这地下室以前也并非监狱，是编年史家（连称号也是他自己册封给自己的）……有一次夏初的寒食节，天空上漂浮着纸灯笼，地面上走着披裹纸大衣、纸帽子的扫墓者们，其中就有他，穿过了唯一的绿灌木，背着小布袋，来到了稍高于湖水，但低于地平线的这座地堡。

“你是谁？你来这里干什么？”我问他。

他却讲起了一个诡异的故事：

“有个青年男子，戴着猫头鹰似的铁面具，从鼻子那里勾出来，陷入耳朵。他告诉我他从出生的那一天就被囚禁在这座地牢中，四周是一圆片一圆片拍打过来的湖纹。

‘这不是地牢，这是广阔的巨鹿平原呀。’我纠正他。

‘是吗？’他嘲讽地说：‘你往前探身，趴在这株紫红色的睡莲上。’可根本没有什么睡莲。目之所及只有单向度行驶过来的独轮菜车上的农夫，载着蝗虫肆虐、劫后余生的一捆捆苋菜，以及连虫子都不吃的蔫萝卜。我不知道这满脸懊恼的农夫有着怎样的经历，又将会迎来怎样的结局。

我试着招呼他，要他过来作证，或者哪怕仅仅表示一下坚硬的泥土与水面的区别，但农夫虽然与我擦肩而过，但他似乎没看见我。

‘明白了吗？’男青年神秘地笑了笑，同时也很凄凉。

因为基本常识的支撑，我才没有服输，而是反过来想把他从树根围成的洞口拽出来，见见阳光。他沉默不语，发着亮光的手指在轻轻地划过一个未知的平面，阳光也在其间闪烁出不同类型的光斑。他是头发是湿的。我顺着他苍白的脚往下望去，一直往下，就感到了物质分崩离析时特有的、即刻的、短命的自由自在感。我全身跌入了暮秋刺骨的冷水里，双臂与双腿不停地蹬踹，多亏及时抱住前方不远处一株硕大的睡莲，才调整均匀了呼吸。”

“从此，我就在寻找这个地方。”编年史家对我说：“然后，就找着了。”他环视四周，指了指乌突突的圆形墙壁，黏糊糊的蜗牛像脱光了衣服一样在窗槛那巨大的床上交配，又像脖子互相缠在一块。

他对我讲的第二句话是：

“您看见了吗，我们齐国人以后也要像这些蜗牛，把自己关在小房子里。”

“为什么？”我正从他的言谈举止努力地辨认古人的遗风。

“谁知道呢，也许为了回忆，也许为了埋葬。”编年史家回答，戴有忧郁的诗人的目光以及深刻的对无名鼠辈的讥讽，厚厚的水晶眼镜划满了铅笔的刻痕，太让人头晕目眩了，有可能让我绝望，但永不可能让我退缩。我来找他，并且找到他的目的，我刚要请求……

“我能借阅《商羊欲雨》吗？”

“不行。不可能。我倒愿意，可总得有个约束。四月的风雨交加之夜，绿色的莲蓬时粗时细的根茎搭配在褐色的菱角群里，水波荡漾，一只红色小舟空虚地仰卧着。每逢此种情景，我才稍微动笔，而且不留底本，也就免了担心能否流传后世的那份小心思——别想哗众取宠。有一天，编年史家老得不中用了，翻开来看看曾经的预言，和另一个人——隐形于历史的人，共同翻阅这部似乎意在超越时空的编年史。”

它夹着一页页云卷飘过夜空而遗留的枯铜色，包藏着祸心。偶有放风，编年史家就在枞树林与桦树林的交界地带散步，同时“思考”。思考？他能同时进行两三种不同形状的思考吗？思考什么？他在穷究那些蟋蟀草为什么要紧咬对方？我对他的奇思异想产生了兴趣，编纂历史已不可能，而杜撰历史却往往更令人耿耿于怀，恰似长脚蚊——我们从未真的观察过这类狰狞而衍化了亿万年的幽浮生物——它扑向你，抖动着六只纤脚，但最终刺痛你的却是长长的一吻。人啊，我们也仅能描绘历史的点，而埋没于鬼魂萦绕的战场之外的曩昔岁月，任谁都不在乎。

我想阅读这本书。

到哪里去查找它？毕竟历史这么长，说话的人又那么多。我就这么一边走，一边嘟囔，经过那套着窸窸窣窣的毛大衣的看门瘸子时，他还在喝酒，这是晌午，用最平凡的语调经历的晌午，土埂街道，打着板子的车，间杂着行人从旁走过，他们哀怨，绝无人会听闻并愿为之踌躇的抱怨声，像口哨。这些板子上有着质朴的齐国桑树的断面圆纹，我盯着它们看，盯着尘土卷扬又飘落的鞋面看，发现自己极有可能成了齐国的一介普通流民，至少没什么阻碍它成为可能。我又发现自己变残忍了，对编年史家的关心远不及我作成读者的渴望，我简直间接鄙视他，这块老墩布，只是坐着，洗刷不掉某种沉默意味着的懦弱。继续走，在大小不一的帐篷与街角斜过来的阴影中，抬腿，侧滑过一匹扁虱似的马，又两匹，没牙的长嘴脸。谁也不如我重要，尽管和身边的任何直立行走的个体一样，戴着灰帽檐，连襟的小坎衫，过宽松的抖动的短裤，但我的兴奋附在那点上就突突跳着，那点含苞打开就是一本书了，红脸膛的婴儿，我可以抱着它，哄之入睡，但首先！当务之急！我要先把它从无力养育的生母那里窃走。

怎么行事？

请注意，我心慌意乱把帽檐压低，挡住麻子脸，笑起来：我从不认为故事能渗出书盒子。

如今，读者不知不觉走进了这本书。

读者看到浩大的露水浸润了齐国广袤无垠的田野。读者沿着淄水河，踽踽独行在柳树绿颜色的头发丝下，每当胯下的驴驹停下来，就能听见轻微的雨珠被渗入泥土中的声响，虽然滴雨未下，但你依然听得很真切，或者这雨下在了远方（时间意义上的），或者干脆就是一场倾盆大雨？像“从波浪的平流层直朝地心怒吼而来的液体狮子”，编年史家将在全书的最终部分如此地卖弄文笔。

（这老囚徒！）

因为王城如纸搭的模具，浦沿得很宽，一切其余的店铺好似被摁进里头的破窗户，虽然它们依旧远远地排列着，分布两旁。一间挂着红漆的牛角招牌的肉店，待宰的牲口一起摇尾指向的那道窄口小道，深邃幽暗，说不出名字的树挡在那儿。

“编年史家？谁在谈论编年史家？”读者终于走入喧嚣的王城，沿着脚印和车辙印走着，那市井的闲谈弄脏了你的耳朵，故事被念给你听，人们生存、死亡都在你的脏耳朵里。噢读者啊，你脚踩着砖街，口干舌燥，右侧酒家的三楼栏杆缠满海棠叶子，一个瓢虫似的家伙探首对我、对你喊：“你死活想要得到那本书？！”

对，一个直窥你我内心的人物，长耳垂布满细绒毛，呵呵着笑，充满智慧，和蔼可亲，随时准备倾诉出一切事物的真相。可真的是这个人？不是又一个头发油亮，衣装笔挺的骗子，耐心等待下一个买主？试试看。

酒家的牌坊由鎏金勾写，近乎透明的巨型日晷挂在高处。喊我的人看上去像是这儿的老板，招呼我坐在圆桌旁，软绵绵的灰色长毛绒长沙发。

“来啦。你见到了编年史家，你请求他，他轰走了你，那老家伙就喜欢把人轰走。知道那故事有一个开头，有一个结尾，你甚至在他的那张老脸上翻阅了它，几枚书签就把你迷住了，你总是思忖：是与那些纸上的人物，你阅读过的人物一起死去，还是唯独你获准存留下去。你配吗？想想。是时候了。”他点点尖脑袋，偏执地举着右手的无名指，托着镂空的盘子。（我站起来就想走，但他们一个劲儿地劝我待一会儿。）

“但你不知道，一个人也可能在自己的书中遭到劫持、凌辱，就像在别人的书中。”

四五个会员似的人聚在一起了，他们嘻嘻笑起来。

白色绳子吊起桌子四角，茶杯端在上面晃着明晃晃的茶汤。明显有一个内应在四楼的地板上操纵，是个活动案板，所以每当拐杖敲击的声音传来，小桌就发出老鼠般的吱吱声，像木制机械迈腿走路，只不过有些顺拐，一边抬起，另一边才刚落下。酒家老板手脚并用地乱爬，在小纸盒子里翻过来或按下去许多卡片，桌子就被拽上去，呈悬空状态，摇摇摆摆地追随着一条正在蒸发的水痕。

秽乱的卜筮节目。在几乎每栋酒楼都会遇见的游走各国，啃路边骨头充饥的小小卜者，他们往往与店家串通一气，在一大通敷衍了事之后，在最后关头……

“看见了吗？”他们就像完全无视那几根作弊的绳子一样，满脸欢欣鼓舞地等着我，邀请我也参与其中：“你不是一直想问问题吗？问任何问题都可以，写那些没有写的细节，问那些没有问的细节。因为总有没有写完的，总有没有问尽的。你可以问问那些已经死去的人。”比如说：

—结尾？洪水会来吗？

—（幕间沙哑的嗓子）：有一半可能吧。

—你是谁呀？

—猜。

（招来！）

我是维修河堤大坝的禹。

—听说你全身汗毛都掉了。

—胡诌！

有一搭没一搭的语录体被重复试验多次，虽然后来我知道这样做的催眠效果。但我当初很配合，听到他们聚拢，切切查查地说些傻而无味的混合语句，然后，这几个人直接把我绑到了沙发的弹簧靠背上。老一套把戏要完了。

对并列叙事，他们丝毫不感愧疚，因为那一天可算逮到了受害者，也就索性胡作非为。病怏怏的一群疯子却精明势利，不但偷了我装满碎银子的钱袋（估计更可能是旋转起来时被桌子底下的手摘走的），还蛮不讲理地剥下了我的外衣，像把扫帚，把我抛到大街的正中央（值得一提的是，其中的一个疤脸胖子，我在很久很久之后的一次图书展销会上，看到他手捧着我的书，一边用指头沾着唾液翻书，一边摇头）。

天空乌云滚滚，宛如自然界万古不灭的怪癖，我顶着风弓着腰，肌腱拉抻肌肉，肌肉带动骨节，骨节运转全身，就像架长方形齿轮，伸着手臂，往前一溜烟地跑去。——我忘了把驴栓在了哪里，那畜生可以凭尖利的大牙咬断麻绳，但我至今觉得它太笨，保不齐还趴在原地等着我呢。

我到野外，嚎啕。

过了几天，又步行回了王城。

编年史家！——这只孜孜不倦的眼睛！——地牢烟尘扑腾，刻画竹片而堆积的白粉竹屑超过一丈高，小风车似的，左摇右摆，夕阳西下时分，尤其令人忧伤。

日夜操劳竟让他完全变了个人，端坐在紫藤条椅里，肘部弯曲，瘫痪的双膝紧紧地卡着椅子的扶手；颌骨也卡在特制的铁支架下。臃肿的脸有睡觉时分泌的粘液，发着灰色的光芒，很奇特，不知什么原因。

我只准从后背和湖水反射中窥视他。智慧的躯体总有股桉树胶的味，多么羸弱，仔细一瞧，他就在你眼皮子底下老朽了。

“毁灭，不是结束。”我辨读由两片厚得像四片的嘴讲出的唇语。应该过去，踏过满地绿油油的蜗牛吗，寻找，真相躲在阴暗折线的后面。

先踮脚，向前猛冲，走“之”字形，停顿，保持自然，想象自己正自自然然地走进去办公，就像在梦中，你走进了梦的居所，在梦的摆布下，搜救曾被梦所俘获的珍贵物品。我不断小心地左躲右闪，避开他敏锐的视线，防范着那大羚羊眼睛的粉红面孔换换转向我，我所迈的步子如同慢镜头拍摄的舞姿。眼下，唯一的见证者是半敞半开的黑色文件夹，扇呼在一幢肉红色的立地长柜的中间一层，那柜子恰如一棵老树，从地板笔直地穿透房顶而消失。不管我费多大劲把它打开，它都像扇贝，又像生锈了的大手风琴，我的姿势也因此添加了滑稽的艺术性。这都值得，编年史家是个诚实的人，这都值得，他因为易被激怒的性格而被抛入世界并被迫做出反应，他的痛苦在其后永远延续，作为悠悠闲闲的伪装表现出来，最终直指向新的丑恶的现实。

现实总是丑恶的。

我必须快一点儿把稿子拿到手。

或许，人们以后会传说：一只单脚鸟飞进了齐国，暗藏于泛滥的湖水深处，变成了编年史家。

“人最终抵达之处，就是命该魂归之所。”他来了灵感，张牙舞爪地叫起来。我臆想着堡外驻扎的侍卫即将赶来看是什么情况，我得快速，直截了当，一脚踩下去，文件夹的碎片散落出一张纤维、鹅毛般的草稿，忽左忽右，凄惨地飘零到了潮湿的地表。

我注意到纸上写了寥寥几个字，是日记：

盲乐师也喜欢去墓室演奏呀，两排琴室夹逼的那条幽暗走廊照着玲珑的小灯盏，此情此景，（断）在什么地方地点曾经遇到又失去，光线、时间、记忆的千丝万缕的联系每每得其一则牵连出其它两个，让我不禁莞尔，我就是光线、时间、记忆，那么，记忆里昨天乃至前天，光线凄迷、时间凝滞，心情愈加悒郁，单独禁闭在只有我一个人的世界上似的，……

以及这篇比较长的残段，语焉不详，提名为《孔先生来信》，隽永地誊抄了，好像是为了作为第二十一章的中心内容：

敬爱的景公：

毫无疑问，您对我要讲的话不感兴趣，但我必须说。我必须说，因为就在昨天，鲁国的猎户在林子西边捕获了麒麟。往前推，有许多事，往后推，还将发生更多的事。这一连串的偶发事件，我以为，足以导出结果：我将死去。

我为此悲哀，而且欢笑。

怎么形容呢？憨姿可爱的生物（听说，在网里时，它还是活的），我大老远就看见了长而陡峭的脖颈，年幼小鹿般的茸角立在头顶，身色橘黄，缀白斑点，毛发很雍容地掩饰着壮硕的躯干，鼻子是个肉球，叫声也似鹿，蹄似马。我的表达能力不过如此。既然是神物，就只有当它想被人捉住时才会被人捉住，您想想，那些饿狼眼睛的猎户们投斧子、掷绳子，弄得它皮开肉绽，从这意义上说，他们所捉到的并非麒麟，而是某种信息。可信息的获取方式只有耐心地解读。

我不会拿我的问题来打扰您，但您却派了个小侍卫来问我什么是商羊。您应该已经看见了那圆滚滚的鸟的腹部，写满了潦草篆文。正如您所知道的——其实人人都知道，包括生活在盐碱地里的每一个半人，每一只半牛——我喜欢研究古代，很可惜，在那迷宫般的解谜探险之中，我从未目击商羊的影子。这可能是新的灾难。例如，我们这儿的红衣小儿每逢下雨就屈其一脚，振起两条浓浓的眉毛，唱的那句“商羊鼓舞，天将大雨”。

我爱过的女人里，雪子夫人最含情脉脉，她让我真想放弃目下的专业研究，敲着木车，和她走向荒草破　的新世界。我想起往事，就每每念及当初在齐国，您是不愿意雇佣我的，也好，否则，我也没机会邂逅雪子。

不管我的遗言有什么模棱两可之处，我说的都是我愿意说的，丝毫不包括别人的闲言碎语。我一向坚持，根本不可能在漫漫长途中理解只能在瞬间加以理解的东西，由此我“述而不作”，全部生命用于编纂一个个孤僻的瞬间。而且，繁句冗字最讨厌，《春秋》《易经》，我泛览时根本茫无头绪，索性尽力而为，把能删的全删了。哦，对了，随信附寄的《春秋》定稿夹了七十片叶子，画了我所有学生的鬼脸。例如，颜回，他为什么过劳而死——或者更严重？——他是否真的曾经处于一种纯粹的思想癫痫状态？为什么他蜷缩在漏雨的破屋里，还自以为拥有一切？为什么此后的三五年，他痛苦地喘着粗气，硬要拜我为师？求死欲念？童年阴影？您看，再有学问的人也治不好一个由内而外的疾病。

您要意识到，凡是疾病就都是由内而外的，由下而上的。多么可怕。所以我下定决心，迁居到村子里最茂密的一棵老榆树上，您没听错，我将像我们的祖先一样，在粗糙的大树干上生活和死亡。春去秋来，夏收冬藏，秋而夏，夏而春，春天完了就是夏天，然后直接就变成了冬天。完全拒绝传染的可能！湖泊漂过我的腿和腰部，我感觉到了美妙的皱缩，美妙的红棕色侵染了我所有的思想。果实与叶子迎来迥异的坠落。

珍贵的手稿被我揣进了上装口袋，满含惆怅，作为镶着银亮色铸铁栅栏的黑暗立方体，又像一口陷阱，一个黑暗信箱，这手稿也掉进了永恒碎片的垃圾桶里——我的内心。奇怪了，一般情况下，当我甚至默默地念及“内心”这词语时，都会充满了罪恶感，手拉着手的威严的人形，会捏着大不罩子的几个接绳处，朝我扑来，然后我在这世界上就消失了——一种很罕见的现象：实体并未消失，而实体与外界的联系却人为地被中断。

编年史家的肩膀和膝盖爬满蜗牛，他磕磕绊绊地站了起来。如今他已是蓬头垢面，我恍惚一瞬间竟然以为认错了人，可没错，只有这个人能对着与窗户齐平的湖面喃喃自语。淅沥的雨开始了流程，它们的细流不是笔直的，而是弯弯曲曲的，时不时暂停，突然调转航向。远方，一片潮湿的白杨树林，飘着一缕缕绵长的薄雾，挺拔的树枝飘浮在雾中，影影绰绰。我忆起，就在附近，有一间荒废的驿站，那里有几百只老弱多病的马匹啃食蔫了的燕麦，哞哞哀嚎。

蓝紫色的傍晚的灯火映出一个粗糙的窗框。

框子深处，他似乎在嘟囔着：“太晚了，不接待客人。”或者朗诵《诗经》。

“你是谁？你是谁？”人影嗖嗖闪过。突如其来的戴着铿亮的大壳帽的警察用生硬凶狠的声调质问：“你在监狱外面转来转去的干什么？”又跑来一个警察，像极了第一个的翻版。

“拜访编年史家。”我对穿着奇怪的衣服，手握大电棍子的这两个人说，同时指了指屋里。

“你现在不能去看那个小报记者，”他反应很快，继续撇着大嘴说：“他先前关在隔壁单间。这么说你是他的同伙？是吗？不说话？你竟然自投罗网来了。”

“啊，不对，”我要辩解：“是写《商羊欲雨》的编年史家，他写到了第二十章……”

“没错，出到了第二十期就查封了。严重污蔑国家元首。他昨天就被枪毙了。”他脸因为话说得过于连贯而涨得潮红，却不忘挖苦地重复了末句：“昨天就给毙了。”

“可是……我不明白……”我不明白。

我低下头，点上了一支烟，仔细折叠好手绢；当我第二次抬起头，我目睹了不一样的景观：四周浮现海市蜃楼（而一种时代的海市蜃楼也会转移作另一时代的绿洲），灯红酒绿的街道上，神色迷离的西服男、旗袍女坐着黄包车，肘臂勾连在一起；此外，还有简陋的游行队列，挥舞小旗子；弄堂的侧脸，艳色的布帘被风吸出来又刮进去，收音机十足嘹亮，因为这就是中华民国一十五年，贿选的大总统曹锟早已被冯玉祥推翻，为完成总理孙逸仙的遗愿，国民党中央在广州召开临时全体会议，通过《国民革命军北伐宣言》，开启了北伐战争，这万般糊涂中的清醒。

春秋

在滨海菜园子的老屋中，晏大夫缩成老鸟的姿势，在床榻上，厚重的被褥下睁开眼睛，比花朵盛开还要缓慢，用单只胳膊撑起身体，徐徐抬起另一边。过后，穿着破麻衣，木制拖鞋，在屋内小跑了几圈，他就感觉一只老寒腿已经接上了，另一只却仍松动，他又按上了脑袋，而且拧螺丝似的转了转，用右手的无名指搔着灰白的平头，那十颗鹅卵石般的小脚趾也挨个找到主人，波浪般起起伏伏。

晏婴惊讶地发现——屋外与屋内一团漆黑，镰刀月亮倒贴在窗户上，只有俯近一沿排开的五个半满的旧水罐反映着光斑，那溶漾的、银亮的光斑里似乎有鱼群在游弋，但瓦罐里并没有这些长鳞的动物。

窗户上侧的木栓吱呀吱呀地扭动着枯黄色的身躯，因为它被雕成了小童子的形状，做起动作来就略带滑稽。直到一种呼喊声，闪着水晶那种纯洁性，蓦然出现在耳畔，在窗外，晏大夫才像被一根看不见的绳子拽着，手脚并用，老迈的身躯犹如无数直径不等的圆台垒成的高圆柱，此刻，正一部分一部分地回转、观望。他甫一开始以为是秋天的浓霜，后来想现在不是秋天，这声音就瞬间变得尖锐了，啁啾地啼叫着。

晏大夫贝壳似的眼睛深陷于眼窝，右胳膊伸出去，抓挠着墙壁，连着青灰色的葡萄藤，越伸越长……

景公十五年，晏婴从梦的浅层挣扎到了梦的浅层，最终破茧而出，张开眼睛。他照常洗漱完毕，端坐在铜镜子前擦擦眼角，摸摸鼻子，自动地吟唱起忧郁的歌谣："山峰珍惜它的栲树，山谷葆育它的杻树……你有钟鼓，却任其喑哑无声；你有车马，却不乘也不骑。"他胀起腮帮子，吐气时吹出口哨，但当他走近窗口，想眺望庭院里稀疏的果子时，却听到了声响，窗户纸被撕去了。不，窗户已经没有了，实际上就是座陈列柜，在其虚幻的纵深处摆着众多的物件，他看见了其中的两个，捡起了一个。刹那间，他换了典礼服饰，在土丘上升起了热气球。当红牙齿白象顺着淄水河飘到出海口，他截获了这大有用处的布料，筑成了花墙封闭的空中堡垒。

另外一方面，走向毁灭的人一点也分辨不清他手中的木偶与操纵这木偶的大师之间的关系，和他眼下绿谷里芃芃而生的大匏与冬天那泥淖之间的前后联系。

"怎样才能算作认清自己？"景公梳着背头，躺在紫色布格手工缝制的沙发椅里，布满疙瘩："如果这样就是死，也还蛮不错。人们之所以年年祭拜圣山，又嚷嚷着九五之尊，满口矫情镇物，仿佛整座阿鼻地狱就在山下，需要时不时地压一压晦气。——你怎么能不分青红皂白地倾心于这种东方式的风水学？这个问题如何解答？世界之间并不存在一座装裱豪华的大齿轮，上面奔跑着肉滚滚的麝香鼠，而你们硬是将生与死的加法演算成了乘法。余下多余出来的那一堆整数项该如何处理？

因此，我绝不屈服于轻易让普通人头昏眼花的群氓视角、大众观点。胡言乱语！——我也不是没心没肺的无神论者！在现实生活中，当我想象一颗银亮的立方体气球来减轻工作疲劳时，我相信它的确正悬挂在这广阔时空的一角，几千枚镀镍的针簇拥着它，固然我为它（也是为我自己）设置限制，它依然可以随意变形，譬如，一只蓝色的波斯猫，右眼，左眼……图像一直延续，终于抵达了白雪皑皑的喜马拉雅。

尽管，也许，处于不断跌落的过程中，死亡也如此地在同一个人身上周而复始、丑态百出，它的逻辑终点是一张梦床？”

景公猛醒来，看见了脚踝处扰动着的海蛇，绫罗绸缎的小细腰，却很致命。紧接着，他针刺般地回忆起了刚才椅子落入水中那一刻的失重感，就像断头台扬蹄迎面冲来时的那种沮丧和愤怒的无助，整个人穿过纤弱的薄膜，却是在它还依然坚硬的时刻，深入到那些极富动感的星群里。不一会儿，又像树叶紧跟着另一片树叶凋零，宏大叙事的场景跃入眼帘。

他的思想活动，大致如此。

现在来讲一讲在宫殿顶避难的这几个老男人是如何追逐单脚鸟的吧，不，还是接着往下说。

乌云丝毫没有要散的意思。非常瘦长的，像一连串的小痘痘，也有戴着眼镜的逃难的人，在晦暗的傍晚贴着地平线匍匐。稍近处，鬣狗的十三种叫声令人印象深刻；低洼处，汪洋一片，桑葚色，几株矮小的桑树似乎觉得自己是浑身赘肉的女人，对一切都毫无情趣，只顾把皮衣裹得更紧，更紧。

回忆起那些无甚重要的人，他的那些小对手和小情人，那才真的叫做兴奋哪。连景公自己都感觉奇怪，他所编造的谎言最终不是致他于死地的东西，而反而是某样平常的东西突然古怪起来，长出了胖胖的身子和一柄脚，呼扇着象征种种崩溃情绪的翅膀；然而，有许多回，在一株硕大的蜀葵的梦旁，在一辆普通的有轨电车上，我看到，景公在疹子似的小座椅里挤着坐下，靠着昏暗灯光，透过长筒礼帽打出一个椭圆，因为流年匆匆，他也成了展开新闻报纸的人，也从一个个西装革履的都市人的背脊之间穿过，在那些如现代艺术般迷乱的彩色沙丘上，他理应迷路，但他没有，他清醒过了头，被逼无奈地学会了熟练地走街串巷，他的祈求从未奏效，颓废无形地积累，这就是一个君王的困惑。

咕嘟咕嘟冒出了几个大水泡，个个都像小宇宙一样混圆——这些流浪的宇宙水泡中的一个至今激荡在远方。升上来一副严峻的侧面像，许多小管子鱿鱼须般地蜷曲在脸的两侧，这是一位年纪不小的妇人，嘴唇上有一圈胡髭，套在潜水器里的脑袋露出一撮黑头发，浅灰色皮肤，额部红润，在水下还忙碌地打着毛线、织着毛衣，三根长针锵锵地击打在一起。

她此时浮在景公的右侧，两个人到了可以握手的距离。

后者不但躯体疲软萎靡，心智也萎缩了。然而，值得怜悯的是：昔日他那可悲人生从来没有弥补、修正过。他问道：

“你是美人鱼吗？”

“是阿邑人鱼，专门清除下水道淤泥，一口连吃六枚牡蛎。”

“为什么要叫做阿邑？”

“我家乡的名字——除你之外，别人都知道。”

妇人说出了一个异域小镇的坐标，而经她添油加醋描述的小型蛋糕钟楼，一排排的华丽建筑，令景公无限神往。

“……我们一般吃壳状物，掰开它，砸碎它，不要怜悯，用带钩的舌舔出苦涩的肉，囫囵咽下……”

健谈的人，他寻思——是时候起身走动走动了。

“她”瞪着大而空茫的眼睛，粉红的嘴张开，豁显了尖刻的门牙，正好抵着下唇，扭动着脖颈即将一展歌喉。裸露的胳膊有软软的汗毛，人鱼窄小但并不扁平的胸部，隐约显得柔软，体侧有裙子一样的褶层正摆动，她的双腿短粗。

很快地，一枚牡蛎就被生硬地嚼碎了，碎片散落在宫殿顶。景公所坐的那块破木板被风吹得四下漂动，他看见了裔款提着巨大的旅行箱，走起路来时而迟疑，时而又自如地快着脚步，终于撒起欢跑起来了，朝天际线上的游轮挥动着解脱了的双臂，游轮在远处时隐时现，在绿色与鹅黄色的树荫下，溶解进了曼荼罗式的方与圆之中。

深沉的叹息。裔款已经重新穿好了中山国猴子们的小褂小裤，这是为了能够再找到安身立命的地方把它们重新换下来。他俯卧着屋檐，等待着。

人鱼一边嘴里嚼着，一边爬上了木板，并脱下沉重的轮子鞋，双臂交叉抱在胸前，盘腿靠近景公，越走越近，越走越不再像鱼，而像个人，景公可以看清“她”后背的软骨，腰部的收拢处结实的淡蓝色动脉。刹那间，人鱼的爪子划破了空气的薄膜，从外面看，景公宛如春蚕，探出第一次哇哇啼哭的蚕头。“她”脚蹼一滑，摔了个大马趴，菱形格子花纹的潜水衣摩擦系数过小，整个人躺回了水里。

——位于追击链前端的老爵爷又功败垂成了！忍无可忍，这才剥下了头盔，他消瘦，皮肤潮湿，脑袋略微有点秃，两眼目光机警，直接拖过木板往自己怀里搂。汉白玉烟斗沾满了黑色的水珠，景公与老爵爷终于如愿以偿地在黑暗花园里永恒地搏击着。

“日晷的表针坏了！”老爵爷的双腮鼓出小杏子一般大小，严厉地质疑齐国的经济建设。

“那鬼玩意本来就没表针！”

无国的国君心跳暂停了。他是一个恼羞成怒的人：同样的时刻，肉体却频频抽动，把乔装打扮的爵爷一股脑地往水下按，他扑腾了几次，就改作微幅震颤，不一会儿，烟斗在木板表面的敲击声近乎消失，但如果给景公假以时日，他仍旧能在衰老的大客厅里无数次地听见生命的叩门。护目镜在角落里注视着——来自生活的注视。

他扔下尸体，拿起水面上的大桑叶，往山边划去。后顾之忧显而易见地草草解决了，眼前是厚重睫毛的夜，商羊该吃吃该喝喝，在宫殿上，像胖小孩穿着睡衣，尤其显出肩胛骨的肥厚，一个温柔的欺骗者的顺从姿态，蓬乱的翅膀后撤，小眼睛掩藏在海藻的斑斓色带里，东跳西跳。它又像极了一个腿短、头大的老人家，身上背心的所有纽扣都敞开，仁慈而内疚。

一个近处的小红点（商羊）和一个由远及近的小黑点（看不清）跃动着。

慢慢显出了那顶被压皱的草帽，但景公越看就越觉得模糊，目光总是回到同一个绒面革似的裂隙。晏婴大夫在白象皮箍成热气球里，整个就是一只蜘蛛被拎起来，收拢八条腿，一鼓作气地飘起来了，里面的小矮人靠着栏杆，有伤疤的膝盖相互敲击，操作着由树枝子随意搭成的杠杆（那些东西与巨型火柴棍相似，顶头圆鼓鼓的）。

他一忽儿手腕边出现深深的凹陷，一忽儿指关节成了酱色，与手臂相连的绳索在天空的砾石路上留下了几道抓痕。升沉不停，迎面拥抱着他的风和推搡他的风仿佛从其身体抽取了粗大的等分线，仿佛这气球就是他了，拉扯、摇曳着他真正的重心之根须。推动气球而燃烧的火焰像一大袋红宝石，从内部照亮了象皮被肋骨支撑的褶子。

商羊使劲地挣扎，一时失去了平衡，一蹦一跳地点头啄地，如果它有裤腿的话一定会将其松一松，拿手杖在瓦片上轻轻划着，并且自问："是这个时机吗？"或者"没错，现在就起飞，到别处找吃的去。"它红色的翅扑棱一下沿着虚无的直线闪过。裔款最先够到阶梯，一个筋斗翻到气球的甲板，箱子哗啦撞开，金链子与形形色色的戒指、翡翠跌向了毛茸茸的海的肌肤。

一时间，景公拔腿就追，视野倘若拓宽且加长，就可以获得裔款追着单脚鸟，而景公追着裔款的印象，前者抓着后者的腰带，他要阻止这个叛徒，把他掩盖。突然，一只脚踏在脊椎骨的第四节，此刻爬过来的是留着山羊胡的男子，肩披雨衣，内裤露出的一角像针对他这个人贱卖的小商标。哆里哆嗦的梁丘据举着扭曲的婴儿脸，毫无意识地喊叫，把景公掀翻在地，又捶又打。后面拖家带口的跟着那婊子（肥婆娘把家中最值钱的玄武岩台灯绑在后腰里）与东张西望的儿子，由于三件雨衣都缺了袖子，他们就曲起胳膊肘抵挡着雨水。

一个个脑袋从四面八方伸过来，热气球即将超载。景公成了穿金靴的幽灵，浑身嗡嗡响，踩着臆想中的黏糊糊的旋梯。现在最迫切地就是摆脱这个愚蠢的世界，纵然已经翻到了末页：闪过齐国人的眸子，从天空斜角拐向波涛——白色的涂料覆盖了表面有意涂抹得高低不平的马车棚，久违了的黑衣老太太们躲在这螺壳里，只要用铅笔在这儿画上一笔，在那儿勾一下，就可以描绘出毫无自尊的马头，小短腿，旗幡，崭新又已经落伍了的缀满萤火虫的广告招牌，一个面部丰满的骨偶，或无数大大小小的、满脸笑容的死人们透明地、欢快地弹跳在后，紧随着主人拴在车外的细绳索。

景公朝她们哀求着，求她们带他一起走，但那一行人飞速地消失了。

“你们把我撕得粉碎，快住手。”他喊道。仿佛微波的戮力作用把他推至舞台中央——盐碱地的那座山，轰隆声震天的水老虎在晶亮的水体中跳着双人狐步舞，上演着影院里的肢解戏。

“快住手……”景公吞咽着这句话，肩胛骨扑腾着，四下寻觅可以消暑减压的枇杷糖球，好吃不腻。右侧被照亮的下坡路，一簇树枝包成圆形，啪嗒啪嗒地移动了，尖喙首先露出来，朝着脖颈就是一哚，弓形腿在叶子后面蹬着。——植物猴！

顷刻，皱着眉头的景公把脸转向晏婴，问道：“你是谁？”又接着说：“这个我知道，晏大夫，不过一开始，我总是忘了一切，头脑里什么都浑成一团。所以还是问一声的好，虽说我都知道。”

“当然当然，”晏婴说，“昨天夜里，我就接到了大洪水的噩耗。那会儿我们早睡了。快到半夜，我那老妻突然叫醒我：‘平仲，平仲，’——这是我的名字——‘你瞧窗户上有只鸽子！’确实有只鸽子，可却大得跟匹公鸡似的。鸽子飞到我耳边来唱：‘齐亡齐亡，日月如梭，维风及雨，忘我大德。’”

景公的伤口正在和鲜红的眩晕交谈：交谈的结局是他失败了。

但伤口不愿善罢甘休，取代了嘴，继续兀自侃侃而谈：

“我知道，生命的规律，就我来说我已经注意到眼光的正确性，以及我的钻石抛光后的透明度，心灵在绝望与希望之间永不停息地动荡，未满足的欲望，是积累、波动的痛苦重负。野蛮而令人压抑的生存。你说呢？”（当然，以上所述均属心理描写，是主人公的内心中于一

瞬间泛览的)

这么多天，这么多年都过去了。审美的终端不再狂欢，而回到了春秋末代那条缕般向着右侧轻飘的孤寂，显出墨绿却实际上深谙暗蓝的润泽的锈气。那时代，久远得起了涩味，一座座铜和铁的山，辛辣的山，围住缺盐的湖，植物淡雅地凭空微舞，那时，苍白声调甫一抖出就懈怠了，苍鹭之流的东西其实是一个个瘦长人形，这些吃沙子的人都不无缘由地隐匿着，在一片本就不大的表象里缩小化，竟缩成了周边之景。哎呦呦，不再长的指甲，乱糟乌蓬的发丝总令他们伤感，启迪他们写起诗词歌赋来了，或者姿势难看地啃脚趾，啃乳头，向着内部染去的乳晕，小帽子和小脚板都走在发情的土地上，饱览了季节嬗变，直到所有颜色全成了银灰，银灰成了所有颜色。他们也说不敬的语言，做不敬的事，而且深以为荣，因为风仍吹，雪依然下，红腊梅不是又开了吗？永远都要记住：无论是饥馑越冬的人，或那些骑鸟的行旅者，中古的行脚商，终究会弯下双膝，碰到一起，走往一处的。但也要记住：没有生成之物不毁坏的。

这么多天，这么多年，都竟未到来。

本编年史的主人公似乎经历了很漫长的一个夏季，又或许仅有七昼夜，更或者干脆的一须臾。他们每个人都曾考虑过甩掉那些刚获得就变得多余了的东西，他们的固疾是好不了了。与此同时，我可能的读者也越发偏离了阅读目标，就像他走进了药店，急求治疗头疼病的药品时，却捧着一大包鲜红色的鸩鸟的羽毛回了家。回到家，他看到牛唇对上了马嘴的说明书，心里说：“我早就知道会这样……”这时，批判在那圆形容器里翻滚。

晏大夫抵御着风，在栏杆旁摊开手，作出邀请的动作。

“死不是生活的一部分，没有人在死亡里生活过。”狐步舞跳完了。

跋

本书起因于：景公十五年，商羊飞临齐国，残疾的、奇特的鸟是暴雨的预兆；二，《多刺的梨头》中的老木头人，中空的身体发出历史的罗音，在旷野里日复一日地枯坐着。但这部长篇小说最深层次的肇因还在于——类似某位意大利当代作家所言，他想毒杀一位修士——而我，我想毁灭一个国家。

故事：单脚鸟飞到了齐国宫殿的屋檐上，引发了齐景公、废太子、裔款、晏婴和纳查夫人之间的角力。晏婴是自由派，裔款巧舌如簧，景公非常神经质，纳查夫人美貌但残忍，废太子懦弱。这时，三个卫国老太太也来到齐国兜售娱乐药方，收集死人的灵魂耍骨偶戏；楚巫乱说一气。他们举行了盛大表演并送给景公一只小铁猪，后来这铁猪越长越大，吃掉了全齐国所有的针，引发内乱，于是派废太子去找智慧的孔先生，没想到孔先生疯疯癫癫的，见人就跑。与此同时，季氏老爵爷用 30 年时间策划了一场叛变，最后，淄水里的水老虎爬上岸大肆屠戮村民，齐国在与鲁国争夺植物猴的战争中走向毁灭。写景公非常顺利，写废太子太困难了（和我性格太相似）。我试图在内容、结构、叙事手法三方面谋求平衡，我不屑于编造扭曲的情节，好吓死任何一个幽灵读者，总之，无论如何，强调的不是神秘，而是模式。

众所周知（运用这挡箭牌似的中国成语），“离题”“对细节的穷究”

俨然高居现代派文学的圣器室上：犹如青黑色的巉岩，以上两者作为细微的裂缝构成了另一幅关乎一整片区域的地图册。本书的特点也在于离题离得特别多，对细节关注到了懵懂的程度，以文中的编年史家为例——对历史一窍不通，却洋洋洒洒；隐匿于时空的每一道罅隙之间（不知道谁胆敢藏匿这样的人？）喋喋不休；是什么？他是一颗空洞的大眼睛，左眨右眨，纹满了紫罗兰花饰的曲线与飘带。

恐怕《商羊欲雨》会被形形色色的优劣读者们视作 Monster，但我希望它不是不能生育的弗兰肯斯坦，而高贵地荣膺第一个没毛的直立行走大猩猩的浆果勋章。绝对的，残忍的作者把包裹在大青叶子里的无数人物交给了同等残忍的读者，我不带情感的语调整合了各人物参差的生命阶段，但千万勿忘，他们纵然死去，却远远比愚笨的读者活泼得多，他们洋溢着话语永动的青春。

我在堂·吉诃德式的谦虚之后，往往涌现出堂·吉诃德式的咒骂，我要说：小说是叙事的艺术。并非什么“讲故事”，或露骨的、近乎病态的自然主义笔调（此类自然主义的自然体现在外部尤为机械，在内部，则沦为虚假的意识流）。我念念不忘《不存在的城市》里这段惊醒了的句子：

身穿元朝官吏制服的马可·波罗在大殿下滔滔不绝地讲述着异域见闻，忽必烈想象着塔楼、红屋顶、车水马龙的街衢时，突然意识到这个外国人的汉语竟讲得如此之好。

我之所以说“惊醒了”，有鉴于这段描写所传达出的精微心理转变，应奉为圭臬。我们在分神遐思的片刻都更能触及一种人的本体，总体——每个人都回到了思考的初始状态，有着简单的逻辑。无关忽必烈和波罗，《不存在的城市》固然深情地缅怀了丛丛簇簇的浮云般豪华的城市，但当文中内在的笔锋转动时，这一种由马可·波罗的叙说所带来的分神，已铺天盖地，以幻化的姿态瞬间在听者的头脑中占据并改窜了一切，只不过，那个小说里唯一有资格作为听者的人此时此刻竟也处于相似的分神状态，他油滑地钻出了梦的底层，像条比目鱼，仅在这谁都未曾注意的一秒钟，忽必烈安全地退回了内心，并反复打量着那讲故事的陌生客人，注意到后者与故事完全无关的普通人的特征，“他的汉语讲得如此好”。

不知怎么的，我就觉得（而且事实如此）：这是讲者与听者之间友谊的开始。

叙事的艺术归根结底是生活与思维的双重抵达，是芒刺的撩拨，而想象力归根结底是善的驻留。

那些谵妄着嘲笑所有小说式杜撰的现代蛮人必然棒喝任何改写的渴望，并将在生活的河流中成为涸辙之鲋。（不是早已如此了吗？）而语言，曾将人脱离物自体的混沌，将人从包围他的物中间解救，或许在人越来越无所依凭的今天，也是自由的末日堡垒，所以我越来越警惕于无知之人、心怀叵测之人、昨日之人、明日之人对语言的污损，否则，这世界只瓜熟蒂落成一只巨大的连体婴儿，许多精神的卵壳在摇曳之前先学会了自我破裂。如果我们曾经费尽心力命名了世界的每一片叶、每一朵花，我们却又将其自愿地遗忘——拱手相弃，这是否就是“被驱逐”了？另一类看似聪明的处理办法即指鹿为马，好端端地自欺欺人，如此行事的结局是人既不再知道鹿，更不再知道马。

每当我想要谈严肃话题，就感到听众的稀缺。我能意识到一种在碌碌现实中大煞风景的存在，我知道普遍的平庸（承认了吧）状态下激怒庸人的方法，我清楚极了徒劳无功的汗漫过程，也即“思维”，——夹杂在语言的抽丝剥茧里。如果我们有很好的听众，很配合的对话者，谁还惜乎写作呢？“写”是这样踽然走来的孤独症吗，多说无益，多写也无益，多生活也无益。

少量的说，少量的写，少许生活——我们久已感觉不到这是我们的生活。很多事情都已饱和了。

一切问题都是心理问题，而文学是真的心理学。

不要试图说什么，不要去做什么，只是待在原地，使出浑身解数地待在原地，盯紧自己，由腐败的人群造成的障碍也必然在人群的腐败中分化瓦解。我从来没看见坚持自我的一丁点儿的困难。如果说身为作者的我但凡试图说明什么，那我率先想到的就是被说明之事必是先于我存在的，甚而我就是被它们创造的、构成的，宁是它们改变了我。——哦，分分合合的世界，岿然不动地经受着狂风暴雨般的说明、解释和歪曲。

《商羊欲雨》历尽歪曲。

《商羊欲雨》的结尾引用了维特根斯坦的名言，他执著地认为逻辑学包含了某些神奇的伦理观念，适用于日常罪错，政治，和街角的闲聊……

2013.7.6

附书中注释

1. 里胥：小官，管理乡里事务的公差。

2. 也不得不带着他整体的生命淹没进了水柱交叉的扬子江里：我笔下的书签式的人物楚巫沉溺于讲述这个虚假自传，但它所依据的历史原型是真实的，我也很感兴趣：有鉴于昭王事发的时间地点，和昭王儿子以鼍龙造桥的奇怪举止，昭王南征不归，有可能死于桥梁崩塌，从后为鳄鱼所食。我有碍文理地补此注，是因为我太喜欢这个注了。

3. 他对负责记录太子日常起居的史官：这儿的“太子”指的是景公，但依据古礼，太子畿，这个我杜撰出来的倒霉蛋儿又不得不说是个心怀仇恨的孩子，也应更好地称为“世子”或“公子”。另，“起居注的史官”与被起居注者形影不离，他自然就是文中的编年史家，他怀着全部古人的谦逊，从不提自己，抹去自己，一笔一划专心致志写那场大洪水，至于他的身世，是被抓捕囚禁的，可能是因为说错了什么话吧，所以当第二十一章，那文偷儿询问他时，那一套“青年男子”“紫红色的睡莲”的胡扯就是在以故事来搪塞、遮羞。他就是这么一个人。

4. 梅纳茨－海耶氏锁骨综合症：一种遗传病，锁骨发育不全，发病人数极少，极为罕见，病人的胳膊因失去锁骨支撑而向内侧滑落，形似大猩猩。

5. 它经常躲在祠庙中间一格的窗户栅栏上：这拙劣，裔款现编现凑的谜语的谜底是男性的性器官。“性”在《商羊欲雨》中虽然是被边缘化的玩笑，无足轻重似的，但事实上，本书的每一行字都可以解释为性欲的满足，或曰，除了我们的精神实质之外，任何外界的事物都是弥漫的性器官。

图书在版编目（CIP）数据

商羊欲雨 / 张宇豪著. -- 北京 : 九州出版社,
2014.5
ISBN 978-7-5108-3007-5

Ⅰ. ①商… Ⅱ. ①张… Ⅲ. ①长篇小说—中国—当代
Ⅳ. ①I247.5

中国版本图书馆CIP数据核字(2014)第115241号

商羊欲雨

作　　者	张宇豪 著
出版发行	九州出版社
出 版 人	黄宪华
地　　址	北京市西城区阜外大街甲35号（100037）
发行电话	(010)68992190/3/5/6
网　　址	www.jiuzhoupress.com
电子信箱	jiuzhou@jiuzhoupress.com
印　　刷	北京华忠兴业印刷有限公司
开　　本	880毫米×1230毫米　32开
印　　张	7.75
字　　数	148千字
版　　次	2014年7月第1版
印　　次	2014年7月第1次印刷
书　　号	ISBN 978-7-5108-3007-5
定　　价	26.00 元